LE TALISMAN DE NERGAL

4. LA CLÉ DE SATAN

Catalogage avant publication de Bibliothèque et Archives
nationales du Québec et Bibliothèque et Archives Canada

Gagnon, Hervé, 1963-

  Le talisman de Nergal

  Sommaire : t. 4. La clé de Satan.
  Pour les jeunes de 12 ans et plus.

  ISBN 978-2-89647-162-1 (v. 4)

  I. Titre. II. Titre : La clé de Satan.

PS8563.A327T34 2008   jC843'.6   C2007-942151-2
PS9563.A327T34 2008

Les Éditions Hurtubise HMH bénéficient du soutien financier
des institutions suivantes pour leurs activités d'édition :

– Conseil des Arts du Canada ;
– Gouvernement du Canada par l'entremise du Programme
  d'aide au développement de l'industrie de l'édition (PADIÉ) ;
– Société de développement des entreprises culturelles du
  Québec (SODEC) ;
– Gouvernement du Québec par l'entremise du programme de
  crédit d'impôt pour l'édition de livres.

Direction littéraire : Marie-Ève Lefebvre
Conception graphique : Kinos
Illustration de la couverture : Kinos
Mise en page : Martel en-tête

© Copyright 2009
Éditions Hurtubise HMH ltée
Téléphone : (514) 523-1523 • Télécopieur : (514) 523-9969
www.hurtubisehmh.com

ISBN 978-2-89647-162-1

Dépôt légal : 1er trimestre 2009
Bibliothèque et Archives nationales du Québec
Bibliothèque et Archives du Québec

Imprimé au Canada

HERVÉ GAGNON

LE TALISMAN DE NERGAL

4. LA CLÉ DE SATAN

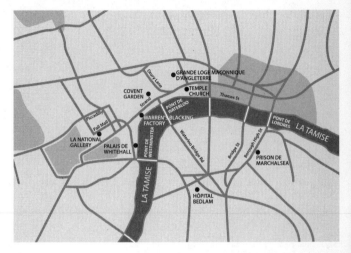

Londres en 1824

ADIEUX À ÉRIDOU

Éridou, en l'an 3612 avant notre ère

La porte du temple du Temps venait de se refermer sur Éridou. Les six personnes qui avaient pénétré dans ce lieu mystérieux ne reverraient jamais la ville où elles étaient nées. Naska-ât, le vieux prêtre d'Ishtar, était malade et sentait que sa mort était proche. Dans quelque temps, il descendrait pour l'éternité dans le Royaume d'En-Bas. Mais il était serein car, au bout du compte, sa vie avait eu un sens. Lorsqu'il était encore jeune homme, on lui avait confié une mission sacrée et, grâce à l'infinie bonté d'Ishtar, il était parvenu, *in extremis*, à la mener à bien. Ashurat, le plus jeune de ses disciples, avait infiltré les adeptes du culte de Nergal au péril de sa vie et était parvenu à voler le talisman maudit qu'ils cherchaient à utiliser. Grâce à son courage, l'instauration du Nouvel Ordre avait été empêchée. Maintenant, comme on le lui avait enseigné, Naska-ât devait briser le talisman.

Entouré de ses disciples, le vieillard soupira douloureusement. Malgré sa faiblesse, il admira un court instant l'endroit où se trouvaient les Mages d'Ishtar. Le temple avait été légué par les Anciens pour les aider à disposer du talisman si jamais il refaisait surface. Au centre de la pièce parfaitement circulaire se trouvait un modeste autel en bois, encadré de deux magnifiques colonnes de pierre portant chacune une sculpture représentant Ishtar. Les murs de brique cuite étaient recouverts d'une glaçure blanche sur laquelle dansaient les flammes des torches éternelles. Le sol était fait de dalles de marbre noires et blanches, symboles des ténèbres et de la lumière, du Bien et du Mal qui composaient l'existence humaine. Six portes massives en bois étaient réparties sur le pourtour de la pièce. Une voûte bleue, un demi-cercle orné d'une grande étoile encerclée par cinq autres plus petites, semblable à un firmament nocturne, coiffait le temple.

Dans cet endroit sacré, fruit des connaissances depuis longtemps oubliées des Anciens, le Mage et ses disciples se tenaient hors du temps. Même si son maître lui en avait révélé l'existence, Naska-ât lui-même n'y avait encore jamais pénétré et ses disciples encore moins. La mort approchant à grands pas, il n'avait pas cru qu'il y viendrait un jour. Mais, voilà long-temps, on lui avait appris ce qu'il devrait peut-être y faire et il était convenablement préparé. Il s'apprêtait à accomplir l'ultime devoir qui avait fait l'objet d'un grave serment, alors qu'il n'était encore qu'un simple apprenti.

Il posa le talisman de Nergal sur l'autel, releva la tête et observa avec affection chacun de ses cinq disciples. Ashurat, Mour-ît, Nosh-kem, Abidda et Hiram. Il était reconnaissant à Ishtar de l'avoir si bien inspiré dans le choix de ses disciples. Malgré leur jeunesse, ils étaient tous justes et droits. Bien entendu, chacun avait ses faiblesses, mais qui n'en avait pas ? Il avait repoussé jusqu'à l'extrême limite le moment de choisir lequel lui succéderait comme Mage d'Ishtar. Ils méritaient tous l'honneur et la décision lui avait coûté bien du sommeil. Et voilà que le cours des événe-ments l'en dispensait. C'était ensemble qu'ils porteraient le fardeau de la mission sacrée, si importante que le sort du monde en dépen-dait. S'ils échouaient, les *kan* seraient effacés et l'avenir cesserait d'être. Le Nouvel Ordre qui le remplacerait signifierait l'esclavage de l'humanité tout entière et le pillage de la terre jusqu'à l'épuisement de ses ressources, et ce, sous la gouverne de Nergal lui-même. Cela ne devait pas être et chacun des disciples était disposé à sacrifier sa vie pour l'empêcher.

Naska-ât ferma les yeux et adressa une supplique à Ishtar. Puis il inspira, se racla la gorge et entretint ses disciples pour la dernière fois.

— Le temps est venu de consentir à l'ultime sacrifice qu'exige notre tâche, déclara-t-il d'une voix chevrotante et solennelle. La grande Ishtar a voulu que ce soit entre nos mains indignes que se retrouve le talisman de Nergal. J'aurais souhaité être le seul à payer le terrible prix qui sera exigé de vous. Malheureusement, je suis vieux et la mort m'appelle.

Naska-ât s'arrêta un instant pour reprendre son souffle. De ses mains rendues hésitantes et malhabiles par l'âge et la maladie, il démonta l'objet maudit.

— Le talisman de Nergal ne doit plus jamais être assemblé, dit-il, haletant, tout en s'affairant. Le secret de sa construction, qui m'a été légué par mon maître, disparaîtra avec moi. Ainsi, aucun de vous ni aucun de vos successeurs ne pourra jamais le reconstituer si le Mal le séduisait un jour. Seuls les adorateurs de Nergal sauront encore le faire, mais pour cela, ils devront d'abord en rassembler les fragments et leur tâche sera ardue. Avant qu'ils n'y parviennent, si Ishtar le veut, la prophétie des Anciens se réalisera et un Élu viendra, un jour. Lui seul sera capable de le détruire une fois pour toutes.

Lorsque l'opération fut terminée, les cinq disciples, l'air grave, se groupèrent autour de leur maître, la main gauche tendue vers lui, et attendirent.

— Par la volonté des Anciens, je confie à chacun de vous une partie du Mal, déclara Naska-ât d'une voix tremblante.

Il posa un fragment dans la paume de la main gauche tendue de chacun de ses disciples, qu'il referma solennellement sur l'objet. Aussitôt, chacun d'eux ressentit une étrange faiblesse.

— Montrez-vous dignes de cette tâche et rendez grâce à Ishtar de n'être que de faibles humains, reprit-il. Alors que vous ne voyez qu'un morceau de métal, celui qui vous succédera y trouvera le Mal et en ressentira douloureusement le pouvoir.

Après avoir soigneusement rangé le fragment dans une petite bourse de cuir attachée à leur taille, les cinq disciples tendirent ensuite la main droite. Le Mage sortit de sa tunique cinq bagues identiques en or dans lesquelles étaient serties des pierres noires qui ne reflétaient pas la lumière des torches. Il les leur distribua. Chacun passa la sienne à son majeur.

Appuyé contre l'autel, les jambes flageo-
lantes, le prêtre d'Ishtar poursuivit.

– Dans leur infinie sagesse, les Anciens
nous ont légué ce temple. Grâce à la bague
des Mages d'Ishtar que vous portez maintenant, chacune de ces portes vous transpor-
tera dans un autre *kan* déterminé à l'avance.
Là, vous veillerez sur le fragment qui vient
de vous être confié et le défendrez au prix de
votre vie. Vous ne devrez jamais vous revoir,
à moins que l'Élu annoncé par les Anciens
ne se manifeste, auquel cas celui qui l'aura
trouvé devra en avertir les autres Mages dans
ce temple, hors des *kan* et à l'abri de tous,
et nulle part ailleurs. Sous aucun prétexte
vous ne devrez révéler aux autres le *kan*
dans lequel vous vous trouvez. Demeurez
vigilants. Veillez à ce qu'un disciple, initié
selon les rites immémoriaux, soit prêt à vous
succéder et à poursuivre la mission sacrée des
Mages d'Ishtar jusqu'à ce que l'Élu se révèle
et détruise à jamais le talisman. Et si Ishtar
vous accorde la grâce de connaître l'Élu,
venez-lui en aide avec toutes les ressources
dont vous disposerez. S'il le faut, sacrifiez
votre vie pour lui.

Naska-ât fit une pause et les toisa un à
un. L'atmosphère était lourde et chargée
d'émotion. Aucun des disciples n'osait faire
le moindre bruit.

— Maintenant, jurez par Ishtar que vous respecterez ces directives, ordonna-t-il.

Les disciples s'agenouillèrent tour à tour devant lui, placèrent leurs mains dans les siennes, le regardèrent dans les yeux et prononcèrent un serment solennel au contenu si terrible qu'il leur glaça le sang. Ashurat fut le dernier à s'exécuter.

— Moi, Ashurat, déclama-t-il, par la volonté d'Ishtar et sur cette bague léguée par les Anciens, je promets et je jure que, toujours, je protégerai l'objet qui m'est confié et que je garderai l'ultime secret du talisman de Nergal. Je m'engage à y consacrer mes talents, mon intelligence et ma vie, et ne reculerai pas même devant la mort pour accomplir ma tâche. Je m'engage de plus à former un disciple qui me succédera si le besoin s'en faisait sentir, et à lui enseigner à en faire autant, cela jusqu'à la fin des temps s'il le faut. Je m'engage aussi à venir en aide à l'Élu d'Ishtar s'il se présentait à moi. Si je venais à manquer à ces devoirs, que l'on m'ouvre la gorge d'une oreille à l'autre, que l'on m'éviscère et que l'on jette mes entrailles sur le sol pour en nourrir les bêtes sauvages. *Silim-Ma Ishtar*[1].

Naska-ât hocha la tête, le cœur gonflé à la fois d'une infinie tristesse et d'une fierté émue.

---

1. En sumérien : Gloire à Ishtar.

Une larme s'échappa de son œil et coula lentement sur sa joue en empruntant les sillons que les années y avaient tracés pour aller se perdre dans sa barbe blanche.

— Allez, dit-il d'une voix tremblante d'émotion. Qu'Ishtar veille sur vous et sur vos successeurs. Adieu, mes enfants.

À l'unisson, les cinq Mages d'Ishtar se relevèrent et inclinèrent respectueusement la tête. Ils allaient bientôt quitter à jamais le *kan* dans lequel ils avaient vu le jour. Ils étaient presque paralysés par la peur, mais ils devaient obéir à leur maître. Ils contournèrent l'autel et s'étreignirent les uns les autres pour la dernière fois. La gorge nouée, personne ne trouva de mots pour saluer ses compagnons.

Lentement, chacun prit position devant une porte et tendit sa bague. Les pierres s'illuminèrent et un symbole se forma, aveuglant de brillance, sur chaque porte : un pentagramme ✪ devant Ashurat, deux triangles entrelacés ✡ devant Hiram, deux triangles superposés ✡ devant Abidda, une équerre et un compas ⟑ devant Mour-ît et deux pointes de flèche l'une par-dessus l'autre ⟠ devant Nosh-kem. À l'unisson, les Mages franchirent les portes du Temps, chacun vers un *kan* différent, et les refermèrent définitivement derrière eux.

Seul dans le temple vide, Naska-ât s'abandonna à la faiblesse qu'il ressentait. Le visage couvert de sueur, il toussa, cracha une glaire remplie de filaments sanguinolents et attendit un peu que le souffle lui revienne. Il tendit alors sa propre bague. Un pentagramme inversé se matérialisa sur la sixième porte. Le symbole du Mal. L'entrée menait au *kan* d'Éridou, d'où ils étaient tous venus pour maîtriser le Mal. Mais pour le Mage des Mages, cette porte s'ouvrait aussi sur d'autres *kan*. C'est dans l'un d'eux qu'il mourrait, après avoir mené à bien la mission qu'il devait exécuter seul, loin de chez lui, comme ceux qu'il venait de voir partir. Ensuite, il amorcerait sa descente vers le Royaume d'En-Bas.

LE GUERRIER

Londres, en l'an de Dieu 1809

La ruelle était comme toutes les autres : sombre, nauséabonde et sale. La brique des édifices qui la bordaient était noircie par la suie de la fumée des usines et des nombreux poêles au charbon qui réchauffaient les Londoniens.

Le long d'un mur, à moitié couché dans une flaque d'eau de pluie, un clochard cuvait le gin qu'il avait consommé en quantité pendant une bonne partie de la nuit. L'odeur d'alcool qui montait de ses vêtements crasseux empestait l'air et n'avait d'égale que celle, rance, de son corps qui n'avait pas été lavé depuis des semaines, et que celle, acide, des vomissures qu'il avait expulsées sur le sol sans même se réveiller. Un chien maigrelet s'approcha en silence de l'ivrogne et renifla les déchets humains avec intérêt. Il allait se mettre à les lécher lorsqu'il leva brusquement la tête et dressa les oreilles, aux aguets. L'animal émit un gémissement piteux et, abandonnant du coup son banquet imprévu, s'enfuit à toute vitesse.

Une étrange lueur illumina la brume froide de l'aube, lui donnant une apparence opaque et presque solide, éclairant la ruelle comme en plein jour. Dérangé dans son sommeil pourtant lourd comme le plomb, l'ivrogne remua en marmonnant, gratta sa barbe de plusieurs jours, trouva à tâtons la bouteille de gin vide qui traînait près de lui et tenta sans succès d'en tirer une dernière goutte. Frustré dans son effort, il la lança sans même ouvrir les yeux contre le mur de brique en maugréant à l'intention d'un interlocuteur imaginaire d'éteindre tout de suite cette fichue lampe, sinon… Puis il se retourna vers le mur, se recroquevilla et sombra dans un sommeil proche du coma, sans égard aux éclats de verre qui parsemaient le sol. Bientôt, ses ronflements tonitruants furent profonds et réguliers. La ruelle redevint sombre. Au loin, on pouvait entendre les voix lasses d'ouvriers qui se rendaient à pied vers une nouvelle journée de travail longue et épuisante.

Un craquement brisa le silence, sec comme un coup de fouet et puissant comme un canon. Le clochard émergea à nouveau et se redressa, se demandant qui était l'abruti qui s'amusait à tirer du pistolet si près de lui. Il n'avait pas encore retrouvé ses sens qu'un violent tourbillon de vent l'enveloppa, faisant virevolter les déchets qui s'amoncelaient dans la ruelle. Aveuglé par la poussière, il se couvrit le visage avec sa manche. Puis le vent tomba et les déchets se posèrent un à un sur le sol de terre battue. Un calme presque surnaturel se répandit dans la ruelle. Toussant comme s'il souffrait de consomption[1], le clochard hébété retrouva un peu ses esprits et tenta sans succès de comprendre ce qui venait de se passer. C'est à ce moment qu'il vit la porte.

Craignant une autre des hallucinations causées par l'alcool qui l'affectaient de plus en plus fréquemment, l'ivrogne se frotta les yeux puis regarda encore. Aucun doute, elle était bien là. Une porte en bois, massive, d'apparence parfaitement anodine sinon qu'elle flottait dans le vide à quelques pouces[2] du sol, à égale distance entre les édifices qui bordaient la ruelle.

Pendant de longues minutes, l'impossible apparition resta fermée. Le clochard pétrifié ne s'aperçut même pas que sa vessie s'était vidée et qu'une urine chaude à l'odeur puissante

---

1. La tuberculose.
2. Un pouce vaut 2,5 centimètres.

imbibait son pantalon. Le visage pâle, les lèvres tremblantes, il se pressa le dos contre le mur.

Un grincement sinistre rompit finalement le silence. La porte s'entrouvrit et une faible lueur s'échappa par l'embrasure. L'ivrogne écarquilla les yeux, un couinement de terreur s'échappant de ses lèvres. Une tête se dessina dans la porte entrouverte. L'apparition regarda d'abord à droite, puis devant et enfin derrière la porte, qui s'ouvrit complètement. La silhouette d'un homme se détacha et en sortit. Le nouveau venu resta planté là, le regard perdu, le corps vacillant. Il sembla pris d'un étourdissement et tomba à genoux, s'appuyant sur une main et se frottant le visage de l'autre. Sa respiration profonde et sonore trahissait la force qui l'habitait.

Désormais certain que cette porte s'ouvrait tout droit sur l'enfer, l'ivrogne tapi dans l'ombre mit son poing fermé entre ses dents et mordit aussi fort qu'il le pouvait pour étouffer un cri qui l'aurait fait repérer.

L'étranger se releva lentement, semblant tester la capacité de ses jambes à le porter. Dans la pénombre, il se tenait au milieu de la ruelle. Ses cheveux longs et bouclés tombaient avec grâce sur ses épaules. La barbe touffue qui couvrait le bas de son visage lui donnait un air féroce que renforçait le regard intense de ses yeux sombres. Les épaules larges et musclées, les jambes massives, le ventre plat, les bras puissants, il paraissait avoir été sculpté dans un bloc de granit. Il portait pour tout vêtement un pagne et des sandales lacées autour de ses mollets saillants. Du côté gauche de sa ceinture était suspendu un fourreau d'où dépassait la poignée d'une courte épée. De l'autre côté était passée une petite pochette de cuir fermée par une cordelette. Sur le mollet droit, dans un étui attaché par deux lacets, se trouvait un poignard. Ses poignets étaient cerclés d'épais bracelets d'un métal jaune serti de pierres rouges et vertes qui scintillaient joliment dans la faible lumière du jour naissant.

La tête inclinée vers l'avant, le corps tendu tel un prédateur, l'homme était visiblement aux aguets. Il tendait l'oreille en scrutant la pénombre, attentif à la plus petite menace. Sa main droite, ouverte, était prête à saisir son arme à la moindre alerte. Il inspira profondément et grimaça de dégoût à l'odeur qui régnait dans la ruelle. Apparemment rassuré, il referma la porte sans se retourner, d'un coup de talon. Aussitôt, elle se volatilisa.

Le clochard avait presque toujours été pauvre. Voilà longtemps, il avait gagné honnêtement sa vie en travaillant dans les manufactures mais, buvant plus d'argent qu'il n'en recevait, il avait fini par être réduit à la mendicité. Quelques bien-pensants lui donnaient de quoi acheter son gin de la journée. C'était peu, mais il s'en contentait. À part l'alcool, il n'avait besoin de rien. De la nourriture, il en traînait toujours quelque part.

Il était peut-être sans le sou, mais il savait reconnaître de l'or et des pierres précieuses. Et les bracelets de cet homme étrange n'étaient qu'or et joyaux, il en était certain. Avec une seule de ces parures, l'ivrogne pourrait passer le reste de sa vie à boire tout son soûl sans jamais manquer d'argent.

La cupidité l'emporta sur la prudence. Discrètement, le clochard ramassa un gros morceau de verre qui s'était retrouvé près de lui après qu'il eut fracassé sa bouteille et en testa le tranchant avec le pouce. Cela suffirait amplement pour ouvrir la gorge de l'homme, songea-t-il. Ensuite, il verrait bien comment lui retirer ses bracelets. S'il le fallait, il lui couperait les mains.

Sans attendre, il empoigna fermement son morceau de verre, se leva d'un bond et fonça vers l'étranger qui venait d'apparaître près de lui. Toute son attention s'étant portée sur la distance qu'il avait à franchir, il ne vit pas sa victime projetée se raidir imperceptiblement.

Tout se passa très vite. L'homme se déplaça avec l'agilité d'un fauve et, au lieu de lui trancher la gorge, le tesson de verre lui ouvrit la peau de l'épaule. Il grogna, autant par contrariété qu'à cause de la douleur, saisit le poignet de son assaillant, lui tordit douloureusement le bras jusqu'à ce qu'il laisse tomber son arme improvisée puis le repoussa. Presque du même geste, il dégaina son épée et frappa. En un infinitésimal instant, l'ivrogne entendit la lame siffler dans l'air et la vit décrire un arc de cercle devant lui. Des éclaboussures écarlates explosèrent dans toutes les directions.

Le clochard s'effondra sur le sol et vit son corps qui tombait un peu plus loin. Il n'avait pas mal. Il eut tout juste le temps de constater, perplexe, qu'il ne respirait plus avant que ses yeux, au milieu de sa tête tranchée, ne se ferment.

✦

Nosh-kem, Mage d'Ishtar, avait examiné sa blessure et l'avait jugée superficielle. Déjà, elle ne saignait presque plus. Il la soignerait plus tard. Pour le moment, il ne devait pas rester là.

Il traîna le corps maintenant nu de son agresseur vers un coin sombre, puis y ramena la tête. Il recouvrit le tout de détritus ramassés çà et là. Malgré son jeune âge, il avait beaucoup tué. La mort ne l'impressionnait pas. Il avait une mission et si elle exigeait qu'il tue pour l'accomplir, il le ferait sans hésiter.

Il n'avait pas pu endosser la chemise, maculée de sang, mais les autres vêtements lui allaient. Le pantalon encore humide empestait l'urine, mais il cachait bien l'étui sur son mollet droit, dans lequel se trouvait toujours son poignard. Quant à son épée, elle était trop visible et il avait choisi de l'abandonner parmi les ordures. Les chaussures de cuir étroites étaient terriblement inconfortables et limitaient ses mouvements, mais si tout le monde en portait, il devait le faire lui aussi pour passer inaperçu. Quant à l'odeur des vêtements, il s'en accommoderait jusqu'à ce qu'il puisse en trouver d'autres.

Avant de sortir de la ruelle pour s'engager dans la rue, il s'assura que le manteau du clochard couvrait bien ses bracelets.

UN MAGE À LONDRES

Depuis plusieurs jours, Nosh-kem arpentait les rues du *kan* où il s'était retrouvé. Il se sentait toujours aussi désorienté qu'à son arrivée et se faisait violence pour ne pas trop penser à Naska-ât et aux quatre autres Mages qu'il avait quittés. Il avait besoin de toute sa concentration pour ne pas perdre la raison. Sur la porte qu'il avait franchie en quittant le temple du Temps était apparu un symbole qu'il ne connaissait pas, mais qui ne lui disait rien de bon : deux pointes de flèche l'une par-dessus l'autre ⚡.

Il se trouvait dans une ville plus grande et plus peuplée que ce qu'il aurait pu imaginer dans ses cauchemars les plus fous. Les innombrables cheminées qui pointaient vers le ciel produisaient une fumée âcre qui rendait l'air pratiquement irrespirable. Une odeur d'excréments, de crasse humaine et de friture agressait sans relâche ses narines habituées à l'air pur d'Éridou. Une fine couche de poussière recouvrait tout et donnait à la ville une couleur tristement uniforme. Les rayons du soleil ne parvenaient pas à percer la grisaille qui englobait la ville. Il avait fallu beaucoup de temps au Mage pour qu'il cesse un peu de tousser.

Nosh-kem ne comprenait pas davantage le fonctionnement de cette ville qui, à aucun moment, ne semblait tout à fait endormie. Jamais il n'avait vu tant de monde. Dans les rues, les gens, qui semblaient occuper le moindre espace disponible, avaient le teint blafard et le regard éteint. La plupart se rendaient dès l'aube dans de grands bâtiments d'où ils ne ressortaient qu'au soir, l'air épuisé, pour être aussitôt remplacés par d'autres. Les passants, les charrettes et les carrosses qui sillonnaient les rues produisaient une cacophonie anarchique.

Le Mage d'Ishtar n'avait pas cru qu'être transporté dans un autre *kan* le dépayserait autant, sans doute parce qu'il n'aurait jamais pu imaginer qu'un *kan* pût être si différent du sien. Il se sentait isolé, perdu, désorienté. Les gens l'évitaient ou semblaient regarder à travers lui, comme s'il n'existait pas. Grâce aux mystérieux pouvoirs des Anciens, il comprenait parfaitement la langue de ce *kan* et la parlait de manière complètement naturelle. Mais là s'arrêtait son adaptation. Lorsqu'il abordait quelqu'un, il ne rencontrait que méfiance ou mépris. Certains l'avaient même frappé en lui criant de s'éloigner. Plusieurs fois, Nosh-kem avait résisté à la tentation de se défendre et d'occire illico son agresseur. Il devait passer inaperçu et s'intégrer. Il lui fallait devenir anonyme. La sécurité du fragment qu'on lui avait confié en dépendait et il était hors de question qu'il échoue. Cette mission sacrée, il l'avait acceptée de son plein gré. Il allait la mener à bien, même dans le monde de fous où il s'était retrouvé.

Toute sa vie, Nosh-kem avait été habité par l'assurance tranquille qu'il saurait résister au danger. Il avait appris le maniement des armes et les subtilités du combat. Ses exploits lui avaient permis de gravir les échelons de l'armée d'Éridou et il avait obtenu un rang d'officier avant ses vingt-cinq ans. Il savait que, pour vaincre, il devait respecter son adversaire, le connaître aussi bien qu'il se connaissait lui-même et identifier ses points faibles pour les exploiter. Ses maîtres lui avaient enseigné qu'un guerrier n'était dangereux que lorsqu'il maîtrisait son environnement et l'exploitait à son avantage. Or, Nosh-kem ne dominait pas ce qui l'entourait.

Dans ce *kan*, tout lui était étranger. Les règles qui le régissaient le confondaient. Pour la première fois, le Mage guerrier connaissait la peur et, malgré les abondantes réserves de courage qu'il possédait, il devait lutter contre la panique qui tentait de s'insinuer en lui.

Nosh-kem se blottit sous une porte cochère, secoua la tête et inspira profondément pour calmer son anxiété. L'odeur de vomissures, d'urine et d'alcool qui se dégageait de ses vêtements lui rappela qu'il devait en changer. De toute évidence, la manière dont il était habillé avait quelque chose à voir avec le traitement qu'on lui réservait. On semblait le considérer comme un paria. Pourtant, la plupart des gens de ce *kan* empestaient avec une égale intensité la sueur, la crasse et la fumée. Mais eux ne semblaient pas se sentir.

Désirant porter son attention sur autre chose, il examina l'endroit où il s'était réfugié. Derrière la porte cochère se trouvait une petite cour intérieure, encerclée par des édifices à plusieurs étages garnis de balcons branlants. Des cordes avaient été tendues en travers de la cour, d'un balcon à l'autre, et on y avait suspendu des vêtements à sécher. Il avisa un pantalon, des chemises d'un blanc fatigué et quelques vestes usées – des vêtements semblables à ceux que tout le monde portait. Tout près, une femme entre deux âges lui faisait dos. Elle étendait les vêtements fraîchement lavés.

C'était ce dont il avait besoin. Il se plaqua contre le mur de brique et scruta les environs. La voie semblait libre. Sans faire de bruit, il entra dans la petite cour et, comme un chasseur à l'affût, s'approcha de la femme. Avant qu'elle ne s'aperçoive de sa présence, le Mage avait encerclé son torse de son bras gauche et passé le droit autour de son cou. Il banda ses muscles et un crac! sinistre perça le silence lorsque les vertèbres cervicales cédèrent. La femme s'effondra sur le sol, la tête inclinée sur le côté, dans un angle anormal.

Nosh-kem arracha d'un geste vif les vêtements qui semblaient à sa taille. Au même instant, une porte s'ouvrit en grinçant et un homme apparut dans la cour arrière. Il lui fallut une seconde pour assimiler la scène. Puis il blêmit et écarquilla les yeux.

— Lucy? demanda-t-il d'une voix incrédule en fixant le cadavre qui gisait par terre.

Sans attendre, le Mage s'élança vers la sortie.

— Au secours! hurla l'homme entre deux sanglots. Au meurtre! Il a tué ma Lucy! Arrêtez-le!

Nosh-kem continua sa course. À la sortie de la porte cochère, un homme apparut, l'air aussi surpris que lui. Avant qu'il ne puisse faire le lien entre les cris désespérés qu'il entendait et l'individu qui courait vers lui, les bras chargés de vêtements, il reçut l'épaule de Nosh-kem en plein ventre et s'effondra sur le sol, le souffle coupé.

Le guerrier d'Éridou prit la fuite à toutes jambes.

✦

Dans une ruelle isolée, Nosh-kem retira avec soulagement les hardes nauséabondes qu'il avait prises à son agresseur. Il aurait donné cher pour se laver, mais se contenta de passer le pantalon, la chemise et la veste qu'il venait de chaparder. Il avait vu juste : les vêtements lui allaient beaucoup mieux et surtout, sans être neufs, ils étaient au moins propres. Il remit ses chaussures et se dirigea vers la rue. Ainsi vêtu, il se dit qu'il lui serait plus facile de s'intégrer aux habitants.

Il marchait au hasard depuis plusieurs minutes, ravi de constater que les passants ne l'évitaient plus, lorsque les gargouillements de son ventre lui rappelèrent que, depuis son arrivée, il n'avait pratiquement rien trouvé à se mettre sous la dent. Il avait eu beau chercher, il n'avait vu ni potager ni champ en culture où il aurait pu se servir. Il s'était demandé, perplexe, de quoi les habitants de cette ville pouvaient bien se nourrir. Puis il avait vu des gens attablés dans un établissement, en train de partager un repas en riant avec, à la main, un verre de liquide brun couronné d'une épaisse mousse blanche. L'odeur avait frappé ses narines comme une tempête de sable aussi violente qu'inattendue. Comme un automate, il était entré dans l'établissement, s'était dirigé vers l'homme le plus proche, avait plongé les doigts dans son assiette et y avait pris un gros morceau de pâté rempli de viande et couvert d'une sauce brune. Il avait à peine eu le temps de porter la main à sa bouche que plusieurs hommes s'étaient levés d'un trait et il en avait été quitte pour une sévère raclée à laquelle, une fois de plus, il s'était gardé de répliquer. Il s'était retrouvé à plat ventre dans la rue, le visage couvert d'ecchymoses et de coupures, les côtes endolories. Depuis, il n'avait mangé que ce qu'il avait pu trouver dans les monceaux de détritus qui s'accumulaient derrière la plupart des bâtiments.

Au souvenir des odeurs alléchantes de nourriture, le monde se mit à tourner sur lui-même et Nosh-kem dut s'appuyer contre un mur pour rester sur pied. De l'autre côté de la rue, une voix puissante et enjouée retentit. Il en suivit la direction et aperçut un marchand qui proposait des morceaux de poisson frit aux passants.

– Fish and chips! criait-il à tue-tête pour attirer l'attention. Fish and chips! Seulement un penny! Fish and chips!

Un passant s'arrêta, sortit une petite pièce de sa poche et la laissa tomber dans la main du marchand, qui lui remit un cône façonné avec du papier rempli de poisson frit dont l'huile imbibait les rebords.

Envahi par l'odeur alléchante, Nosh-kem s'engagea dans la rue. Le guerrier sentait la salive inonder sa bouche. Autour de lui, plus rien n'existait que ce poisson odoriférant. Il avait atteint le milieu de la rue lorsqu'un hennissement strident le tira de sa transe.

Tout se déroula très vite. L'homme d'Éridou se retourna vers le son familier qui lui rappela les joies sauvages du champ de bataille. Un magnifique carrosse tiré par deux grands chevaux fonçait sur lui. Un violent choc projeta le Mage d'Ishtar dans les airs.

Nosh-kem atterrit lourdement sur le sol et rebondit mollement à quelques reprises avant d'arrêter sa course sur le bord de la rue. Il tenta de se relever mais retomba aussitôt, sonné. Face contre terre, il vit la porte du carrosse s'ouvrir et des pieds chaussés de souliers de cuir verni s'approcher de lui. Un homme vêtu d'un pantalon étroit, d'une redingote sombre surmontant une chemise à col de dentelle et portant un chapeau haut-de-forme se pencha sur lui.

— Aidez-moi... balbutia le guerrier en lui tendant une main tremblante. J'ai... mal.

Il se mit à tousser. Du sang clair jaillit de sa bouche et éclaboussa les bottes de l'homme qui, sans s'en formaliser, s'accroupit près de lui et lui prit la main.

— Mon cocher ne t'a pas vu à temps. Tu n'as rien de cassé ?

Le blessé tenta de répondre mais en fut incapable. Une brume épaisse avait enveloppé le monde autour de lui. La dernière chose que vit le Mage d'Ishtar fut le visage souriant. Puis Nosh-kem, guerrier d'Éridou et Mage d'Ishtar, cessa d'être.

UN DÉPART PRÉCIPITÉ

Manaïl flottait dans une eau tiède et accueillante. Il se sentait serein et parfaitement bien. À sa droite se trouvait Ermeline. Ses cheveux ondulaient autour de sa tête comme une magnifique couronne noire. Elle lui tenait la main. Elle lui sourit et il en fit autant.

La gitane désigna du doigt un amas de pierres au fond de l'eau. Manaïl l'observa. Une construction très ancienne, effondrée depuis longtemps. Tout près, il pouvait voir les fondations du pont que les Parisiens appelaient les « Planches Mibray ». Il fit signe à Ermeline de le suivre et se mit à s'ébattre vers les profondeurs. À mesure qu'il descendait, la lumière faiblissait.

Arrivé au fond, il s'arrêta devant une lourde porte de bois encastrée dans les ruines. C'était donc de là qu'il avait émergé dans ce kan. Il n'en avait pas souvenance.

Il tendit sa bague. Sur la mystérieuse pierre noire apparut un pentagramme d'un bleu glacial avec en son centre une forme humaine orangée, bras et jambes tendus. Aussitôt, un symbole s'embrasa, couleur de flamme, sur la porte : deux triangles superposés, la pointe de l'un vers le bas et celle de l'autre vers le haut ✡. Il poussa la porte qui, n'offrant aucune résistance, s'ouvrit lentement. Il fit signe à Ermeline d'entrer la première. Elle inclina la tête pour souligner qu'elle appréciait sa galanterie et franchit le seuil à la nage.

Manaïl allait en faire autant et retourner dans le temple du Temps lorsque, du coin de l'œil, il crut apercevoir quelque chose qui se dirigeait vers lui. Il se retourna. Une silhouette. Quelqu'un nageait dans sa direction. Ses bras pagayaient maladroitement et ses pieds battaient avec difficulté, entortillés dans une longue bure imbibée d'eau. Bientôt, l'inconnu fut à portée de vue de Manaïl, qu'un frisson d'horreur traversa.

L'homme avait passé beaucoup de temps dans l'eau. Sa peau était blanche et délavée ; son corps, bouffi et déformé. Ses yeux, dévorés par les poissons, n'étaient plus que des lambeaux de chair. Ses cheveux blonds semblaient être devenus blancs, mais son long nez d'aigle et ses grandes oreilles étaient aisément reconnaissables. Jehan Malestroit. Ou ce qu'il en restait. Le prêtre qui l'avait dénoncé à l'Inquisition le poursuivait, encore et toujours.

Jehan saisit entre ses doigts gonflés le chapelet qui pendait à sa ceinture et brandit le crucifix de bois en direction du garçon.

Crux sancta sit mihi lux, s'écria-t-il, d'une voix assourdie par l'eau. Non draco sit mihi dux. Vade Retro Satana, Nunquam Suade Mihi Vana. Sunt Mala Quæ Libas, Ipse Venena Bibas[1] !

Le prêtre pagaya de sa main libre et s'approcha de Manaïl. Lorsqu'il s'arrêta, son visage était tout près de celui de l'Élu. Paralysé par la frayeur, Manaïl n'arrivait plus à bouger. Jehan lui saisit la main gauche et, avec une force terrifiante, la releva pour en observer la paume. Ses lèvres blanchâtres se contorsionnèrent en une grimace dégoûtée et il releva vers l'Élu les yeux qu'il n'avait plus.

Il serra la main du garçon, qui sentit bientôt ses os craquer et se briser. La douleur était insupportable. Pourtant, il ne parvenait pas à sortir de sa torpeur.

---

1. En latin : Que la sainte Croix soit ma lumière. Que le dragon ne soit point mon maître. Retire-toi, Satan, ne me conseille jamais tes vanités. Les breuvages que tu offres, c'est le mal ; bois toi-même tes poisons !

Sans lâcher son crucifix, Jehan inséra ses doigts dans la chemise de Manaïl et la souleva d'un geste sec, découvrant les épaisses cicatrices qui formaient un pentagramme inversé. Paralysé d'horreur, le garçon ne réagit pas.

— IN PRINCIPE DÆMONIORUM EICIT DÆMONES[1]! tonna le prêtre. Ton pouvoir maudit a amené ma perte! Si je dois être damné pour l'éternité, tu me tiendras compagnie!

Jehan apposa le crucifix sur le pentagramme. La chair se mit à grésiller comme si on y avait appliqué un fer rouge. Une multitude de bulles en monta, embrouillant l'eau entre le prêtre et l'Élu. Manaïl hurla. Autour de lui, tout s'assombrit. Il sentit que le prêtre le tirait vers lui. Il voulait l'emporter loin de la porte. Loin du temple. Vers l'enfer de son Dieu.

Une main empoigna le col de sa chemise et le retint.

— Lâche-le, prêtre! s'écria Ermeline avec colère Tu n'as eu que ce que tu méritais! Lorsque tu arriveras en enfer, salue tes semblables de la part de ma mère!

---

1. En latin : C'est par le prince des démons qu'il chasse les démons. Évangile selon saint Matthieu 9,34.

Manaïl sentit un choc et fut tiré vers l'arrière. Le couloir l'enveloppa puis la porte se referma, laissant le prêtre seul à l'extérieur. Un gémissement de désespoir traversa l'épaisse cloison de bois.

Puis, plus rien.

✦

Dans le temple du Temps,
sans lieu ni date

— Réveille-toi, dit une voix pressante qui venait de très, très loin. Réveille-toi. Vite !

Des profondeurs de son sommeil, Manaïl sentit qu'on posait une main sur sa poitrine. Jehan ! Il allait encore le torturer avec son crucifix ! Le garçon se mit à se débattre de toutes ses forces, frappant à l'aveuglette des pieds et des poings.

— Calme-toi, Élu. Tu es en sécurité.

La voix était chaude et rassurante. Familière, aussi. Presque malgré lui, le garçon cessa de remuer. Une lumière diffuse traversa peu à peu ses paupières et il devina quelque chose de dur et de froid appuyé contre son dos. Il ouvrit les yeux.

La première chose qu'il vit fut Ishtar, assise sur ses talons près de lui. Portant sa longue jupe, sa tiare et son collier de joyaux, elle était glorieuse de beauté et dégageait un amour infini. Un regard rapide confirma à l'Élu qu'il se trouvait dans le temple du Temps. Ermeline et lui avaient réussi à retrouver la porte.

— Déesse? marmonna-t-il, pantelant, l'esprit embrumé.

Il allait se redresser lorsqu'il sentit une nausée lui soulever l'estomac. Il eut tout juste le temps de se retourner pour vomir l'eau putride de la Seine qu'il avait avalée en quantité.

— Tu te sens mieux? demanda Ishtar lorsqu'il eut fini.

— Je crois, oui, répondit-il d'une voix haletante.

— N'eût été de cette brave Ermeline, tu te serais certainement noyé.

Ermeline. Le vague souvenir d'un plongeon en compagnie de la gitane dans les eaux sales de la Seine lui revint en tête. Le froid. L'air qui lui manquait. Le besoin irrépressible de respirer. L'eau qui envahissait ses poumons. Le fond qui se rapprochait de lui. La noirceur qui l'enveloppait. Manaïl se redressa brusquement et aperçut la gitane assise dans un coin, qui tremblait comme une feuille. Ses traits étaient tirés et ses lèvres, pâles. Elle était toute trempée. De l'eau dégoulinait de son visage et de ses cheveux. Elle posa sur lui ses grands yeux noirs écarquillés et, malgré son état, lui fit un sourire radieux.

Grelottant, Manaïl se leva péniblement et la rejoignit. La tête lui tournait un peu. Il s'accroupit près d'elle.

— Tu vas bien ? s'enquit-il anxieusement.

— Je me suis déjà sentie mieux, mais ça ira, répondit la gitane en souriant.

Visiblement ravie, et malgré les tremblements qui l'assaillaient, elle se mit à parler à toute vitesse comme un moulin à vent qui s'emballe sous l'effet d'une bourrasque soudaine.

— Cornebouc ! Tu es lourd, tu sais, dit-elle. Et en plus, tu nages comme un bloc de pierre. J'ai bien cru me noyer. Je pensais te laisser couler pour remonter à la surface et respirer lorsque la bague de ma mère s'est illuminée. Une porte est apparue sous l'eau, tout près de nous. Je l'ai franchie et j'ai nagé dans le couloir inondé en te tirant. La déesse m'a ouvert juste avant que mes poumons n'éclatent comme une outre trop pleine. Je ne savais pas si je devais me prosterner ou vomir...

— Merci, articula Manaïl en tentant d'empêcher ses dents de claquer. Si je comprends bien, tu m'as sauvé la vie. Encore une fois...

— Ce n'est rien, fit modestement la gitane en rougissant.

— Grâce à la persévérance et au courage d'Ermeline, le troisième fragment est en sécurité, répliqua Ishtar avec un sourire attendri.

Je reconnais bien en elle une descendante de
la sage Abidda.

Instinctivement, Manaïl porta la main à sa
poitrine, sachant déjà ce qu'il y trouverait.
Trois des cinq pointes du pentagramme malé-
fique qu'y avait tracé Noroboam l'Araméen
étaient maintenant gonflées par un fragment
du talisman de Nergal. Ishtar l'y avait placé
pendant qu'il était inconscient.

— Encore deux et ta quête sera complétée,
remarqua la déesse.

Manaïl avisa l'autel du temple. La dépouille
d'Ashurat, qu'il y avait déposée après qu'il eut
succombé aux tortures de Pylus, le premier
Nergali qu'il avait affronté, y était toujours.

La déesse s'approcha et une expression
d'embarras assombrit son beau visage. Elle
soupira et vrilla son regard dans celui de son
Élu.

— Malheureusement, ta quête est en danger, dit-elle. Tu dois repartir dès maintenant.

— Aggghhhhhh..., gémit Manaïl. Je ne
peux pas me reposer un peu ?

— Non. Il y a urgence. Pendant ton absence,
deux *kan* ont convergé. Le passé de l'un a
rejoint le présent de l'autre, de sorte que deux
fragments du talisman de Nergal coexistent
dans le même moment. Leur proximité décu-
plera leur puissance. S'il fallait que les Nergalii

les récupèrent tous les deux... Tu dois les retrouver avant eux.

Manaïl secoua la tête pour en chasser l'apathie.

— Ma présence fera en sorte que tous les fragments seront dans le même *kan*. N'est-ce pas courir un grand risque ? Ne serait-il pas prudent de laisser ici les trois que j'ai retrouvés ?

La déesse fronça les sourcils et secoua la tête.

— Tu es le seul talisman qui soit plus puissant que celui de Nergal, tu le sais. Le pouvoir des fragments augmentera avec leur nombre. Le moment venu, toi seul pourras le contenir.

La déesse posa les yeux sur le bijou que portait Ermeline. La bague de Giraude, sa mère, et de son arrière-grand-mère Abidda.

— Vous devez partir sans tarder, insista Ishtar. Tous les deux.

— Moi aussi ? interrogea Ermeline, surprise.

— Tu es la descendante d'une Magesse. Tu portes en toi son courage et ses ressources. Et puis, tu ne peux quand même pas rester ici pour l'éternité. Tôt ou tard, tu devras retourner dans les *kan*. Tu peux repartir dans le tien, dit la déesse en désignant d'un geste la porte appropriée, ou suivre l'Élu dans un autre. Le choix t'appartient.

— Les prêtres et leur Inquisition ou la quête… Corbenouc! Voilà une réjouissante perspective…, maugréa la gitane.

Manaïl et la déesse attendirent, anxieux, pendant qu'Ermeline soupesait ses choix. Indécise, elle se mordillait les lèvres. Sa propre mère était morte pour cette quête, cruellement suppliciée par les prêtres. Avait-elle le droit de cracher sur son sacrifice? Était-elle morte pour rien? Et pouvait-elle abandonner à son sort ce garçon auquel elle s'était attachée? Et plus que tout, qui était-elle pour refuser son aide à la déesse de ses ancêtres? Malgré toutes ces considérations, la gitane était terrifiée et la peur la paralysait. L'univers qui s'ouvrait devant elle était inconnu, mystérieux et rempli de périls. Allait-elle y trouver la souffrance et la mort? Ne serait-elle pas plus avisée de retourner chez elle, à Paris, pour y mener une existence tranquille?

Les yeux d'Ermeline, l'un jaune comme celui d'un chat, l'autre vert comme une émeraude, allèrent de Manaïl à Ishtar. Après un long moment, elle prit enfin une décision.

— Malgré les problèmes que tu me causes, je me suis habituée à toi, dit-elle en forçant un sourire. Un peu comme un chaton errant que j'aurais recueilli. Et puis, sans moi, tu ne survivrais pas longtemps!

Soulagé, le garçon lui rendit son sourire. Ishtar hocha la tête en signe d'approbation et adressa à son Élu un regard entendu. *Désormais, une Magesse t'accompagnera*, lui avait-elle prédit. *Elle deviendra ton alliée la plus loyale.* La prédiction venait de s'accomplir.

Manaïl se releva laborieusement et offrit sa main à Ermeline pour l'aider à se remettre sur pied.

— Puisqu'il le faut, soupira-t-il.

Il tendit le poing droit vers les portes. Deux symboles y apparurent, brillants. Une équerre et un compas entrecroisés ⟡ sur la première et un sceau de Salomon ⬡ dont les lignes horizontales semblaient avoir été pliées sur la seconde.

— Laquelle dois-je prendre ? demanda-t-il.

La déesse lui indiqua de la main celle sur laquelle figurait l'étrange symbole, puis elle décrivit un arc de cercle avec sa main. Aussitôt, une grande chaleur enveloppa les deux jeunes gens, séchant leurs vêtements et calmant leurs frissons. Puis elle tendit la main, paume vers le haut, et une cruche s'y matérialisa.

— Buvez, dit-elle. Que l'eau qui donne la vie à la nature vous rende vigueur, santé et courage.

43

Habitué à l'effet de l'élixir d'Ishtar, Manaïl rassura Ermeline d'un signe de la tête. La gitane accepta le récipient et, encore méfiante, avala une gorgée. Au même instant, les couleurs revinrent sur ses joues. Elle but alors à grandes goulées avant de passer la cruche à son ami, qui l'imita. Lorsqu'il eut terminé, il rendit le tout à la déesse et s'essuya la bouche du revers de la main.

— Maintenant, allez, mes enfants, dit Ishtar. Et soyez très prudents. Dans ce *kan*, rien ni personne ne sera ce que vous croyez.

Elle saisit le bras de Manaïl et planta ses yeux noirs dans les siens.

— Les Nergalii sauront, eux aussi, que tous les fragments sont présents dans le même *kan*, dit-elle. Ils seront nombreux à tes trousses. Fais vite. Sinon, leur filet se refermera sur toi.

— Je ferai de mon mieux...

Manaïl regarda Ermeline et, résigné, haussa les épaules avant de pousser la porte, qui s'ouvrit en grinçant. Il allait la faire passer en premier, mais le souvenir encore frais de son rêve le fit se raviser. Il prit la main de la gitane et, ensemble, ils franchirent le seuil. La déesse leur adressa un dernier regard plein d'inquiétude et referma la porte derrière eux.

L'Élu de Babylone et la gitane de Paris avancèrent dans le couloir, le bruit de leurs pas se répercutant sur les murs de pierre. Ils marchèrent un long moment avant d'atteindre l'autre extrémité, où une porte de bois leur bloquait la route.

— Tu es prête ? demanda le garçon.

— Je suppose…, soupira Ermeline. Qu'est-ce qui va nous arriver ? Il ne va pas y avoir encore de l'eau, au moins ?

— Je ne crois pas, répondit Manaïl en riant.

— Tu sais où nous allons nous retrouver ?

— Comme je te l'ai déjà expliqué, en franchissant la porte, nous allons pénétrer dans un autre *kan*, un autre moment dans le temps. Ne t'étonne pas. Tu en comprendras la langue comme s'il s'agissait de la tienne. Pour le reste, il faudra nous débrouiller. Nous devrons nous adapter de notre mieux et tenter de passer inaperçus jusqu'à ce que nous retrouvions le fragment.

— Pour ce qui est de rester discret, tu ne sembles pas avoir très bien réussi jusqu'à présent…

— Les Nergalii ont la fâcheuse manie de me tomber dessus. Mais je fais confiance à Ishtar. Et aux Anciens, aussi. Avec leur aide et un peu de chance, je suis parvenu à échapper aux Nergalii à chaque fois. À deux, ce sera certainement plus facile.

— Ce que tu dis ne me rassure guère, Martin Deville...

— Ah oui, tu me rappelles... Ne t'étonne pas. Mon nom va sans doute avoir une sonorité différente.

— Pourquoi ?

— Je l'ignore. Peut-être pour que je fasse vraiment partie du *kan* où je me trouve, dit Manaïl en haussant les épaules. Depuis le début, cela a toujours été ainsi. J'étais Maurin de l'Isle dans le *kan* de Jérusalem et Martin Deville dans le tien.

Détournant le regard de son amie, il tendit la main pour pousser la porte. Un hurlement de bête blessée s'échappa de sa gorge et se répercuta lugubrement sur les parois de pierre du couloir.

LA LIGNÉE DES BÂTISSEURS

*Province romaine de Britannia,
en l'an de Dieu 124*

Du sommet d'une colline, Mour-ît, Mage d'Ishtar, observait les ouvriers qui suaient à grosses gouttes dans la plaine, sous le soleil d'été. Ils étaient des milliers à construire une muraille qui traverserait toute la province de Britannia[1]. L'empereur Hadrien espérait ainsi empêcher les peuplades barbares venues d'Écosse de pénétrer dans l'Empire romain.

À Éridou, Mour-ît avait vu des constructions beaucoup plus grandes et plus hautes que celle-ci, comme le temple du dieu Enki. Lorsqu'il était encore enfant, il avait visité des villes entourées de murailles comme Uruk et Nippur. Mais jamais il n'avait observé une

---

1. Le nom de l'Angleterre lorsqu'elle était une province de l'Empire romain.

œuvre aussi longue. Le mur, parsemé de hautes tours de garde, serpentait dans la plaine verdoyante et s'étirait à perte de vue. À intervalles réguliers étaient installés des camps remplis de tentes où habitaient les légionnaires qui gardaient la muraille et les travailleurs qui l'érigeaient.

Mour-ît descendit la colline. Depuis son arrivée dans ce *kan*, quatre ans auparavant, il avait tant marché que ses jambes étaient devenues insensibles à la fatigue. Ornée d'une équerre et d'un compas ⟨compas⟩, la porte du Temple qu'il avait franchie en quittant Éridou s'était ouverte à Londinium[1], une ville située à l'autre extrémité de l'île. Mais il avait jugé préférable de s'éloigner du portail. S'il avait émergé dans Londinium, les Nergalii pouvaient en faire autant et, seul, il n'était pas de taille à leur résister. Mour-ît n'était pas un guerrier. Il avait toujours été doux, pieux et pacifique. La violence lui répugnait. Il n'avait que faire de la gloire et de l'aventure. S'il avait accepté la mission sacrée des Mages d'Ishtar, c'était uniquement pour le bien du monde.

Le mouvement incessant lui était vite apparu comme le moyen le plus efficace d'assurer la sécurité du fragment maudit dont on l'avait chargé. Il s'était déplacé sans relâche,

_____

1. Le nom de Londres à l'époque romaine.

ne restant jamais plus de quelques semaines au même endroit. Il avait parcouru la province de Britannia dans tous les sens, se gardant d'utiliser les mêmes chemins, gagnant son pain en effectuant toutes sortes de travaux. Puis il avait entendu parler du mur que faisait construire Hadrien.

Arrivé à proximité du chantier, le Mage fut interpellé par deux légionnaires en armes, *pilum*[1] au poing.

— Que veux-tu, étranger? lui demanda rudement l'un d'eux.

— Je me nomme Murray, rétorqua Mour-ît d'un ton soumis. Je désire travailler à la construction de la muraille, si on engage toujours des ouvriers. Mes bras sont vigoureux et je ne crains pas l'effort, ajouta-t-il en montrant ses mains rendues calleuses par les travaux.

— Suis-moi, dit l'autre légionnaire.

Il emboîta le pas au soldat et fut conduit devant un centurion. Quelques minutes plus tard, il était engagé et affecté à la pose des grosses pierres, qu'il fixait les unes sur les autres avec un épais mortier et une truelle. Il travailla sans relâche jusqu'à ce qu'un esclave passe parmi les ouvriers pour distribuer de l'eau qu'il puisait à la louche dans une grande amphore en terre cuite. Après s'être désaltéré

---

1. Lance de légionnaire.

et s'être mouillé les cheveux, Mour-ît s'essuya le visage du revers de la main et considéra sa nouvelle situation. Avec ces milliers d'ouvriers provenant de partout dans l'Empire, ce chantier serait l'endroit parfait pour passer inaperçu. Pour un temps, en tout cas. Ensuite, il lui faudrait se remettre en mouvement. Tant qu'une route ou un sentier s'ouvrirait devant lui, le fragment serait en sécurité.

Les années qui suivirent, passées sur d'innombrables chantiers, ne furent qu'une succession de pierres et de mortier, ce qui permit à Mour-ît de maîtriser l'art des bâtisseurs.

✦

Eboracum, en l'an de Dieu 163

Dans sa modeste demeure d'Eboracum[1], Mour-ît sentait son emprise sur la vie se relâcher. Il avait toujours travaillé dur et avait mené une vie honnête au service de la grande Ishtar. Dans ce *kan*, on priait la déesse Vénus, mais le Mage n'avait pas été dupe. Il avait vite réalisé que sous l'apparence de la déesse romaine se cachait Celle à qui il avait juré fidélité.

---

1. La ville de York, en Angleterre, sous l'Empire romain.

Sa vie, consacrée à la protection du fragment, n'avait été qu'errance d'un chantier à l'autre. En quarante-trois ans, il avait construit des villas, des temples, des ponts et des thermes. Il avait rejoint les rangs d'un collège de bâtisseurs dont il était devenu maître à force de travail et de probité. L'équerre, la perpendiculaire, le compas, le niveau, le maillet, le ciseau, la règle et le crayon étaient devenus le prolongement de ses mains.

Parmi les compagnons charpentiers, menuisiers et maçons qui l'accompagnaient à travers Britannia, il avait trouvé l'apprenti qu'il cherchait et qu'il avait juré de former. Tout en lui transmettant les secrets des bâtisseurs, il lui avait aussi confié ceux des Mages d'Ishtar. Maintenant, le jeune homme, rempli de tristesse, était agenouillé près de sa couche. Mour-ît lui sourit faiblement. Le Royaume d'En-Bas l'attendait. Le temps était venu. Il retira la bague qui n'avait jamais quitté le majeur de sa main droite et la tendit à son apprenti, qui la prit en tremblant, les yeux mouillés de larmes, et la passa à son tour. Puis le vieil homme fit s'approcher l'apprenti et lui révéla l'ultime secret : l'emplacement du fragment du talisman de Nergal. C'était lui, maintenant, qui devrait le protéger au péril de sa vie.

Le nouveau Mage d'Ishtar sentit le dernier souffle de son maître dans le creux de son oreille.

— Dors en paix, Murray de York, dit-il d'une voix tremblante.

Il embrassa le mort sur le front, lui ferma les yeux, murmura une prière à Ishtar et se leva. Il devait se mettre en route immédiatement. Le chemin serait long entre Eboracum et Luguvalium[1] et il devait récupérer le fragment pour le cacher ailleurs. Ensuite, il se fixerait pour un temps et se mettrait à la recherche d'un apprenti, qu'il formerait comme Murray l'avait fait de lui. Un jour, celui-ci déplacerait à son tour le fragment. Il en serait ainsi jusqu'à ce qu'Ishtar juge bon de révéler l'Élu annoncé par la prophétie des Anciens.

✦

Londres, en l'an de Dieu 1274

Pendant onze siècles et demi, rien ne changea. Le fragment maudit fut déplacé par chaque nouveau Mage, qui révéla le secret de son emplacement à son apprenti lorsqu'il se trouva à l'article de la mort.

---

1. Le nom que portait la ville de Carlisle, en Angleterre, sous l'Empire romain.

Puis un vieux templier de Paris, Enguerrand de Montségur, jadis commandeur de la cité de Jérusalem, était arrivé à Londres. Parmi les bâtisseurs qui travaillaient sur la maçonnerie d'une petite église ronde en pierre, il avait repéré sans effort l'héritier de Mour-ît grâce à la bague qu'il portait. À la grande surprise du Mage, le templier s'était présenté puis lui avait annoncé avec conviction que l'Élu d'Ishtar était arrivé. Le vieux guerrier affirma l'avoir lui-même rencontré en Terre sainte et assura que la Vierge Marie lui avait confié la mission de préparer sa venue prochaine en Europe. Croyant avoir affaire à un illuminé et se rappelant que Murray de York lui avait recommandé de ne se fier à personne, le bâtisseur l'avait d'abord rudement chassé en le poussant par terre.

— Va-t'en, vieux fou ! lui avait-il ordonné en le menaçant du poing. Templier ou pas, j'ignore de quoi tu parles. Tu délires !

Mais le templier s'était relevé avec dignité en balayant son manteau blanc, lui avait adressé un sourire tolérant et l'avait regardé droit dans les yeux. Il avait récité une prophétie que les Mages d'Ishtar, seuls, connaissaient.

— *L'Élu se lèvera, rassemblera le talisman et le détruira*, avait déclamé le vieillard d'une voix chevrotante. *Fils d'Uanna, il sera mi-homme, mi-poisson. Fils d'Ishtar, il reniera sa*

53

mère. Fils d'un homme, d'une femme et d'un Mage, il sera sans parents. Fils de la Lumière, il portera la marque des Ténèbres. Fils du Bien, il combattra le Mal par le Mal.

— Comment peux-tu connaître ?... Qui... Qui es-tu ? balbutia le bâtisseur, ébranlé.

— Un modeste messager envoyé auprès de toi par la Vierge Marie. Je suis venu rembourser une dette à ce garçon, répondit le templier. Sans lui, je serais mort depuis longtemps.

— Alors comment sais-tu ?... commença le Mage en jetant un regard dérobé à sa bague.

— Qu'importe, mordieu ! Il suffit que tu saches que ma démarche est légitime. Écoute-moi. Je me fais vieux et j'aimerais pouvoir en finir avant de mourir sur mes pieds !

Le bâtisseur se tut, attentif.

— Tu es responsable d'un objet précieux, poursuivit le commandeur en levant la main avec autorité pour empêcher l'autre de l'interrompre à nouveau. Le temps est venu qu'il cesse d'être déplacé et qu'il traverse les siècles sans coup férir dans l'attente de l'Élu.

— Il... Il est déjà en sécurité. Tu as perdu la tête ? éclata le Mage, incrédule. J'ai prêté serment sur ma vie ! Je dois veiller sur lui ! Je ne vais tout de même pas l'abandonner !

— Si je te le demande, bougre d'entêté, et si tu sais ce qui est bon pour toi, tu m'obéiras !

À Paris, j'ai retrouvé Abidda. Ensemble, nous avons déposé le fragment qu'elle conservait en lieu sûr et nous avons fait en sorte que seul l'Élu puisse le retrouver. Tu dois faire de même ici, à Londres.

Le Mage était sidéré. Ce vieil homme connaissait le nom d'une des cinq disciples de Naska-ât, dont son maître, descendant de Mour-ît, lui avait parlé.

— Que suggères-tu ? s'enquit-il.

— Je crois avoir repéré l'endroit idéal, répliqua le frère Enguerrand.

Pendant des heures, le commandeur et le bâtisseur avaient discuté de la marche à suivre. Une fois la conversation terminée, le frère Enguerrand avait salué le Mage avec noblesse et simplicité avant de repartir d'un pas alourdi par les années. Il était retourné à Paris et plus personne n'avait entendu parler de lui. Mais il avait été entendu.

Il fallut encore plusieurs mois au bâtisseur pour préparer le dépôt sûr et secret qui lui avait été conseillé, mais le moment arriva où, après mille cent cinquante années d'errance, le quatrième fragment du talisman de Nergal fut scellé pour de bon. Il attendrait encore presque cinq siècles et demi avant que le fils d'Uanna ne se présente enfin.

✦

Sur le chemin du retour, bercé par la lente marche de sa monture, Enguerrand de Montségur se rappela avec émotion ce moment béni entre tous, voilà tant d'années, où la Vierge lui était apparue pour lui confier la mission sacrée qui avait déterminé le reste de sa vie. *Dans quelques années, tu trouveras à Paris une gitane solitaire du nom d'Abidda, qui vivra sous les ponts, et à Londres, un de tes frères, un bâtisseur de temples, qui érigera une église*, lui avait-elle annoncé. *Chacun portera une bague identique à celle que t'a remise mon Élu. Chacun sera poursuivi par de terribles ennemis. Viens-leur en aide afin que soient préservées les reliques qu'ils conservent pour lui.*

Le commandeur revenait de Londres avec le sentiment du devoir accompli. Après toutes ces années à chercher, à planifier et à combattre le doute, il avait accompli de son mieux le devoir que lui avait dicté la sainte mère de Dieu.

Mais sa tâche n'était pas terminée. *Il existe aussi, aux confins du monde, une contrée connue depuis des millénaires, mais qui n'est pas encore et qui me sera un jour consacrée*, lui avait déclaré la Vierge. *Tu en découvriras*

le secret parmi les trésors que tu as rapportés
de la Terre sainte. Dans cet endroit, au cœur
d'une montagne, attend un temple dévolu à
l'Élu et à lui seul. Retrouve-le et garde-le, car
un jour, il devra s'y réfugier.

Cette contrée, il croyait l'avoir identifiée.
Il avait fouillé *ad nauseam*[1] les archives de
l'ordre et avait fini par y découvrir des cartes
très anciennes qui montraient un mystérieux
continent dont les plus grands savants semblaient aujourd'hui ignorer l'existence. Sur
une de ces cartes, vieille de plusieurs siècles
et elle-même copiée d'une autre, une montagne était marquée d'une croix pattée – une
croix templière, tracée avant même que l'ordre des Pauvres Chevaliers du Christ et du
Temple de Salomon ne soit créé.

Le frère Enguerrand soupira et l'effort le
fit tousser. Le temps pressait. Il était âgé et
fragile. Ce voyage lui coûterait sans doute le
peu de forces qui lui restait. Mais bientôt, il
pourrait paraître devant son Créateur en
sachant qu'il avait fait de son mieux pour
respecter sa volonté.

En chemin, il récita en silence la prière
qu'il avait répétée chaque jour depuis l'apparition de la Vierge. MEMENTO CREATORIS TUIIN
DIEBUS IUVENTUTIS TUÆ, ANTEQUAM VENIAT

---

1. En latin : jusqu'à la nausée.

*TEMPUS AFFLICTIONIS, ET APPROPINQUENT ANNI,
DE QUIBUS DICAS : « NON MIHI PLACENT » ; ANTE-
QUAM TENEBRESCAT SOL ET LUMEN ET LUNA ET
STELLÆ* [...][1].

---

1. En latin : Souviens-toi de ton Créateur pendant
   les jours de ta jeunesse, avant que les jours
   mauvais arrivent et que les années s'approchent
   où tu diras : « Je n'y prends point de plaisir » ;
   avant que s'obscurcissent le soleil et la lumière,
   la lune et les étoiles [...]. Ecclésiaste 12,1-2.

6

KAN?

Londres, en l'an de Dieu 1824

Stupéfait, Manaïl examinait sa main droite. Même si rien dans son apparence ne le laissait soupçonner, la porte était brûlante. Lorsqu'il avait tenté de la pousser, la chair de sa paume et de ses doigts avait grillé aussitôt. En grimaçant de douleur, il observa les épaisses cloques qui s'étaient formées.

— Laisse-moi voir, fit Ermeline, inquiète.

— Ne t'en fais pas. Ça ira. Ce n'est rien.

— Rien? Allons donc, mon pauvre ami, ne sois pas bête. Tu empestes le cochon brûlé à trois lieues à la ronde! Montre-moi, te dis-je!

Elle lui saisit le poignet et retourna fermement la main blessée.

— Cornebouc! s'exclama-t-elle. Tu as la peau bien grillée!

Manaïl força un sourire.

— Ça ne durera pas longtemps. Regarde.

Le jeune homme colla ses mains ensemble en plaçant sur la blessure la marque de YHWH, tracée dans sa main gauche par Hanokh, le magicien de Jérusalem. Aussitôt, une sensation de fraîcheur bienfaisante envahit l'intérieur de sa main et se répandit du centre vers le bout des doigts. Quelques minutes plus tard, la peau était redevenue rose comme celle d'un bébé.

— Parfois, cette marque me fait peur, Martin Deville, déclara la gitane.

Manaïl reporta son regard sur la porte.

— Quelque chose cloche. La porte ne devrait pas être brûlante. En tout cas, les autres que j'ai franchies ne l'étaient pas.

— Peut-être est-ce causé par cette convergence de deux *kan* dont parlait Ishtar ?

— C'est probable..., dit Manaïl, songeur.

— Comment allons-nous sortir d'ici ? demanda Ermeline.

Les sourcils froncés, il ne quittait pas la porte du regard. Les paroles de Hanokh lui revinrent en tête : *Ceci est l'empreinte de YHWH. Pour toujours et à jamais, elle fera partie de toi. Observe-la. Le triangle qui pointe vers le haut représente l'élément masculin de l'univers et le feu. Celui qui pointe vers le bas, l'élément féminin et l'univers. Ensemble, ils forment une étoile qui symbolise l'essence de la Création de YHWH. Comme la Création repose sur le Bien, la marque vient en aide à ceux qui ont le cœur pur.* Son visage s'éclaira.

— Comme ceci. Si la marque de YHWH guérit les blessures, il n'y a aucune raison pour qu'elle ne m'en préserve pas.

Manaïl inspira profondément pour chasser l'appréhension qu'il éprouvait, s'avança vers la porte et posa prudemment sa main gauche bien à plat contre le bois. Aussitôt, il éprouva une intense brûlure et eut un mouvement de recul, mais il persévéra. Il sentit la chaleur tenter de dévorer sa chair tout en étant arrêtée par la mystérieuse énergie qui logeait dans la marque qui y était gravée. Il prit aussi conscience du fait que la magie de Hanokh ne résisterait pas éternellement, même si son pouvoir était immense.

Il poussa la paroi. La porte s'ouvrit vers l'extérieur en grinçant. Il recula aussitôt, tendant le bras pour bloquer le passage à Ermeline, de peur qu'elle ne s'avise de franchir le seuil avant lui.

Devant leurs yeux ébahis, des scènes entremêlées défilaient à une vitesse folle dans une totale cacophonie. On aurait dit que tous les *kan* se bousculaient devant l'ouverture.

— Par Ishtar ! Mais qu'est-ce qui se passe ? murmura-t-il, stupéfié.

— Nous devrions peut-être retourner dans le temple et demander l'aide de la déesse? suggéra Ermeline.

Il fronça les sourcils et considéra la suggestion.

— Attends un peu. J'ai une idée.

Manaïl tendit la bague d'Ashurat vers la porte. Sur la pierre noire apparut la forme humaine orangée, bras et jambes tendus, au centre d'un pentagramme d'un bleu glacial.

Il sentit les pulsations produites par l'énergie du joyau envelopper sa main, puis son avant-bras.

— Qu'est-ce que tu fais? demanda Ermeline.

— Les Anciens ont choisi à l'avance les *kan* sur lesquels s'ouvrent les portes du temple et les bagues en sont les clés. J'ai toujours pensé que leur effet s'exerçait sur le mécanisme des portes, mais peut-être agissent-elles directement sur le temps. Si elles servaient à *fixer* les *kan*?

Pendant un moment, les scènes poursuivirent leur course infernale devant la porte ouverte. Puis, peu à peu, elles se mirent à ralentir et le vacarme diminua.

— Tu avais raison! dit Ermeline. Ça fonctionne!

Un *kan* se stabilisa devant l'ouverture. Des centaines d'étranges charrettes de métal couvertes roulaient sur quatre roues en grondant comme des bêtes sauvages, laissant derrière elles des traînées de fumée grise. De temps à autre, l'une d'elles émettait un hurlement strident qui aurait réveillé un mort.

Les yeux exorbités par une terreur primaire, Ermeline recula de quelques pas.

— Des dragons! s'écria-t-elle.

À travers des panneaux de matière transparente, on pouvait voir des gens assis dans les véhicules. L'air tendu, certains s'invectivaient, d'autres se montraient le poing. Un bruit sec retentit et les deux compagnons sursautèrent. Une des charrettes avait embouti l'arrière d'une autre. De chaque côté de la rue, sur des petits chemins de pierre surélevés, des gens pressés se bousculaient, indifférents à ce qui venait de se produire. Ils semblaient désespérés d'avancer et plusieurs regardaient sans cesse un petit bracelet qu'ils portaient au poignet gauche. Tout autour, des édifices si hauts qu'ils semblaient toucher le ciel bordaient la rue et s'étendaient à perte de vue. Ils bloquaient les rayons du soleil et, même s'il faisait jour, la rue restait sombre. Une odeur étouffante pénétra dans le couloir et Ermeline se mit à tousser.

— Par Ishtar! s'exclama Manaïl, sidéré. L'air est irrespirable.

— Tu... Tu crois que c'est là que nous devons aller? demanda la gitane.

La scène qu'ils observaient disparut soudainement et les *kan* se remirent à défiler à une vitesse folle avant de s'arrêter encore. Les deux amis avaient maintenant sous les yeux ce qui était de toute évidence un champ de bataille. De gigantesques monstres de métal s'y mouvaient en crachant le feu par leur trompe, provoquant d'énormes explosions au loin. Autour d'eux, des hommes casqués de métal et vêtus de vert avançaient en tenant dans leurs mains un objet qui faisait sans cesse un bruit assourdissant et crachait le feu en direction d'autres hommes qui semblaient être leurs ennemis, et qui répliquaient de la même façon. Aussi loin que portait le regard, le sol était jonché de cadavres, d'armes et de débris. Dans l'air se répandait une odeur âcre de fumée et de sang. Sur le sol, un jeune homme était accroupi et faisait retentir son arme vers l'ennemi. Il aperçut la porte ouverte qui flottait dans le vide tout près de lui. Pris d'effroi, il y pointa son arme et fit feu.

Manaïl sentit quelque chose de brûlant lui effleurer la tête et un bruit sec résonna dans le couloir. Il empoigna Ermeline et se projeta par terre avec elle. Ébranlé, il jeta un coup d'œil à l'endroit où il s'était trouvé la seconde d'avant. Dans la paroi du couloir, un petit trou circulaire s'était formé et des éclats de pierre gisaient sur le sol. D'autres projectiles vinrent bientôt s'ajouter, éclaboussant le Babylonien et la gitane de morceaux de pierre.

— Ces armes sont terribles! Referme la porte, supplia Ermeline. Retournons au temple.

— Tends plutôt ta bague avec moi et voyons l'effet que ça aura! rétorqua le garçon en lui couvrant la tête de son bras pour la protéger.

Épouvantée, Ermeline obéit. Comme celle de l'Élu, sa bague s'illumina. De l'autre côté de la porte, la scène changea une autre fois, à leur grand soulagement. Ils avaient maintenant devant eux une petite ruelle sombre. Ils attendirent plusieurs minutes, couchés sur le sol du couloir sans bouger, mais rien ne se produisit. Hésitants, ils se relevèrent avec méfiance.

— Tu crois que c'est le bon… *kan*? demanda la gitane, hésitante.

— On dirait. Allons-y.

Il prit la main d'Ermeline, qui résista.

— Mais si la porte est défectueuse et que nous la traversons, serons-nous jamais capables de revenir ? demanda la gitane.

— Je n'en ai aucune idée. Faisons confiance à Ishtar. Même dans les pires moments, elle ne m'a jamais abandonné.

— J'aurais peut-être dû rester tranquillement à Paris, moi, grommela Ermeline, pas très rassurée, en secouant la tête. Tous ces charmements ne me disent rien de bon...

L'Élu franchit lentement le seuil et, une fois de l'autre côté, aida son amie à en faire autant. Ensemble, ils entrèrent dans l'inconnu, Manaïl pour la troisième fois, Ermeline pour la première.

✦

Le portail s'était ouvert en pleine nuit dans une ruelle étroite, entre des édifices de brique sombre à plusieurs étages. Une fine couche de neige recouvrait des ordures accumulées çà et là. Pour le reste, l'endroit était désert. Rassuré, Manaïl referma la porte, qui cessa aussitôt d'exister.

Ermeline scruta les environs avec méfiance. Elle inspira l'air ambiant et plissa le nez. Des relents de vomissures, d'alcool, d'excréments et de crasse flottaient dans la ruelle. La puanteur saturait littéralement l'air de ce *kan*.

— Pouah…, s'écria-t-elle. Ça pue !

Manaïl prit la main de la gitane et, ensemble, ils firent quelques pas. Ils durent enjamber un déchet plus volumineux que les autres, recouvert de neige. Ils avaient à peine franchi l'obstacle qu'il se métamorphosa en un torse humain surmonté d'une tête qui se releva brusquement en brandissant comme une arme une bouteille en verre à moitié pleine d'un liquide incolore. Ils sursautèrent.

— Eh ! Vous avez fini de me marcher dessus, oui ? postillonna furieusement l'homme, les yeux vitreux et la bouche édentée. On ne peut plus dormir tranquille nulle part à Londres !

Instinctivement, Manaïl recula d'un pas, prêt à défendre sa vie et celle de son amie. Une puissante odeur d'alcool les atteignit de plein fouet. Pendant un moment, l'homme resta là, assis sur le sol, à moitié couvert de neige, la bouche ouverte, vacillant sur ses fesses. Puis ses yeux se révulsèrent et il retomba lourdement sur le dos. Il s'endormit profondément avant même que sa tête ne fasse un bruit sourd en heurtant les pavés qui couvraient le sol. Des ronflements retentissants s'élevèrent aussitôt. L'homme marmonna dans son sommeil, éructa, se retourna sur le côté et se recroquevilla en serrant sa bouteille sur son cœur.

Secoués par l'apparition soudaine de l'énergumène, Ermeline et Manaïl s'éloignèrent sans bruit. Ils atteignirent l'extrémité de la ruelle et s'arrêtèrent, scrutant les environs. Il faisait froid. Blottis contre le mur, ils observèrent les gens qui, malgré l'heure tardive, marchaient d'un pas rapide contre le vent qui projetait de gros flocons de neige mouillée et les faisait joliment tourbillonner dans la lumière jaune de lampes perchées au sommet de poteaux, dont le fonctionnement leur semblait relever de la sorcellerie, et qui éclairaient les rues de leur flamme bleutée. Certains étaient emmitouflés dans un manteau, le visage caché derrière un foulard. D'autres grelottaient dans des vêtements plus légers dont ils remontaient futilement le col. Un peu plus loin, une vieille femme, les doigts bleuis par le froid, essayait en vain de vendre un breuvage chaud aux passants.

— Nous devons trouver des vêtements, dit Ermeline en frissonnant. Sinon, nous serons transformés en glaçons avant longtemps.

Ils s'engagèrent au hasard dans la rue, parmi les passants. Après quelques minutes, Manaïl prit son amie par l'épaule et la serra contre lui. Elle ne résista pas. Ainsi, ils eurent un peu moins froid.

LA CONVERGENCE DES *KAN*

Éridou, en l'an 3612 avant notre ère

Dans la petite pièce interdite à tous, sauf au grand prêtre de Nergal, la lumière d'une chandelle dansait sur les murs dépourvus de fenêtres. Assis sur un tabouret, Mathupolazzar était penché au-dessus de l'oracle qui reposait sur la table, les deux mains à plat sur le petit disque de pierre. Depuis nombre d'années, il consultait le mystérieux instrument conçu jadis par les Anciens. Il connaissait par cœur le symbole qui en occupait le centre : deux triangles et deux pentagrammes superposés, deux vers le haut et deux vers le bas, dans un cercle dont le centre était marqué par un point. Il en comprenait aussi la signification : la diversité illimitée des *kan* que les arts noirs pouvaient réduire à un infinitésimal instant originel d'où le temps redémarrerait. Le Nouvel Ordre...

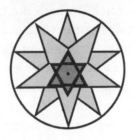

Au prix d'une vie d'efforts qui avaient fait de lui la personne amère et cruelle qu'il était maintenant, Mathupolazzar avait appris à interpréter correctement les messages de l'oracle. Derrière ses paupières closes, l'objet ouvrait un univers à nul autre pareil, lui révélait une réalité complexe et illimitée ; une quantité incalculable de filaments colorés s'y entrelaçaient et s'y repoussaient, se liaient et se frôlaient. Ce majestueux ballet représentait les potentialités illimitées du temps. À chaque filament correspondait une séquence possible d'événements dans un *kan* donné, et chaque séquence se décuplait à son tour à l'infini. Car les Anciens avaient compris que le temps n'était pas une réalité linéaire. Les passés, les présents et les avenirs avaient chacun leur existence propre et indépendante des autres. Tout ce qui avait été, ce qui était et ce qui pouvait être existait simultanément.

Mathupolazzar avait appris à s'abandonner à la danse gracieuse des filaments du temps. L'exercice de leur donner un sens tenait autant de l'instinct que de la science et, au fil des ans, il y était devenu très habile. Pas aussi habile, sans doute, que les Anciens qui avaient fabriqué le mystérieux instrument, mais assez pour bien se débrouiller.

Depuis plusieurs jours déjà, ce traître d'Ashurat avait dérobé le talisman et son maître, Naska-ât, en avait distribué les fragments dans des *kan*. La perte de trois des cinq fragments du talisman aux mains du garçon qu'Ishtar avait choisi comme Élu l'avait ébranlé et il commençait à désespérer de ne jamais les récupérer. Le grand prêtre de Nergal cherchait une piste.

Un peu au hasard, il se laissait porter par le pouvoir de l'oracle. Tout à coup, une puissante vague invisible secoua les filaments. Le corps de Mathupolazzar se cabra. Derrière ses yeux clos, les mouvements aléatoires cessèrent et les filaments s'unirent en un seul faisceau multicolore et parfait. Pendant quelques secondes, tous les scénarios temporels perdirent leur individualité et se fondirent en une seule possibilité. Le temps devint un.

La vision ne dura qu'un très bref moment avant que les filaments multicolores ne se séparent pour reprendre leur danse. Depuis qu'il interrogeait l'oracle, Mathupolazzar n'avait observé ce phénomène qu'une seule

autre fois : lorsque ses disciples et lui avaient
reconstitué pour la première fois le talisman
de Nergal, perdu pendant plus de dix mille
ans. Le pouvoir de l'objet était tel que le
simple fait d'en assembler les fragments avait
projeté dans l'univers une onde de choc qui
avait brièvement affecté le temps. Puis tout
s'était rétabli. Comme cette fois-ci, mais avec
encore plus de force. Il n'y avait qu'une explication possible : dans un *kan*, quelque part,
les cinq fragments se trouvaient à proximité
l'un de l'autre.

Mathupolazzar avait cherché pendant des
jours dans l'univers ouvert par l'oracle, y
laissant presque sa raison. Mais il n'avait rien
trouvé. Les fragments pouvaient être dans
n'importe quel *kan* parmi un foisonnement
de possibilités. Désabusé et affaibli, fragile et
se sentant des décennies plus vieux que son
âge réel, le grand prêtre de Nergal allait mettre fin à sa consultation lorsque son esprit fut
attiré par quelque chose. Parmi les filaments,
deux étaient restés unis et n'en formaient plus
qu'un.

Il inspira profondément pour contrôler
son excitation et observa longuement le phénomène. En tant d'années de consultation de
l'oracle, il n'avait jamais rien vu de semblable.
Il ouvrit les yeux et ses paupières frémirent
pendant que se rétablissait le contact avec la

réalité. Comme chaque fois, son corps lui fit l'impression d'une enveloppe froide et trop grande. Sonné, il retira ses mains de l'oracle et, de ses doigts tremblants, écarta distraitement une mèche de ses longs cheveux gris qui pendait devant son visage. Un sourire carnassier prit forme sur ses lèvres et son regard s'éclaira d'une lueur amusée. Enfin, le sort daignait favoriser les Nergalii.

Mathupolazzar savait, maintenant, dans quel *kan* se trouvaient tous les fragments du talisman de Nergal.

Il se releva avec peine et se dirigea vers le temple. Une fois de retour dans la pièce maîtresse, il ordonna que l'on rappelle à Éridou les Nergalii qui se trouvaient dans les autres *kan*. Il enverrait certains d'entre eux rejoindre celui qui se trouvait déjà dans le *kan* où venait d'entrer l'Élu. Il les ferait passer avant le moment fatidique, afin qu'ils s'habituent aux façons de faire de ce temps et se préparent à accueillir le maudit garçon. Les autres resteraient dans le temple de Nergal, prêts à intervenir en cas de besoin.

Le temps était venu pour lui de concentrer ses forces pour la dernière bataille contre l'Élu. Bientôt, la profanation d'Ashurat serait vengée.

LE SATANISTE

Londres, en l'an de Dieu 1824

D ans la pièce éclairée par quelques chandelles de cire noire, l'homme vêtu d'une
robe rouge sang haletait sur les dalles froides
du plancher. Comme toujours après une cérémonie, il se sentait vidé de sa force vitale.
Invoquer le Malin exigeait beaucoup d'énergie et il lui faudrait quelques jours pour récupérer. Le risque en valait cependant la peine
et, avec les années, il avait appris à se rendre
à l'extrême limite de son endurance sans
jamais l'outrepasser.

Deux disciples en longue robe noire l'empoignèrent par les bras, l'aidèrent à se relever
et le conduisirent vers un fauteuil en cuir
capitonné où il se laissa choir, le souffle court.
Une jeune femme lui apporta une coupe remplie de sherry qu'elle lui tendit d'une main
tremblante.

—Vous sentez-vous mieux, maître? demanda-t-elle d'une voix inquiète.

— Ça ira, mon enfant, répondit faiblement le sataniste en prenant la coupe. Ça ira.

— Vous êtes si pâle. Buvez. Ça vous fera du bien.

Celui-ci avala une gorgée puis posa la coupe sur un guéridon qui se trouvait près du fauteuil. Il tendit la main, s'efforça de sourire et caressa la joue de la jeune femme qui rougit, s'inclina avec respect et s'éloigna en silence.

Affalé dans le fauteuil, le sataniste posa ses yeux mi-clos et vitreux sur l'autel. Une enfant y gisait sans vie, une ouverture béante sur la poitrine. La petite avait à peine sept ans. Elle était blonde comme les blés et délicate comme une poupée de porcelaine. Une de ses disciples l'avait trouvée dans la rue, en train de mendier quelques farthings[1]. Il avait suffi de lui offrir une soupe chaude pour qu'elle suive sans méfiance la femme d'âge mûr à l'air de bonne grand-mère joufflue et rougeaude. Son père et sa mère, pratiquement prisonniers de la manufacture où ils travaillaient seize heures chaque jour, n'y avaient vu que du feu. Les disparitions d'enfants n'étaient pas rares à Londres et, la plupart du

---

1. Monnaie britannique. Il fallait 48 pièces de un farthing pour faire un shilling.

temps, une fois passée la douleur de ne plus revoir un petit être cher, le soulagement coupable d'avoir une bouche de moins à nourrir avec un salaire de misère l'emportait sur les bons sentiments.

Comme il se devait, l'enfant avait été le clou de la cérémonie. Sans l'ultime sacrilège, le culte de Satan restait vain et ses adorateurs, insatisfaits. Le sataniste, en tant que célébrant, s'était approché de la fillette, préalablement droguée à l'opium. Après l'avoir consacrée à Satan de sa voix riche et profonde, il avait plongé dans la petite poitrine un poignard plusieurs fois millénaire et soigneusement sectionné les veines et les artères qui liaient son cœur au reste de son corps. Il avait ensuite enfoncé sa main dans l'ouverture béante et en avait arraché l'organe pour le déposer, encore chaud et palpitant, sur un plateau d'argent, par-dessus le talisman sacré qui s'y trouvait déjà. La main sur le cœur sanguinolent, il s'était concentré, laissant le pouvoir du petit triangle de métal traverser l'obscène offrande, être canalisé par la bague à pierre noire qu'il portait au majeur, puis envahir tout son corps, lui causant une douleur atroce qui s'approchait curieusement du plaisir.

L'homme n'éprouvait aucun scrupule à l'idée d'étouffer ainsi une vie encore toute neuve. Le sacrifice était indispensable. Sans l'horreur d'arracher d'une poitrine pure un cœur encore palpitant, sans la transgression, jamais Satan ne daignerait se manifester pour renouveler l'alliance qu'il avait conclue avec son prophète voilà déjà longtemps. Le diable ne répondait pas à de simples suppliques. Il fallait le cajoler, l'amadouer, lui faire des offrandes à sa mesure pour qu'Il consente à se dévoiler à ses fidèles. Le sang, la mort, le Mal, voilà ce qu'Il aimait plus que tout.

Cette fois encore, le miracle s'était produit, suscitant toujours le même émerveillement chez le sataniste et la soumission craintive de ses fidèles. Le petit cœur avait semblé rempli d'une vie nouvelle et s'était remis à battre de son propre chef. Les disciples, terrifiés, s'étaient aussitôt prosternés face contre le sol.

– *GLORIA SATANAS! GLORIA SATANAS*[1]! Que vienne ton règne, ô prince des Ténèbres! s'étaient-ils exclamés à l'unisson.

Puis le cœur de l'enfant avait achevé de se consumer. Le sataniste avait ramassé le talisman à travers les cendres chaudes, puis s'était écroulé sur le sol, vidé de ses forces.

Deux fidèles s'approchèrent de l'autel. L'un empoigna les chevilles du petit cadavre encore tiède et l'autre le prit par les aisselles. Ils le soulevèrent avec aisance et le déposèrent sans

---

1. En latin: Gloire à Satan! Gloire à Satan!

le moindre égard sur le sol froid. L'un d'eux ouvrit une trappe de bois, découvrant un puits profond. Tout au fond, un clapotis d'eau était audible. Les deux disciples y jetèrent le corps. Après quelques secondes, un bruit d'éclaboussures retentit. Comme les autres avant elle, la fillette serait retrouvée quelque part dans la Tamise. Son assassinat ne serait jamais élucidé. Sa mère la pleurerait, son père noierait sa peine dans le gin. Ainsi allait la vie et le sataniste n'en avait cure. Il avait des préoccupations beaucoup plus importantes. Un de ses disciples ramassa une petite poupée de chiffon usée qui traînait par terre. Elle avait appartenu à la fillette. Il la jeta dans l'ouverture et referma la trappe.

Malgré les années, le cercle d'adorateurs du Mal que dirigeait le sataniste n'avait jamais dépassé une quarantaine de fidèles. Certains d'entre eux, qui formaient le noyau dur du culte, étaient des Nergalii, comme lui. Les autres, qui représentaient la majorité, n'en étaient pas. Ils n'étaient que des vassaux souvent minables à la recherche de pouvoir. Ils étaient l'équivalent de démons familiers, malfaisants et loyaux, mais sans imagination, qui lui permettaient d'avoir des yeux dans toute la ville. Il avait besoin d'eux, de leur connaissance de ce *kan*, de leurs relations dans la société, de leur richesse. Lorsque viendrait le jour béni du Nouvel Ordre, il verrait à ce qu'ils soient tous récompensés correctement. Pour les consacrer éternellement au Malin, le sataniste les avait tous stigmatisés de ses propres mains avec un fer rougi au feu du temple. Chacun des adorateurs portait sur l'épaule gauche un pentagramme inversé : la marque du Mal, où figurait le bouc qu'ils adoraient tous avec ferveur et espoir.

Le jour n'était plus loin où le monde accueillerait le prince du Mal dans toute sa splendeur. Il y amorcerait le règne annoncé dans l'Apocalypse. « Quand les mille ans seront accomplis, Satan sera relâché de sa prison. Et il sortira pour séduire les nations qui sont aux quatre coins de la terre, Gog et Magog, afin de les rassembler pour la guerre ; leur nombre est comme le sable de la mer[1] », récita mentalement l'homme en souriant. Et la poignée de serviteurs se tiendrait au cœur des élus qui guideraient le monde nouveau.

---

1. Apocalypse de Jean 20,7-8.

Le sataniste se leva avec peine de son fauteuil et se retira dans une petite pièce contiguë au temple. Il referma la porte derrière lui et s'appuya un moment contre elle, les yeux clos. Il inspira profondément, passa une main dans ses cheveux épais et se dirigea vers le mur du fond. La porte d'un coffre-fort en était la seule décoration. Il fit tourner la roulette dans un sens puis dans l'autre et, une fois la combinaison complétée, ouvrit la porte de métal fortifié.

Il déposa le poignard dans le coffre-fort, puis retira les ornements nécessaires à la cérémonie : deux magnifiques bracelets d'or sertis de pierres précieuses qui ornaient ses poignets et une bague à pierre noire qu'il portait au majeur de sa main droite. Il les enfouit dans le coffre-fort. Puis il prit le talisman sacré dans sa poche et l'examina, pensif. Cet objet était une des cinq parties de la clé qu'il devait rassembler. La clé du royaume de Satan. Il le caressa distraitement entre le pouce et l'index. Tant de pouvoir dans un simple petit triangle de métal dont l'apparence anodine ne laissait rien soupçonner… Satan lui-même amorcerait son règne grâce à ce modeste objet. L'idée le ravissait à chaque fois.

Il allait le déposer dans le coffre-fort lorsqu'un éclair remplit la pièce. Une douleur intense pénétra par les yeux de l'homme et se répandit dans tout son corps. Aveuglé, il tomba lourdement à genoux sur le sol. Dans son poing fermé, il sentait les pulsations qui émanaient du triangle de métal. Une intense chaleur et un vent violent l'enveloppèrent.

— Le temps approche, mon fils, où la clé de mon royaume sera rassemblée, dit une voix caverneuse devant lui.

Il ouvrit les yeux. À travers la tempête qui balayait la pièce, un homme se tenait devant lui, translucide et sans substance, mais néanmoins visible. Vêtu d'une tunique immaculée qui lui descendait jusqu'aux pieds, les mains jointes devant lui, les cheveux noirs comme l'ébène lissés avec élégance vers l'arrière, le teint foncé, il souriait, ses lèvres découvrant des canines pointues. Ses pupilles minces et verticales étaient semblables à celles d'un chat et traversaient un iris jaune à l'effet saisissant. Le sang du prêtre de Satan se glaça dans ses veines.

— M... maître ?... balbutia-t-il avec peine, incrédule.

Malgré la terrible douleur qui empoignait son corps, il se prosterna maladroitement face contre terre. Il ne s'aperçut pas qu'un filet de sang coulait de sa narine droite et lui descendait sur le menton.

— Relève-toi et fais face à ton seul Dieu, résonna, de très loin, la voix.

Terrifié, le sataniste obéit.

— Le temps approche, répéta l'apparition. En ce moment même, toutes les parties de la clé de mon royaume se trouvent ici, à Londres.

— Je... Je l'ai senti, moi aussi, bredouilla l'autre. Pendant la cérémonie... à ta gloire... Lorsque j'ai utilisé le talisman...

— Grâce au pouvoir de leur proximité, je puis t'apparaître pour un court instant, déclara Satan. Tu possèdes une de ces parties. Un garçon en détient trois. Une autre se trouve quelque part dans cette ville. Il t'appartient, à toi et à tes disciples, de les trouver toutes et de les réunir.

— Je ne... faillirai pas, maître. Comment... puis-je retrouver ce garçon ?

— Les événements le mèneront vers toi. Mais sois très prudent. Il porte en lui une puissance dont il ne connaît pas toute l'ampleur, mais qui pourrait décimer mes légions.

Puis Satan donna à son prêtre une description détaillée de celui qu'il devrait effacer de la surface de la terre. Il avait tout juste terminé lorsqu'il grimaça soudain et se dématérialisa presque entièrement.

— Je dois partir... Rassemble la clé...

Le vent cessa. La chaleur étouffante disparut. Le sataniste s'effondra sur le sol, hors d'haleine et couvert de sueur. Dans son poing fermé, le triangle de métal était inerte. Il se releva avec peine et s'assit sur le sol. Malgré son état d'abrutissement, il se sentait rempli d'une ferveur nouvelle. Le moment béni approchait où il recevrait la récompense des sacrifices qu'il avait consentis. L'Ange déchu allait bientôt régner sur le monde.

Une fois sur pied, il essuya son visage avec sa manche. Il posa le talisman sacré de Satan dans le coffre-fort, qu'il referma à double tour d'une main encore tremblante.

Lorsqu'il reparut devant ses disciples, il était profondément secoué. Le visage hagard, le pas incertain, il les rassembla autour de lui.

— Mes frères, mes sœurs, notre Dieu a jugé bon de m'apparaître, souffla-t-il, transfiguré. Le moment tant attendu est proche. La clé du royaume se trouve ici, à Londres. Bientôt, son porteur se manifestera.

Saisi, chacun des membres de la secte se tint immobile, semblant à son tour chercher son souffle. Certains avaient la bouche entrouverte de stupéfaction, d'autres pleuraient de joie, d'autres encore souriaient béatement. Puis, un à un, les adorateurs de Satan tombèrent à genoux et se prosternèrent, face contre le sol.

— Que viennent Abadbon, Azazel, Bélial et Belphégor! s'écria le sataniste d'une voix transportée par l'allégresse.

— Gloire à Satan et à ses démons! s'écrièrent les disciples à l'unisson.

— Que viennent Belzébuth, Béhémoth, Forcas, Gaziel, Leviathan et Lucifer!

— Gloire à Satan et à ses démons!

— Que viennent Maimon, Nergal, Samaël, Thamuz et Volac!

— Gloire à Satan et à ses démons!

— *GLORIA SATANAS! ADVENIAT REGNUM TUUM*[1] *!* hurla le sataniste de toutes ses forces.

Les adorateurs de Satan se relevèrent, émus. Ceux qui pleuraient essuyèrent leurs larmes. Puis tous se mirent à parler en même temps, excités et heureux. Leur maître dut les faire taire.

— Soyez aux aguets, ordonna-t-il. Satan m'a décrit celui que nous cherchons. Il a une quinzaine d'années, les cheveux et les yeux noirs. Vous le reconnaîtrez à la bague qu'il porte au majeur de la main droite. Elle est identique à celle que j'utilise moi-même durant nos cérémonies. Sa main gauche est palmée. Et la marque du Mal est inscrite dans la chair de sa poitrine. Répandez discrètement la

---

1. En latin: Que ton règne vienne!

nouvelle, tendez l'oreille et rapportez-moi ce que vous aurez appris.

Les adorateurs du Mal inclinèrent la tête, retirèrent leur robe noire et quittèrent le temple, emportant avec eux la description de l'adversaire de Satan.

Resté seul, le sataniste retourna vers le coffre-fort pour y prendre le triangle de métal qu'il fit tourner pensivement entre ses doigts. Bientôt, la clé serait complète et les portes du royaume du Mal s'ouvriraient, libérant les calamités et la misère pour tous ceux qui adoraient le faux dieu.

LE DUC DE SUSSEX

Dans le temple de la Grande Loge d'Angleterre, la tenue maçonnique venait de se terminer. Comme d'habitude depuis son élection à titre de Grand Maître des Francs-Maçons en 1813, Augustus Frederick, sixième fils du roi George III, frère de Sa Majesté George IV et duc de Sussex, avait présidé l'assemblée. Le dernier frère venait de quitter la salle, laissant son Plus Vénérable Maître seul avec ses pensées. Il était tard et le duc était las.

Vus de l'extérieur, les Francs-Maçons formaient une société secrète dont les membres s'appelaient entre eux « frères ». Ils tentaient d'appliquer à leur vie les grands principes de l'amour fraternel, de l'entraide et de la recherche de la vérité spirituelle tout en se livrant à l'étude des sciences et des arts libéraux. Ils vouaient une singulière admiration aux bâtisseurs des siècles passés et surtout à maître Hiram Abif, constructeur mythique du temple du roi Salomon. Ils trouvaient dans les secrets de l'architecture et de la géométrie, si soigneusement gardés par les maçons des temps anciens, un profond sens moral. Ils vénéraient tout particulièrement le théorème de Pythagore. *Dans un triangle rectangle, le carré de l'hypoténuse est égal à la somme des carrés des deux autres côtés.* Cet énoncé, si élégant dans sa complexité, était pour eux une preuve irréfutable de l'existence de Dieu et de la perfection de l'infinie mécanique qu'était l'univers. Tout cela constituait pour eux ce qu'ils nommaient l'« art royal ».

Les rituels solennels et si sereins que les Francs-Maçons revivaient chaque mois regorgeaient de symboles et d'allégories dont ils cherchaient à intégrer, dans leur vie de tous les jours, la signification toujours renouvelée. Ils pratiquaient la tolérance et la charité, et le serment qu'ils prononçaient lors de leur initiation exigeait d'eux qu'ils respectent scrupuleusement les lois divines et humaines. Hors de la loge, ils se reconnaissaient par des poignées de main particulières et des signes connus d'eux seuls. Chaque jour, le réseau de frères se tissait un peu plus. Il finirait par s'étendre à toute la surface habitée du globe. Si le soleil ne se couchait jamais sur l'Empire britannique, il en était de même pour la franc-maçonnerie.

Le duc de Sussex avait tout juste cinquante et un ans mais, ce soir, il avait des airs de vieillard. Ses cheveux, ses sourcils en broussaille et ses favoris touffus, qui lui couvraient les joues, étaient plus blancs que gris. Son dos toujours si droit était voûté par le poids des soucis. Depuis plusieurs semaines, le Grand Maître était rongé par une inquiétude qu'il ne pouvait partager avec personne. Les signes inquiétants s'accumulaient autour de lui, ignorés de tous les profanes, et il était impuissant à empêcher la catastrophe qui lui semblait imminente.

Issus de toutes les strates sociales, les Francs-Maçons formaient un redoutable réseau d'information. Depuis quelques années, des membres rapportaient l'existence de cultes sataniques clandestins un peu partout dans Londres, où une indéfinissable atmosphère de malfaisance s'épaississait sans cesse. Les petites victimes de sacrifices abjects, la poitrine ouverte et le cœur absent, étaient retrouvées de plus en plus souvent sans que les autorités s'en préoccupent vraiment. Pour elles, un pauvre de plus ou de moins ne changeait rien.

Debout devant l'autel qui trônait au centre de la loge, il regardait sans le voir un texte qu'il connaissait par cœur. Les Écritures du Volume de la Sainte Loi étaient claires : « Et il lui fut donné d'animer l'image de la bête, afin que l'image de la bête parlât, et qu'elle fît que tous ceux qui n'adoreraient pas l'image de la bête fussent tués. Et elle fit que tous, petits et grands, riches et pauvres, libres et esclaves, reçussent une marque sur leur main droite ou sur leur front, et que personne ne pût acheter ni vendre, sans avoir la marque, le nom de la bête ou le nombre de son nom. C'est ici la sagesse. Que celui qui a de l'intelligence calcule le nombre de la bête. Car c'est un nombre d'homme, et son nombre est six cent soixante-six[1]. » L'angoisse écrasa la poitrine du duc. Était-ce possible ? La bête allait-elle bientôt émerger et annihiler le royaume de Dieu ? Le Grand Architecte de l'Univers allait-il voir son merveilleux édifice s'écrouler sous les coups du Mal ? Il ne pouvait accepter une telle chose. Et pourtant...

Depuis des siècles, dans leurs cérémonies, les Francs-Maçons affirmaient être à la recherche de ce qui était perdu. Malheureusement, plus personne, pas même leur Grand Maître, ne savait ce dont il s'agissait. Le secret avait été oublié au fil des ans et semblait devoir le rester pour toujours. On entendait dire qu'il

---

1. Apocalypse de Jean 13,16-18.

s'était agi du vrai nom de Dieu ou d'un inestimable trésor. D'autres étaient convaincus que les Templiers maintenant disparus avaient possédé une révélation religieuse d'une extrême importance. Les plus savants des Francs-Maçons qui avaient creusé la question savaient qu'il s'agissait de quelque chose de beaucoup plus capital encore, mais n'étaient pas parvenus à en déterminer la nature. Comme les Grands Maîtres qui l'avaient précédé, le duc de Sussex avait consacré sa vie à rechercher les indices qui le mèneraient vers ce secret que l'ordre maçonnique avait mission de préserver. Mais cet oubli total était désespérant. C'était sa responsabilité, à lui, d'empêcher que le Mal ne se propage. Mais il ne savait pas comment. Plus personne ne le savait. Il ne restait aux Francs-Maçons que le texte de leur mission sacrée, parsemé d'allégories obscurcies par les siècles.

Le duc déposa avec une quasi-vénération sur les pages du Volume de la Sainte Loi l'équerre et le compas d'étain qui symbolisaient l'ordre. Comme toujours, il s'y attarda et se perdit dans leur contemplation. Il n'était guère difficile de voir ce que signifiaient vraiment ces deux outils de bâtisseur. Il suffisait en effet de relier les extrémités de chacun par une ligne horizontale : le sceau de Salomon devenait aussitôt évident.

Aux yeux du Grand Maître, c'était là le principal indice du secret oublié. Tout avait commencé avec le temple de Salomon et, si ce qui avait été perdu devait un jour être retrouvé, c'était là que la piste prendrait naissance. Le temple consacré jadis au Dieu d'Israël avait caché quelque chose de primordial, il en avait la conviction. Plusieurs légendes laissaient entendre que des templiers y avaient fait une découverte dont ils avaient confié la clé aux bâtisseurs avant de disparaître. Mais, au fil des siècles, les bâtisseurs étaient devenus francs-maçons et le secret s'était dissipé. Pourtant, la clé existait encore quelque part, le duc en était certain. Mais où ? Et comment la retrouver ?

Le duc laissa échapper un soupir rempli de lassitude et de tristesse. Il baisa la Bible, la referma, salua et quitta le temple. Une fois sorti, il retira son sautoir orné d'un pendentif en équerre, ses manchettes et son tablier en peau d'agneau garni de larges bandes bleues et dorées, puis rangea soigneusement le tout dans une luxueuse mallette de cuir.

Il quitta l'édifice de la Grande Loge en rappelant au gardien de nuit de bien verrouiller derrière lui. Son carrosse l'attendait devant l'édifice. Il y monta et donna l'ordre à son cocher de rentrer à la maison. Sur le chemin du retour, à nouveau perdu dans ses sombres pensées, il ne remarqua pas le jeune garçon et la jeune fille qui émergeaient d'une ruelle sombre.

10

AU HASARD D'UNE RIXE

Se procurer des vêtements s'était révélé beaucoup plus facile que prévu. Il avait suffi à Manaïl et Ermeline de profiter de la nuit pour fureter discrètement dans les cours arrière des maisons à plusieurs étages et de se servir. Un peu partout, les habitants avaient suspendu des vêtements fraîchement lavés pour les faire sécher. Plusieurs étaient plutôt gelés que secs mais, en cherchant un peu, ils avaient fini par en trouver qui leur convenaient. Manaïl portait maintenant un pantalon en toile grossière d'un noir délavé et une veste brune par-dessus une chemise d'un gris-beige douteux qui avait dû être blanc voilà longtemps. Il avait même trouvé de vieilles chaussures noires que quelqu'un avait laissées près d'une porte. Elles étaient un peu grandes, rigides et très lourdes, mais au moins, elles lui gardaient les pieds au chaud. Quant à Ermeline, elle avait passé par-dessus sa jupe et sa chemise, ramenées du *kan* de Paris, une longue pèlerine[1] de drap qui lui descendait jusqu'aux chevilles. Elle s'en était enveloppée et en avait remonté le capuchon.

La nuit avait été longue et inconfortable. Le vent était froid et la neige n'avait pas cessé. Ils avaient fini par repérer dans une ruelle un groupe d'hommes autour d'un feu de fortune allumé dans un bidon de métal, les mains tendues vers les flammes. Ils s'étaient approchés et avaient demandé à partager la chaleur. On les avait accueillis avec apathie par quelques grognements et on leur avait fait une place. Quelques-uns d'entre eux avaient posé sur Ermeline un regard concupiscent, mais l'attitude belliqueuse de Manaïl et le gin qu'ils consommaient comme de l'eau avaient rapidement eu raison de leurs pulsions. Blottis l'un contre l'autre près du feu, la gitane et l'Élu étaient restés éveillés toute la nuit. Au matin, alors qu'il ne restait dans le bidon que des braises, ils avaient repris leur chemin, arpentant au hasard les rues de cette ville qui semblait peuplée d'insomniaques.

Dans la lumière naissante du jour, la gitane et l'Élu prirent le pouls du *kan* où ils s'étaient retrouvés. Et ce qu'ils voyaient ne leur inspirait guère d'enthousiasme. D'innombrables

---

1. Manteau sans manches muni d'un capuchon.

cheminées crachaient une fumée noire et épaisse qui recouvrait tout. La poussière qui en résultait se mélangeait à la neige fondante et souillait les murs en longues traînées grisâtres. Les épais nuages obscurcissaient les rues et leur donnaient un air sinistre.

— Cet endroit est affreusement triste, dit Ermeline. Tout est sombre et si sale… Comment les gens font-ils pour y vivre ? On arrive à peine à respirer.

— Tu n'as jamais senti l'odeur des déchets près de la porte des Immondices à Jérusalem, répondit Manaïl. C'est bien pire.

— Tu oublies que la puanteur des pestiférés en décomposition m'est familière, rétorqua la gitane en plissant le nez. Mais je crois que je la préfère à celle-ci.

Les portes de plusieurs grands édifices s'ouvrirent les unes après les autres, laissant sortir une masse d'hommes, de femmes et d'enfants qui envahirent les rues. Tous étaient sales et pâles. L'air épuisé, ils se dispersèrent rapidement.

— Ils me rappellent les créatures du nécromancien qui m'ont attaqué dans ton *kan*, avoua Manaïl. Ils ont l'air d'être à peine vivants.

— Qu'est-ce qu'ils peuvent faire là-dedans pour avoir cette allure ?

Pendant qu'ils discutaient ainsi, ils remarquèrent que quantité d'autres personnes entraient dans les bâtiments. Spontanément, Ermeline aborda un homme qui croisait son chemin.

— Monsieur, où allez-vous comme ça?

Elle se raidit, interloquée. Lorsqu'elle s'était adressée à l'inconnu, les mots sortis de sa bouche provenaient d'une langue étrangère : l'anglais.

— À l'usine, tiens..., répondit l'homme d'une voix éteinte sans s'arrêter.

— L'usine? poursuivit Manaïl. Qu'est-ce qu'on y fait?

— On y fabrique des meubles, rétorqua le passant en se retournant avec un petit rire sardonique. Et on y crève lentement, au jour le jour, pour une bouchée de pain qui ne suffit même pas à nourrir sa famille, fit-il encore en s'éloignant.

Ermeline se retourna vers Manaïl, les yeux écarquillés.

— Cornebouc! Je... Je parle anglais, réalisa-t-elle, troublée. Comment est-ce possible? Pourtant, lorsque je m'adresse à toi, c'est en français, non?

Le garçon haussa les épaules.

— Le pouvoir des Anciens..., expliqua-t-il. Lorsqu'on pénètre dans un *kan*, on en comprend la langue. Ça m'a fait la même chose à Jérusalem et à Paris...

À quelques pas d'eux, un cri strident les tira de leurs questionnements.

— Aïe! Aïe! Vous allez me lâcher, oui? Voyous!

Devant la porte de l'usine, un homme au sourire cruel secouait allègrement un garçon d'une douzaine d'années en lui donnant des claques au visage, sous le regard amusé d'un compère qui tenait la victime par l'arrière de sa veste. Impulsivement, Manaïl s'élança, empoigna l'agresseur par l'épaule et le fit brusquement pivoter sur lui-même.

— Lâchez-le! ordonna-t-il.

Surpris, l'homme parvint à garder son équilibre et regarda l'intrus d'un air mauvais. Il était plus grand que Manaïl et il comptait certes quelques années de plus que lui, mais il était maigre à faire peur. Son visage était couvert de petites cicatrices qui semblaient avoir été causées par une maladie. Un sourire carnassier s'y forma, découvrant des dents gâtées et animant ses yeux au regard jusque-là éteint.

— De quoi tu te mêles, avorton? demanda-t-il d'un ton agressif.

— Laissez ce garçon tranquille, insista Manaïl. Il est plus petit que vous. N'avez-vous donc aucun honneur?

Les deux hommes éclatèrent de rire. Celui qui tenait toujours le garçon par la veste le poussa lourdement sur le sol et fit face à Manaïl. Court et costaud, il avait la forme d'un baril tellement son torse était massif. Les muscles de ses bras tendaient le tissu de ses manches et les poings qu'il fermait et ouvrait compulsivement le long de ses cuisses ne laissaient présager rien de bon. Il grimaça un sourire à moitié édenté.

— T'as un problème ? demanda-t-il, l'air menaçant, en donnant une violente poussée à Manaïl, qui recula d'un pas. Hein ? Tu en veux aussi, c'est ça ?

Comme par magie, un petit couteau apparut dans la main de l'homme au visage marqué. Manaïl se plaça aussitôt entre Ermeline et l'arme. La gitane, nullement impressionnée, lui jeta un regard contrarié qui disait sans équivoque qu'elle pouvait fort bien se défendre elle-même.

— Viens, Tommy. On va se le faire, dit-il à son comparse en faisant habilement tournoyer l'arme entre ses doigts.

— Ouais, Pockface, répliqua l'autre en dégainant à son tour un couteau. On va s'amuser un peu… On retournera au petit après.

Sans prévenir, Pockface planta un coup de pied dans le ventre de Manaïl. Celui-ci fut projeté vers l'arrière et son dos percuta la porte fermée de l'usine. Aussitôt, une cinglante douleur lui traversa la poitrine et le paralysa. Il s'écroula sur le sol, grimaçant, les mains sur les fragments encastrés dans sa chair qu'ils étiraient cruellement. Il mit sa main gauche sur sa poitrine pendant qu'une épaisse pénombre s'insinuait dans sa tête.

✦

Éridou, en l'an 3612 avant notre ère

Dans la petite pièce attenante au temple de Nergal, Mathupolazzar avait observé avec satisfaction les filaments se fusionner un peu plus longtemps que la dernière fois avant de se séparer pour représenter à nouveau l'infinie potentialité des *kan*. Ce qu'il avait anticipé était confirmé : les cinq fragments se trouvaient dans le même *kan*, prêts à être cueillis comme des fruits mûrs.

Le grand prêtre de Nergal déposa doucement l'oracle sur la table et se leva. Malgré les circonstances favorables, une sourde inquiétude lui rongeait les entrailles. Cet enfant maudit entre tous avait le don détestable de s'extirper des situations les plus désespérées. Il avait échappé à Noroboam et à sa folie meurtrière ; à la violence savamment planifiée de Pylus ; à la cruauté et à la perfidie d'Arianath ;

à l'habileté et à la finesse de Jubelo; à la noirceur funeste de l'âme de Balaamech; à la persévérance de Shamaël. Ces regrettés défunts figuraient pourtant parmi les plus valeureux Nergalii, talentueux et sans pitié. L'Élu avait même eu l'audace de s'attaquer à sa sainte personne, lui, prêtre de Nergal et portier du Nouvel Ordre. Il l'avait forcé à s'humilier devant ses disciples en plaidant pour sa vie comme le dernier des lâches. Cela, jamais il ne le lui pardonnerait. Pire encore, il avait poussé l'audace jusqu'à envoyer Shamaël, agonisant, lui transmettre des menaces. La plus grande prudence était donc de mise, mais l'échec n'était pas à considérer.

Mathupolazzar avait une chance unique de réparer les dégâts causés par Naska-ât et ses maudits disciples. S'il sous-estimait une fois de plus l'Élu, elle ne se représenterait peut-être plus jamais. Les Nergalii étaient dans le *kan* et obéissaient à ses ordres. Ils avaient emporté avec eux toutes les informations que possédaient les Nergalii au sujet de l'Élu. Il devait compter sur eux. Si tout se passait comme prévu, ils ramèneraient sous peu tous les fragments du talisman de Nergal. Il ne resterait qu'à les assembler et le Nouvel Ordre pourrait enfin naître.

✦

Londres, en l'an 1824 de notre ère.

— Il n'est pas très solide, le héros, entendit Manaïl de la bouche de Pockface, qui rigolait.

Tommy se dirigea vers Ermeline, une lueur étrange dans les yeux. Sans prévenir, il lui empoigna les avant-bras et l'attira vers lui. Surprise, la gitane se débattit, essayant sans succès de libérer une de ses mains pour saisir son pendentif.

— Espèce de maroufle ! Fredain ! gronda-t-elle, les dents serrées, en tentant de s'arracher à l'emprise de son agresseur.

La pointe du couteau se planta dans ses côtes et elle émit un petit cri.

— Dis donc, elle est rétive, la petite, ricana-t-il en lui embrassant le cou. C'est comme ça que je les aime, moi, les filles… C'est toujours mieux quand elles résistent.

— Rufian ! s'écria la gitane, dégoûtée. Je ne suis pas une puterelle ! Lâche-moi, chiabrena[1], ou je te fais rentrer la pendeloche[2] dans le bas-ventre !

---

1. Chiure de merde.
2. Membre viril.

Le regard empli de haine, elle parvint à planter ses dents dans le bras de l'individu qui grogna de douleur.

— Petite salope ! cracha-t-il entre ses dents. Je vais t'apprendre, moi.

Il lui administra une claque au visage, à laquelle la gitane répliqua en lui griffant la joue avec ses ongles. Tommy hurla de colère et se mit à la secouer en tentant d'éviter ses coups de pied, qu'elle dirigeait avec enthousiasme vers ses tibias.

Pendant que la gitane luttait contre son agresseur, la marque de YHWH fit son effet. La sensation familière de chaleur se propagea de la paume de Manaïl au pentagramme inversé tracé par Noroboam l'Araméen et la douleur se calma peu à peu. Suant à grosses gouttes, il se releva sur ses jambes encore vacillantes juste à temps pour apercevoir Ermeline, aux prises avec un des truands, alors que Pockface se précipitait vers lui, son arme pointée. Depuis le début de sa quête, l'Élu d'Ishtar avait dû affronter bien pire. Il ne doutait pas non plus de la capacité de son amie à se défendre elle-même. Il fit un pas de côté et profita de l'élan de son assaillant pour lui saisir le poignet. D'un seul geste, il tordit violemment le bras de Pockface, qui hurla de douleur et laissa tomber son couteau. L'épaule émit un craquement sinistre en se disloquant. Manaïl lui remonta un genou dans le poitrail, puis le poussa lourdement sur le sol où il tomba à plat ventre, gémissant et cherchant son souffle.

L'Élu se retourna vivement vers Tommy, prêt à lui faire subir le même sort, mais s'arrêta net en constatant qu'il avait immobilisé Ermeline en la tenant par le cou. Tapi derrière elle, il avait à nouveau appuyé la pointe de son couteau contre ses côtes.

— Un pas de plus et je la transforme en carcasse de boucherie, ta petite noiraude, menaça Tommy.

Manaïl se concentra et pria Ishtar de lui accorder la grâce de contrôler son pouvoir. Autour de lui, le monde se mit à ralentir puis s'immobilisa. Désormais figé entre deux instants, Tommy tenait la pointe de son arme contre les côtes d'Ermeline, l'air mauvais. La gitane, elle, était pâle, de colère plus que de peur. Manaïl franchit la distance qui les séparait et s'empara du couteau. Puis il prit place derrière l'agresseur maintenant désarmé, appuya fermement la lame contre sa gorge et attendit que le temps reprenne son cours.

Lorsque les événements se remirent en marche, Tommy se raidit d'étonnement en sentant l'acier froid contre sa jugulaire. Ses yeux s'écarquillèrent.

— Mais... Comment? bégaya-t-il.

— Tu vas la lâcher gentiment ou c'est toi qui vas te faire ouvrir comme un cochon, répondit Manaïl d'un ton menaçant.

— Oo-oui...

— Ermeline, éloigne-toi, ordonna-t-il.

La sarrasine ne se fit pas prier et s'écarta aussitôt. Elle se retourna et, l'air mauvais, cracha au visage de son agresseur. Manaïl reporta son attention sur Tommy.

— Maintenant, je vais te laisser partir. Tu vas filer droit devant. Et ne reviens pas. Sinon, je vais me mettre en colère, dit-il, les dents serrées, dans l'oreille du costaud. Et, désormais, laisse ce garçon tranquille. Tu as compris? ajouta-t-il.

— Ouais... J'ai compris.

Manaïl relâcha son emprise et le froussard s'enfuit à toutes jambes, regardant derrière de temps à autre pour s'assurer que son adversaire ne le suivait pas. Grimaçant de douleur, Pockface se releva en se tenant l'épaule et lui emboîta le pas.

— Nous nous reverrons! cria-t-il lorsqu'il s'estima assez loin pour ne plus être en danger.

Ermeline soupira et adressa à Manaïl un sourire tendu.

— Il y a des moments où je suis fort aise que tu possèdes ce curieux pouvoir..., dit-elle.

— Il y a des moments où je suis fort aise de le posséder, rétorqua Manaïl en s'approchant pour lui caresser la joue du bout des doigts.

✦

Assis derrière un bureau, le sataniste n'avait pas dormi de la nuit. Après la cérémonie, il s'était remis au travail. Il releva brusquement la tête et laissa tomber la plume avec laquelle il était en train d'écrire. Le temps venait de subir une fluctuation. C'était la deuxième en moins de quelques heures.

L'Élu était bel et bien arrivé.

Il ferma les yeux et invoqua la protection de Nergal. Sans qu'il s'en aperçoive, la plume se rompit entre ses doigts.

11

CHARLES JOHN HUFFAM DICKENS

Un peu à l'écart, le jeune garçon qui avait été victime de l'agression s'était relevé. Il n'avait pas osé bouger jusqu'à ce que Pockface et Tommy soient mis en déroute. Son visage s'éclaira d'un large sourire.

— Eh bien! Dis donc, tu es un fameux bagarreur! s'exclama-t-il, les yeux brillants d'admiration. Je donnerais cher pour savoir me défendre comme toi!

Manaïl porta son regard sur le garçon qui brossait méticuleusement ses vêtements pour y enlever un peu de neige et de saleté. Petit de taille, chétif et délicat, il portait un pantalon maintes fois rapiécé auquel l'attaque des deux brutes avait ajouté un trou au genou gauche. Son veston était trempé et son soulier droit défoncé laissait poindre une chaussette usée. Une grosse cravate d'un rouge écarlate était nouée au col de sa chemise en une boucle ridicule qui jurait avec le reste. Son visage fin était encadré par de longs cheveux bruns coiffés sur le côté. Un mince filet de sang coulait d'une de ses narines.

Le jeune garçon fit quelques pas en direction de Manaïl, redressa le dos avec dignité et tendit la main en reniflant bruyamment.

— Mille fois merci, cher ami ! J'ignore ce qui t'a pris de te porter ainsi à la défense d'un étranger, mais tu m'as épargné les courbatures que ces voyous me causent presque chaque jour, dit-il. Il faudrait davantage de gens comme toi à Londres !

— Ce n'est rien, répondit Manaïl en acceptant la poignée de main. Mais pourquoi t'ont-ils attaqué ?

— Mais pour me prendre les quelques misérables piécettes que mon patron qualifie sans rire de salaire, tiens ! rétorqua le garçon en lui secouant énergiquement le bras. Après tout, il est beaucoup plus facile de détrousser les gens honnêtes que de travailler soi-même.

Le garçon renifla à nouveau et essuya le sang sur sa lèvre supérieure avec ses doigts. Il ramassa ensuite une petite casquette molle qui traînait à ses pieds, la frappa contre sa cuisse et la mit sur sa tête avant de faire une révérence théâtrale.

— Permets-moi de me présenter : Charles John Huffam Dickens, déclara-t-il. Tout le monde m'appelle Charlie. Pour le moment, je suis un ouvrier parmi des centaines de milliers d'autres qui meurent à petit feu dans les manufactures, mais un jour, je serai le plus grand écrivain du monde !

— Mark Mills, répondit Manaïl, étonné de la consonance que son nom prenait dans ce *kan*. Et voici mon amie Evelyn, ajouta-t-il en désignant Ermeline, qui s'était discrètement approchée.

Charlie retira sa casquette, la plaça contre sa poitrine et s'inclina en affectant une galanterie étudiée.

— Mademoiselle, c'est un indicible honneur que de rencontrer une si charmante personne. Le lustre de vos cheveux d'ébène n'a d'égal que la beauté de votre étrange regard, dit-il en admirant les yeux vairons de la gitane.

— Euh… Enchantée…, hésita Ermeline, interloquée, en relevant un sourcil.

Tout à coup, elle se raidit, s'approcha de Charlie et se mit à fouiller dans son épaisse tignasse. Étonné, le jeune garçon se mit à se tortiller pour voir ce qu'elle fabriquait.

— Mais tiens-toi donc tranquille ! gronda-t-elle.

Charlie se soumit de bonne grâce à son examen. Elle écarta les mèches de cheveux et trouva vite ce qu'elle cherchait. Elle se retourna vers l'Élu, l'air contrarié.

— Cornebouc! Ces brutes l'ont blessé, dit-elle. Regarde, il saigne.

Manaïl s'approcha et constata la présence d'une petite entaille qui laissait suinter un mince filet de sang. Il posa discrètement sa main dessus en faisant semblant de la tâter.

— Oh, ce n'est rien, dit-il.

La familière sensation de chaleur dans sa main gauche fut à peine perceptible et ne dura qu'une seconde. Lorsqu'il la retira, l'entaille était refermée.

— Tu vois? Il ne saigne déjà plus.

— Mais tu as tous les talents! s'exclama Charlie. Justicier et aussi médecin!

Le garçon jeta un regard inquiet sur les environs.

— Venez, dit-il en les empoignant chacun par le bras. Ne restons pas ici. Lorsque le soleil se couche, les rues de Londres grouillent de fripouilles comme Tommy et Pockface.

Il se mit en marche et les entraîna avec lui. Ne sachant que faire d'autre, Manaïl et Ermeline le suivirent. Charlie marchait à une vitesse folle.

— Tu peux ralentir maintenant, dit Ermeline, hors d'haleine. Personne ne nous suit, tu sais.

— Ralentir? Je suis désolé, s'esclaffa Charlie. C'est mon rythme habituel. J'adore marcher, déambuler au hasard dans les rues de Londres, fixer dans ma mémoire des scènes de la vie de tous les jours qui me serviront un jour dans mes livres... Les gens, les décors, les édifices, les odeurs, la lumière... Londres est si riche d'images.

— Tu adores aussi parler, on dirait..., grommela Manaïl. Dis, tu ne fais jamais de pause pour reprendre ton souffle ?

— Je sais que je suis volubile ! reprit Charlie sans prendre le moindrement ombrage de la remarque. Mais les mots sont les outils de l'écrivain. Écrire, c'est raconter et comment pourrai-je jamais le faire si les mots me manquent ? Alors je parle, et parle, et parle encore... Je collectionne les mots comme on réunit des spécimens d'histoire naturelle, des œuvres d'art, des antiquités... Plus on possède de mots, plus on est riche !

— Alors tu es cousu d'or, mon ami, fit Ermeline en riant. Même les curés de Paris ne jacassent pas autant lorsqu'ils nous sermonnent le Vendredi saint !

— J'accepte volontiers ton compliment, belle enchanteresse, rétorqua Charlie. Tu verras, un jour, le monde entier admirera Charles Dickens ! On s'arrachera mes œuvres ! Je serai célèbre !

Il se retourna vers Manaïl.

— Et tout cela parce qu'un bon Samaritain dénommé Mark Mills m'aura un jour sauvé la vie ! Tiens, je t'inclurai peut-être dans une de mes histoires !

Ils marchèrent ainsi pendant une bonne heure le long de rues qui paraissaient toutes pareilles et qui se transformèrent bientôt en labyrinthe pour les deux étrangers, mais parmi lesquelles Charlie semblait se retrouver sans peine.

— Euh… Nous allons où, comme ça ? finit par demander Manaïl.

Dickens s'arrêta net.

— Mais chez moi, tiens ! rétorqua-t-il. Vous êtes mes invités.

Il toisa la jeune fille et l'Élu en relevant un sourcil critique.

— Vous ne me semblez pas bien riches, dit-il d'un ton compatissant. Je parierais ma chemise que vous n'avez nulle part où dormir — quoique ma chemise ne vaille pas grand-chose, j'en ai peur. Je crois même que ces vêtements ne vous appartiennent pas. Tes pantalons sont beaucoup trop courts, Mark… Je me trompe ? Et toi, Evelyn, tu es habillée bien à l'ancienne… On croirait voir un tableau de la National Gallery.

— Euh… C'est que…, balbutia Manaïl.

— Allons, cher ami, il n'y a aucune honte à admettre que l'on est pauvre et qu'il faut parfois voler pour s'habiller ! coupa Charlie. À Londres, tout le monde est pauvre — sauf les riches, évidemment, qui le deviennent en possédant tout et en affamant les autres. Tiens, moi, par exemple. Je suis si pauvre que j'habite en prison !

— En prison…, répéta Ermeline, incrédule.

— En prison. À Marshalsea, pour être précis. Mon père y a été enfermé pour des dettes qu'il n'arrivait pas à rembourser et toute la famille l'a suivi pour ne pas mourir de faim. Nous habitons tous dans le plus parfait bonheur un joli petit cachot, mon père, ma mère, mes sœurs, mes frères et moi-même. Le service de l'établissement laisse un peu à désirer, mais le logement est acceptable et… gratuit ! Il suffit de payer sa nourriture et de la cuisiner soi-même.

— Ah…, fit Manaïl, à défaut de mieux.

Charlie les observa un moment avant de poser la question qui le taraudait.

— D'où donc venez-vous, au juste ?

— De… de très loin d'ici, hésita Manaïl en jetant un coup d'œil à Ermeline qui, une drôle d'expression sur le visage, se taisait.

— Je vois, je vois… Vous préférez rester discrets. Qu'à cela ne tienne ! Vous m'êtes sympathiques et j'ai une dette envers vous. Contrairement à mon abruti de père, je les rembourse toujours, moi ! Alors je vous invite. Vous allez passer une nuit en prison. Je suis certain que ma mère aura deux bols de porridge[1] de plus! Mais d'abord, je dois prendre quelques notes. Cette bataille héroïque se retrouvera un jour dans une de mes œuvres, j'en suis sûr.

Charlie sortit de la poche intérieure de son veston un petit calepin à couverture de cuir et un bout de crayon. La langue sortie entre les lèvres, il griffonna pendant une bonne minute en marmonnant. Lorsqu'il eut terminé, il rangea le tout et sourit.

— Allez! Nous n'en avons plus pour très longtemps.

Le trio se remit en marche. Tout au long du trajet, jamais Charlie ne cessa de parler. Songeur, Manaïl, lui, restait silencieux. Il avait retrouvé un des fragments. Il aurait dû s'en réjouir, mais ne savait que trop bien à quel point le prix de sa récupération serait élevé. Il l'était toujours. Il adressa une fervente prière à Ishtar. Il avait déjà assez perdu d'êtres chers.

Plongé dans ses pensées, il ne remarqua pas qu'Ermeline était de plus en plus pâle.

✦

---

1. Bouillie de flocons d'avoine chaude.

Dans l'ombre d'une ruelle, une femme de la haute société discutait avec deux petits truands. Elle se sentait hors de son élément dans ce quartier mal famé peuplé d'ouvriers et de mendiants, mais c'était ici qu'elle rencontrait toujours ses informateurs. Et les deux jeunes hommes qui se tenaient devant elle lui apportaient de bonnes nouvelles.

— Vous êtes absolument certains ? demanda-t-elle pour la quatrième fois.

— Oui, répondit Pockface. C'est celui que vous cherchez, j'en suis certain. Cheveux et yeux noirs… Sa bague est comme celle que vous avez décrite : une pierre sombre comme je n'en ai jamais vu avant.

— Elle vaut certainement une fortune dans la rue, fit remarquer Tommy, les yeux brillants de cupidité.

— Et sa main gauche est comme vous avez dit, reprit Pockface. Elle est palmée.

L'inconnue hocha la tête, songeuse. Puis elle sourit.

— Vous avez bien fait, tous les deux.

Tommy et Pockface tendirent la main avec avidité et elle y laissa tomber quelques pièces.

— Allez boire une bière, conseilla la femme. Et restez aux aguets. Si vous le revoyez, vous savez comment me contacter.

— Sûr, dit Pockface en soulevant un peu sa casquette pour mimer les bonnes manières.

La dame s'éloigna sans rien dire. Au bout de la ruelle, un carrosse l'attendait et son cocher était visiblement nerveux de se trouver dans ce quartier. Elle ramassa sa longue robe verte, monta et le véhicule se mit aussitôt en branle, dans un bruit de sabots qui s'entre-choquent.

Pockface se retourna vers Tommy.

— Ce garçon a l'air d'avoir beaucoup de valeur pour certaines personnes..., remarqua-t-il avec un air entendu.

— Ouais, fit l'autre. Vivant, il pourrait nous rapporter gros. Tu crois qu'on arrivera à le retrouver ?

— Sûr... Suffit de retrouver Dickens.

Ils se mirent en marche. Pour une fois, ils pourraient s'offrir quelques bières sans avoir à d'abord tabasser quelqu'un.

12

LA BLESSURE D'ERMELINE

Sous les gros flocons de neige joliment éclairés par un lampadaire à gaz qui donnait à la scène une allure poétique attendrissante, ils poursuivirent leur route. Tel un guide touristique, Charlie décrivait tout ce qu'ils croisaient sur leur chemin.

– Cette rue s'appelle The Strand. Là-bas, c'est Covent Garden, où l'on vend des fruits et des légumes. Plus loin, le grand château dont vous apercevez le haut s'appelle Somerset House. Le gouvernement britannique y a des bureaux. Mon oncle y travaille. Mon père y travaillait aussi, avant de se mettre à boire… Je connais Londres comme ma poche ! se vanta-t-il. Le moindre recoin m'est familier. Il le faut : les histoires que j'écrirai s'y dérouleront toutes. Vous imaginez, un récit truffé d'erreurs ? Quelle honte ce serait pour le plus grand écrivain du monde !

Ils traversèrent le pont de Waterloo, qui enjambait la Tamise, et continuèrent tout droit sur plusieurs rues avant de prendre à droite dans St. George pour marcher encore quelques minutes.

— Là-bas, poursuivit Charlie, c'est l'hôpital Bedlam. On y enferme les fous en tous genres. L'endroit n'est guère recommandable, me dit-on... Remarquez, je n'y suis jamais allé! Je suis original, soit, même un peu excentrique, pourrait-on prétendre, mais pas encore fou! Quoique parfois, je me demande...

À ce moment, Ermeline chancela et s'effondra sur le sol sans prévenir.

✦

Sa vieille mallette au cuir usé à la main, le docteur Alexander Milton-Reese marchait d'un pas las dans les rues désertes. Parfois, il avait l'impression de travailler plus durement encore que les ouvriers qu'on traitait comme des esclaves dans les usines et qu'il soignait de son mieux lorsqu'ils avaient de quoi payer. Il avait fait ses études de médecine à l'Université d'Édimbourg, qui figurait parmi les plus prestigieuses. C'était un homme de science. Chaque jour, il tenait dans ses mains des vies humaines. Pourtant, comme c'était le cas pour bien d'autres médecins, sa vie n'avait rien en commun avec le statut qu'on aurait dû lui accorder. La société avait à peine plus de respect pour ses médecins que pour les chirurgiens-barbiers de jadis, qui n'avaient que la saignée et la purgation comme remède. Sa fonction d'aliéniste, l'esprit humain ayant toujours été pour lui objet de fascination, n'ajoutait sans doute pas à sa crédibilité, puisque cela en faisait, aux yeux d'autrui, quelque chose de moins qu'un « vrai » médecin. Après tout, ses patients n'étaient que des « fous »…

Milton-Reese était amer. Il en avait assez d'être pauvre et méprisé. Il méritait mieux que la vie de demi-misère qui était son lot.

Il revenait de faire quelques-unes des visites à domicile dont il avait besoin pour arrondir ses fins de mois. La pitance qu'on lui versait pour ses services à l'hôpital Royal Bethlehem, surnommé Bedlam, suffisait à peine à payer le loyer de la petite chambre désuète et mal chauffée qu'il occupait dans le quartier de Whitechapel, parmi les ouvriers, les ruraux déracinés et les prostituées. Tous des pauvres, comme lui. Pour manger, Milton-Reese n'avait d'autre choix que de soigner les rhumatismes, les rages de dents, les démangeaisons et la phtisie[1] des petits bourgeois bien nantis de Londres. Il les auscultait à

---

1. Tuberculose.

l'aide de son stéthoscope, une nouveauté qu'il s'était procurée à grand prix voilà deux ans, prenait leur pouls, prescrivait quelques infusions et pommades aux mieux portants, du laudanum aux plus mal en point, puis passait au suivant. Avec le temps, il en était venu à les détester tous. Il haïssait leur air hautain et leurs manières condescendantes.

Heureusement, ce temps achevait. Il ne resterait pas éternellement l'aliéniste qu'il était. Un jour, bientôt peut-être, il serait beaucoup mieux que cela.

Inciser le furoncle de Mrs. Farsbury lui avait pris plus de temps qu'il ne l'avait prévu. Dans la poche de son pantalon, les quelques misérables pièces que lui avait rapportées l'opération résonnaient tristement. Il était très en retard, mais n'avait ni la force ni le courage d'aller plus vite. De toute façon, les gens enfermés à l'asile n'iraient nulle part. Ils seraient encore là pour sa ronde du soir.

Il avait passé la prison de Marshalsea depuis quelques minutes lorsqu'il remarqua trois personnes qui approchaient en sens inverse. Une fille et deux garçons. Sans doute une marchande d'amour accompagnée de ses souteneurs, cherchant une victime à détrousser pour s'offrir quelques pintes de bière. Ces filles de mauvaise vie lui semblaient chaque jour plus jeunes.

Instinctivement, il parcourut les environs des yeux, à la recherche d'un trajet de remplacement. À cette heure, les rues n'étaient pas sûres et il valait mieux éviter de croiser une bande de jeunes. Il repéra la rue transversale la plus proche et détermina qu'en hâtant le pas, il pourrait l'atteindre bien avant que les inconnus ne le rejoignent.

Au même moment, la fille s'écroula. Aussitôt, le médecin qu'il était prit le dessus sur le simple citoyen craintif qu'il devait être pour assurer sa sécurité et ce fut plutôt en direction du trio que Milton-Reese hâta le pas.

✦

— Ermeline! s'écria Manaïl en s'agenouillant près d'elle. Qu'est-ce que tu as?

Sa main toucha quelque chose d'humide. Il écarta anxieusement la pèlerine et aperçut une grande tache écarlate sur la chemise de la gitane, à la hauteur de ses côtes. Du bout des doigts, il tâta la plaie qui s'y trouvait et la gitane grimaça en ravalant un cri.

— Elle saigne, déclara Charlie. Cette brute l'a blessée et personne ne s'en est aperçu! Ah! si je parlais moins, aussi...

— Ce... ce n'est qu'une égratignure, balbutia la gitane en forçant un sourire à l'intention du jeune garçon.

— Rien ? explosa ce dernier. Tu as une solide entaille ! Il te faut un médecin et vite !

Ermeline posa son regard sur Manaïl.

— Le moment serait bien choisi pour une de tes sorcelleries, chuchota-t-elle. Vite, cornebouc… Je saigne comme un porc égorgé.

Au loin, un homme marchait dans leur direction d'un pas rapide. Lorsqu'il arriva près du groupe, il s'accroupit près d'Ermeline. Il tenait à la main une petite sacoche de cuir qu'il posa sur le sol. Dans la jeune trentaine, il avait les cheveux blonds et bouclés, et arborait un haut-de-forme sombre. Ses yeux étaient cernés et ses paupières rouges et enflées, probablement à cause du manque de sommeil. Les traits de son visage à l'allure angélique semblaient tirés par la fatigue et ses joues, couvertes d'une barbe de deux jours, avaient le creux de celui qui ne mange pas toujours à sa faim. Il portait un pardessus gris qui lui descendait aux genoux, un pantalon noir étroit et une chemise ornée d'une cravate noire. Ses vêtements, jadis élégants, étaient propres mais élimés. Ils avaient vu leurs meilleurs jours voilà longtemps.

— Alexander Milton-Reese, dit-il sèchement en guise de présentation. Je suis médecin. Que s'est-il passé ?

— Elle est tombée tout d'un coup, répondit Charlie. Je crois qu'elle a reçu un coup de couteau, juste là, ajouta-t-il en pointant la tache de sang.

— Laissez-moi voir.

Sans attendre, il se mit à examiner la blessure avec un regard très professionnel en la palpant de ses doigts longs et fins.

— C'est douloureux ? s'enquit-il.

— Juste un peu, mentit la gitane d'une voix faible.

— Que s'est-il passé ? Un client t'a atta-quée ?

— Un… client ? Mais… Mais… Je ne suis pas une puterelle !

— Ce n'est rien, dit nerveusement Manaïl. Elle va bien.

— C'est ça… Elle ira toujours assez bien pour le prochain client…, grommela Milton-Reese.

Charlie lança un regard perplexe à Manaïl. Le médecin, lui, écarta le tissu de la chemise et, du bout des doigts, examina la profonde entaille qui s'y trouvait.

— C'est superficiel, mais elle a perdu beau-coup de sang et la blessure pourrait s'infecter, déclara-t-il. Il lui faut quelques sutures. Aidez-moi à l'emmener à l'hôpital. Il se trouve juste à côté.

— Au Bedlam ? s'écria Charlie, horrifié. C'est pour les fous !

— Un hôpital est un hôpital, mon garçon, rétorqua le médecin. Occupe-toi de ma sacoche, tu veux ?

Il empoigna Ermeline sous les aisselles et la remit sur pied. Manaïl passa le bras de son amie par-dessus son épaule et, subrepticement, appliqua sa main gauche sur la blessure. Ermeline se mit à se débattre.

— Cornebouc ! s'écria-t-elle. Vous allez me laisser, oui ? Je vais mieux.

Elle arracha son bras à l'emprise du médecin et allait lui administrer une gifle lorsque Manaïl lui saisit le poignet pour l'en empêcher.

— Tout va bien, lui dit-il. Calme-toi.

— Il ne te veut aucun mal, insista Charlie.

Le médecin la toisa d'un air raisonnable mais ferme.

— Allons, mademoiselle, je dois vous soigner correctement.

— Puisqu'elle vous dit qu'elle va mieux, insista l'Élu sur le même ton. Elle a dû avoir un élancement.

Pour appuyer les propos de son compagnon, Ermeline montra au médecin la mince ligne rose qui avait remplacé la plaie ouverte grâce à la marque de YHWH.

— C'est une vieille blessure, mentit-elle. Parfois, elle se réveille.

— Merci beaucoup de votre aide, dit Charlie en haussant les épaules. Maintenant, nous allons rentrer chez nous.

— Si c'est ce que vous désirez... Et, pour mes services ? dit le médecin en tendant timidement la main.

— Vos services ? Euh... C'est que... Je n'ai pas d'argent sur moi. Et puis, vous n'avez rien fait, il me semble. Voyez : elle est en pleine forme.

— Je... Je pourrais vous faire arrêter.

— Pour quelle offense ? Avoir aidé une demoiselle évanouie à se relever ?

— Puisqu'il en est ainsi, je vous souhaite une bonne soirée, gronda Milton-Reese, les dents serrées.

Perplexe et la rage au cœur, le médecin regarda les trois jeunes s'éloigner. La pénombre avait-elle pu le tromper à ce point ? Il aurait pourtant juré que la jeune fille avait une plaie profonde qui aurait nécessité des sutures. Pas une simple égratignure.

Lorsqu'ils eurent disparu au bout d'une rue, le médecin reprit son chemin vers l'hôpital Royal Bethlehem en se demandant si l'épuisement ne jouait pas des tours à sa raison.

MARSHALSEA

Dans la cellule dépouillée qui représentait tout son univers depuis de nombreuses années déjà, un homme prostré dans un coin suçait son pouce en balbutiant. Depuis longtemps, il avait perdu la raison, comme tous les autres pensionnaires de l'hôpital. Le froid entrait par la petite fenêtre munie de barreaux au sommet d'un des murs et, malgré la couverture souillée et trouée dans laquelle il était enroulé, il grelottait, pieds nus, dans son pyjama de coton gris fade. On le lavait de temps à autre, on le nourrissait de choses à peine dignes d'un porc, on le frappait, on l'humiliait. On ne lui avait pas coupé les cheveux ni rasé la barbe depuis des années et son visage n'était plus qu'un îlot pâle dans une mer de poils hirsutes. Somme toute, on le traitait comme un animal, mais il ne s'en plaignait pas. Dans le noir, l'aliéné soupira et son haleine se condensa devant son visage. Il avait l'habitude de l'inconfort.

L'hôpital Royal Bethlehem ne dormait jamais tout à fait. Même la nuit, les hurlements des fous terrifiés par leurs hallucinations et les cris obscènes des déviants se répercutaient lugubrement dans les corridors. Ceux qui étaient admis au Bedlam en ressortaient rarement. Des vies presque entières s'y écoulaient derrière les murs anonymes de pierre grise, dans l'indifférence complète des citoyens bien-pensants. Situé dans le district de Lambeth, un quartier ouvrier sur le bord de la Tamise où se côtoyaient des maisons délabrées et des entrepôts, le Bedlam était connu de tous, mais ceux qui l'habitaient n'intéressaient personne.

L'aliéné endurait aussi en silence les moqueries des visiteurs de la haute société qui venaient chaque jour par centaines se divertir à la vue des fous. Certains le provoquaient et l'insultaient par la porte qu'entrouvraient brièvement les gardiens en échange de quelques pièces, espérant susciter une réaction violente qui les amuserait. D'autres poussaient l'effronterie jusqu'à l'aiguillonner avec le bout de leur canne tel un animal en cage. Mais il était indifférent à tout cela. Il ne réagissait pas et les visiteurs passaient rapidement leur chemin vers d'autres lunatiques qui s'enrageaient facilement ou qui se livraient à des comportements déviants ou immoraux pour une bouchée de pain. Il endurait tous les désagréments sans broncher. Cela n'avait aucune importance. Dans son esprit brisé, seul existait le souvenir vivace d'une mission.

Il était celui par qui viendrait le Mal. Satan lui-même le lui avait dit. Depuis quelque temps, le prince du Mal le visitait. Il l'encourageait à supporter, à patienter, le cajolait, lui disait qu'Il l'aimait, qu'il était son favori, qu'il était important. Et l'aliéné le croyait. Depuis aussi loin que remontait sa mémoire embrumée, cette mission était sa seule pensée encore vaguement cohérente, et elle occupait chaque instant de sa vie.

Ce soir, pour la première fois depuis longtemps, l'aliéné se sentait revivre. Une chaleur qui l'avait délaissé remplissait son corps, gonflait son cœur fébrile. Une clarté oubliée revenait habiter son esprit et éclairait ses pensées. Plus tôt, pendant qu'il arrachait les pattes d'une araignée qui avait eu l'imprudence d'entrer par la fenêtre, une étrange sensation l'avait saisi. Quelqu'un était arrivé. Quelqu'un de très influent, auquel il était intimement lié. Il était accompagné d'une fille.

Depuis ce temps, il souriait sans cesse. Sa vie avait un sens. Bientôt, Satan se manifesterait à nouveau, il en était sûr. Peut-être même cette nuit. Le moment était enfin venu d'accomplir sa volonté et Il viendrait certainement le libérer.

— Arrivé…, murmurait-il sans cesse dans le noir. Arrivé…

✦

Il leur fallut encore quelques minutes pour atteindre leur destination. En chemin, Charlie jeta quelques regards fugaces à la gitane, dont la mystérieuse récupération le laissait perplexe. Il était même suffisamment préoccupé pour parler un peu moins. Manaïl et Ermeline, eux, n'avaient pas ouvert la bouche.

— Nous y sommes. C'est peu, mais c'est chez moi, déclara enfin leur hôte en haussant les épaules.

Sur leur droite, un peu en retrait de la rue, s'élevait un édifice de brique brune auquel plusieurs maisons à deux et trois étages avaient été reliées dans la plus complète anarchie architecturale. Dans la nuit qui commençait à tomber, avec ses toits de hauteur inégale parsemés de lucarnes, la prison avait un air sinistre.

— On y va ? demanda Charlie.

Sans attendre de réponse, il entraîna ses deux compagnons, bouche bée, vers l'édifice. Ils parvinrent à une petite arche fermée par une grille dont Charlie s'approcha. Il étira le cou vers l'intérieur.

— Personne, comme d'habitude, fit-il, un peu contrarié. Ce paresseux de Newell cuve sans doute encore son gin quelque part au lieu de gagner son salaire en gardant l'entrée.

— Newell ? interrogea Ermeline.

— Le préposé à l'accueil de l'établissement, ricana Charlie.

Son visage s'éclaira d'un sourire coquin. Il empoigna les barreaux de métal et se mit à les secouer de toutes ses forces.

— Newell ! Oh Ne-weeeellllllllll ! Réveille-toi, espèce de fainéant ! hurla-t-il avec vigueur. Ne-weeeellllllllll !

Le vacarme d'enfer qui résulta de son petit numéro fit apparaître plusieurs chandelles aux fenêtres.

— C'est bientôt fini, ce chahut ? cria un homme dont le gros torse poilu sortait à moitié par la fenêtre. Je vais descendre et te mettre mon pied au derrière, moi, tiens !

— Ça m'étonnerait ! répliqua Charlie. Au cas où tu aurais oublié, tu es en prison, pas à l'auberge ! Tu n'as pas le droit de sortir !

— C'est encore le petit Dickens, se lamenta une femme maigrichonne en plissant son long nez avec dégoût. Quelqu'un va-t-il finir par lui apprendre à vivre, à celui-là ? Quelle peste !

— Ce ne sera certainement pas son père, en tout cas! s'écria une autre femme de l'intérieur. Il faudrait d'abord qu'il sorte de son sommeil d'ivrogne!

Même dans la pénombre, Manaïl vit que Charlie rougissait un peu des derniers commentaires. Toujours accroché aux barreaux, il reprit son souffle et se prépara à en remettre.

— Ça va! Ça va! gronda une voix ensommeillée avant que le garçon ne s'exécute. Pas besoin de faire tant de bruit!

Un petit homme squelettique aux vêtements sales et trop grands, les cheveux en broussaille, apparut de l'autre côté de la grille. Il frotta sa barbe de plusieurs jours avec l'intérieur de sa main et bâilla.

— Encore toi…, soupira-t-il. Tu ne pourrais pas arriver avant l'heure de la fermeture comme tout le monde? Juste une fois? Hein?

— Ah! Très cher Newell! s'écria Charlie avec grandiloquence. Quel plaisir de te voir de si belle humeur. Et tu as bonne mine, avec ça!

— Ouais, ouais… C'est ça…

— Si cela ne t'indisposait pas trop et ne nuisait en rien aux importantes activités auxquelles tu te livrais sans doute, aurais-tu l'obligeance de m'ouvrir pour que je réintègre mes luxueux quartiers familiaux?

— Tu ne pourrais pas parler comme tout le monde de temps en temps?

Le gardien grommela en lui jetant un air mauvais, sortit un trousseau de clés de sa poche, identifia celle qu'il cherchait et déverrouilla la serrure. Charlie passa aussitôt la porte. Manaïl et Ermeline allaient lui emboîter le pas lorsque le bras osseux de Newell leur barra la route.

— Qui c'est, ces deux-là ? demanda-t-il au jeune garçon.

— Des amis. Je les ai invités à souper.

— À souper ?... En taule ? Tu connais le règlement : pas d'étrangers dans la prison, déclara le gardien d'un ton ferme.

— Mais puisque je te dis que ce sont des amis, ce ne sont donc pas des étrangers !

Le gardien hésita un instant, leva un regard exaspéré vers le ciel, secoua la tête et soupira.

— D'accord. Mais pas un mot à qui que ce soit, dit-il en pointant un index menaçant vers Charlie. Et tu m'en dois une. La prochaine fois que je te demande de me ramener une bouteille de gin, je ne veux pas te voir te défiler. Compris ?

— À charge de revanche, cher Newell ! Promis ! Je t'aiderai à boire tout ton soûl.

Charlie pénétra dans la prison, Ermeline et Manaïl sur les talons. Derrière eux, Newell referma la grille en maugréant de plus belle et les regarda disparaître à l'intérieur.

Lorsqu'il fut certain d'être seul, il rouvrit la grille et se glissa en douce à l'extérieur de l'enceinte de la prison. Il avait aperçu la main gauche du jeune étranger et la bague à sa main droite. Si la chance était de son côté, l'homme à qui il vendait des informations serait au pub *Les Trois Oies*, où il se rendait parfois. Pour ce renseignement, Newell avait la certitude qu'il serait disposé à payer une bonne somme. Ses prochaines bouteilles seraient gratuites.

◆

Dans les couloirs sombres, les enfants de parents emprisonnés, sales et chétifs, couraient dans tous les sens en jouant, leurs cris et leurs rires résonnant contre les murs de pierre humide. L'endroit empestait la friture, le chauffage improvisé, les excréments, l'urine et la crasse humaine. De chaque côté, des gens étaient entassés dans des cellules fermées par des barreaux, mais dont la porte était entrouverte. Par endroits, des prisonniers jouaient aux cartes, aux dés ou discutaient. D'autres étaient assis par terre et se passaient une bouteille de liquide clair en buvant au goulot.

— Édifiant, n'est-ce pas ? demanda Charlie en suivant leur regard. La plupart des prisonniers sont ici pour des dettes impayées, mais pourtant, ils ont tous de l'argent pour s'acheter du gin, même si leur famille crève de faim.

Ils marchaient depuis quelques minutes, enjambant les gens assis sur le sol, évitant les enfants, chassant même un chien qui voulait les mordre, lorsque Charlie s'arrêta.

— Nous y sommes, déclara-t-il. *Home, sweet home.*

Sans attendre, il ouvrit la porte de la cellule et entra.

— Venez, dit-il en leur faisant un signe de la main. Entrez. On ne vous mangera pas. Nous ne sommes pas encore pauvres à ce point !

Charlie s'esclaffa. Ermeline et Manaïl le suivirent, mal à l'aise.

Dans la petite cellule rectangulaire, une femme à l'air las, les yeux cernés, une mèche de cheveux pendant sur son visage pâle, était assise à une vieille table avec deux filles qui jouaient aux dames pendant que deux garçons les regardaient. Tous étaient vêtus pauvrement, mais, étrangement, une grande dignité se dégageait d'eux.

— Cela donne un tout nouveau sens à l'expression « cellule familiale », vous ne croyez pas ? demanda Charlie en éclatant de rire à nouveau.

Manaïl et Ermeline le regardèrent, perplexes. Les membres de sa famille, habitués à son humour noir, se contentèrent de rouler les yeux et de secouer la tête en souriant. L'écrivain en herbe s'approcha de la table.

— Je vous présente ma mère, Elizabeth Barrow-Dickens, mes sœurs Fanny et Laetitia ainsi que mes frères Frederick et Albert. J'avais aussi une autre sœur, Harriet, mais elle est morte de la variole voilà deux ans.

Charlie désigna de la tête un homme qui ronflait, affalé sur le sol, une bouteille à moitié vide à la main.

— Et lui, ajouta-t-il avec un dégoût palpable, c'est mon père, John Dickens — le noble personnage grâce auquel nous habitons ce palace. La bouteille explique en grande partie les dettes… Son talent naturel pour la finance explique le reste.

Il se retourna promptement vers sa mère.

— Mère, voici Evelyn et Mark Mills. Mark a eu la bonté d'administrer une solide raclée à Pockface et Tommy, qui voulaient encore me tabasser. Pour les remercier, je les ai invités à souper. Comme ils viennent d'arriver et n'ont nulle part où dormir, j'ai pensé qu'ils pourraient aussi passer la nuit ici ?

Anxieuse, madame Dickens se leva d'un trait en portant une main à sa bouche.

— Ces voyous t'ont encore attaqué ? Tu n'es pas blessé, au moins ? Et ta paye ? Tu l'as toujours ? Sinon, nous n'aurons rien à manger demain. La mienne ne suffit pas, tu le sais bien. En plus, ton frère a été renvoyé de l'usine aujourd'hui. Pas suffisamment de travail pour tout le monde, à ce qu'il paraît.

— Ne vous inquiétez pas, mère, dit Charlie en sortant quelques pièces de sa poche pour les lui tendre. Grâce à Mark, je n'ai pas perdu un seul penny.

Madame Dickens déposa les pièces dans la poche de son tablier et se retourna vers ses deux invités.

— Merci, jeune homme, dit-elle. Je te suis très reconnaissante. Jour après jour, ces brutes terrorisent mon pauvre Charlie. Nous ne sommes pas riches, mais nous travaillons dur et ce qui est à nous est à vous. Assoyez-vous, tous les deux. Vous avez l'air affamé.

Pendant que Manaïl et Ermeline s'installaient à table, madame Dickens plongea une cuillère dans un chaudron suspendu au-dessus d'un petit poêle de fonte. Elle remplit à ras bord deux bols de porcelaine craquelée avec une bouillie d'une couleur indéfinissable et les plaça devant eux. Elle donna ensuite à chacun une cuillère en bois.

— Mangez, mes enfants, mangez, insista madame Dickens. Vous verrez. Un bon bol de porridge vous fera du bien.

Le premier, Manaïl porta une cuillerée de porridge à sa bouche. Méfiant, il fit tourner à quelques reprises le mélange informe à l'intérieur de ses joues avant de l'avaler et s'en trouva agréablement surpris. Le porridge était très savoureux et il se mit à dévorer comme un fauve. Rassurée, Ermeline l'imita.

Une fois le repas terminé, toute la famille Dickens discuta avec ses invités avant de se mettre au lit. On fit une petite place à Ermeline et Manaïl sur le sol, où madame Dickens étendit un peu de paille qu'elle était allée chercher quelque part dans la prison. Épuisés par les émotions de la journée, l'Élu et la gitane ne tardèrent pas à s'endormir côte à côte au son des toussotements, des gémissements, des ronflements et des vomissements des prisonniers.

L'ÉVASION

Dans sa cellule, l'aliéné faisait les cent pas en se mordillant les lèvres. Son exaltation initiale avait été suivie d'une terrible anxiété. Il devait à tout prix sortir de cet endroit. Celui qu'il attendait était arrivé. Il devait aider le Mal à prendre forme. Sans vraiment s'en rendre compte, il pleurait à chaudes larmes et ses joues étaient humides.

— Arrivé... Arrivé..., marmonnait-il sans cesse en allant et venant nerveusement dans la pièce insalubre.

Le raclement d'une clé dans la serrure de la porte le tira de son obsession. On actionna le loquet et la porte s'entrouvrit. Le docteur Milton-Reese entra dans la cellule, referma doucement derrière lui, sortit une clé de sa poche et verrouilla la porte de l'intérieur. Il resta un moment immobile et sourit calmement. Il avait l'air fatigué.

— Bonsoir, dit-il d'une voix sereine mais très lasse.

Dans le tourment constant qui tiraillait son esprit, l'aliéné ressentait une affection confuse pour cet homme. Parmi les rares personnes qu'il voyait, le docteur Milton-Reese lui paraissait plus humain, plus empathique que les autres. Davantage, en tout cas, que les employés qui le narguaient et le battaient. Chaque fois que le médecin venait l'examiner, il prenait le temps de lui faire la conversation, tentant avec une admirable obstination de percer son univers clos. En réalité, il s'agissait plutôt d'un monologue, car l'aliéné répondait rarement par autre chose que des grognements et des monosyllabes. Lorsqu'il se blessait dans une de ses crises de rage ou de panique, le médecin pansait ses plaies. Quand il était trop agité, c'était lui qui lui apportait le laudanum qui le calmait. Peu à peu, il s'était habitué à sa présence, un peu comme une bête sauvage en captivité finit par accepter celui qui la nourrit. Le médecin, quant à lui, semblait vouloir à tout prix percer l'esprit de son énigmatique patient.

Le docteur s'approcha, mais se garda bien de faire un geste vers lui. L'aliéné n'aimait pas être touché. Cela le rendait nerveux et lui faisait peur. Il devenait alors imprévisible.

— Comment vas-tu, aujourd'hui ? insista-t-il en forçant un sourire.

L'autre ne répondit rien et continua à tourner en rond. Il fourra son pouce dans sa bouche et se mit à le sucer bruyamment. Le médecin toisa son patient en s'assurant que son regard n'avait rien d'agressif.

Cet individu le fascinait. On l'avait amené au Bedlam plusieurs années plus tôt, par un matin de grand froid, presque nu et dans un pitoyable état. Il ne portait sur lui aucun objet qui aurait permis de l'identifier. Depuis lors, il occupait la même cellule et demeurait un complet mystère.

De tout le corps médical de l'hôpital, seul Milton-Reese avait fait quelque progrès avec ce patient. Comme plusieurs autres aliénistes, il était convaincu du pouvoir curatif des techniques de Franz-Anton Mesmer. L'hypnose ouvrait les portes de l'inconscient, où étaient enfouis les secrets les plus sombres de l'esprit humain. À l'aide du pendule qui lui permettait d'hypnotiser le patient, il avait réussi à lever un peu le voile qui recouvrait son esprit tourmenté. Ce qu'il y avait entrevu était profondément troublant et, plus d'une fois, il avait presque pris peur en écoutant ce qui sortait de la bouche de l'homme endormi. Jamais il n'avait entendu de telles horreurs.

L'inconscient de cette pauvre créature recelait un sadique dangereux qu'il valait mieux ne jamais réveiller. Pour lui, la folie était une bénédiction. Parfois, il parlait même dans une langue inconnue. S'il avait été superstitieux, le médecin aurait pu croire que l'aliéné était possédé du démon. Mais il était un homme de science. Son travail consistait à comprendre l'esprit humain, même lorsqu'il était torturé et disloqué, et à lui venir en aide dans la mesure de ses moyens.

— On me dit que tu es un peu agité, ce soir, continua-t-il. Puis-je faire quelque chose pour toi ?

Le malade cessa brusquement de marcher et se planta devant le médecin. Il ferma les yeux et l'effort de concentration plissa son front. Il inspira et rouvrit subitement les yeux. Pendant un instant, Milton-Reese fut certain qu'il allait l'agresser, mais il se retint de faire un pas vers l'arrière. Mieux valait bouger le moins possible.

— Par... Par... Partir..., balbutia l'aliéné avant de se remettre à sucer son pouce.

Surpris de recevoir une réponse à sa question, l'aliéniste conserva néanmoins un visage neutre. Il avait rarement entendu ce patient prononcer un mot cohérent en état de veille. Sa curiosité fut aussitôt piquée.

— Partir ? Tu veux partir ? J'ai bien peur que tu ne sois pas encore assez bien, rétorqua-t-il en souriant.

L'aliéné avait le corps tendu comme une corde de violon.

— Par... Par... Partir ! dit-il en se frappant la poitrine de sa main libre.

Milton-Reese plongea les doigts dans la poche de son gilet. Là où aurait dû se trouver la montre de poche qu'il n'avait pas les moyens de s'offrir reposait un pendule de cuivre en forme de larme suspendu au bout d'une chaînette. Il le sortit et le suspendit dans les airs entre l'aliéné et lui. Lentement, il le fit osciller.

— Explique-moi pourquoi tu désires tant partir, s'enquit-il.

Immédiatement, l'aliéné se calma. Il lui expliqua d'un trait que les choses pressaient. Celui qu'il attendait était arrivé. Il devait le retrouver pour aider le Mal à prendre forme. Là était sa mission.

Dans la pénombre de la cellule, Milton-Reese frissonna. Et le froid humide n'avait rien à y voir.

◆

Les fous s'échappaient rarement de Bedlam. Pour la plupart d'entre eux, l'hôpital était la seule maison qu'ils avaient et ils n'auraient pas su où aller s'ils s'étaient retrouvés libres. Pour cette raison, la sécurité n'était pas une grande préoccupation dans l'esprit des dirigeants de l'établissement, qui se contentaient de placer des gardiens aux portes durant la nuit et de bien verrouiller les fenêtres.

Dans le noir, l'aliéné s'assura que tout était le plus calme possible. Tendant l'oreille, il constata que la plupart des fous dormaient. Il se leva et, sur le bout des pieds, se rendit juste devant la porte de sa cellule, qu'il déver-rouilla. Il l'entrouvrit avec prudence et sortit la tête. Le couloir était vide. Il sortit et avança en longeant les murs des couloirs sans rencon-trer âme qui vive. Arrivé au rez-de-chaussée, il avisa la sortie et s'arrêta. Près de la porte, le gardien ronflait, bien assis sur une chaise, les bras confortablement croisés sur le ventre.

L'aliéné s'approcha sans bruit et laissa pour la première fois sa vraie nature se déchaîner. Quelques minutes plus tard, tout à fait libre, il s'élança dans l'air frais de la nuit.

— Arrivé... Arrivé... Arrivé..., marmon-nait-il en s'éloignant.

Inconsciemment, dans sa course folle, l'aliéné traçait frénétiquement un pentagramme inversé dans le vide avec son index. Il ignorait où il allait mais, semblable à un animal, il se

laissa guider par son instinct. On ne le poursuivait pas.

✦

Au matin, on retrouva le cadavre de l'infor-
tuné gardien de l'hôpital Bedlam. Quelqu'un
lui avait littéralement tordu le cou. L'homme
gisait sur le ventre, mais son visage, lui, regardait le plafond. Une de ses joues portait de
profondes marques de dents. Les employés de
l'asile, pourtant habitués à voir des choses terribles se produire, en avaient été ébranlés et
plusieurs s'étaient sentis mal. Certains avaient
même rendu leur petit-déjeuner ou s'étaient
évanouis.

Aussitôt, les gardes avaient entrepris de
fouiller tout l'hôpital. Il ne leur avait fallu que
quelques minutes pour découvrir le docteur
Milton-Reese, ligoté et bâillonné avec des
lambeaux de couverture dans une cellule
verrouillée de l'extérieur. Un de ses yeux était
presque fermé par de l'enflure et du sang avait
séché sous son nez. On le libéra et, un verre
de sherry à la main, il expliqua avoir été
attaqué par l'occupant.

— Il était très agité et je l'avais mesmérisé,
expliqua-t-il à deux collègues aliénistes appe-
lés en renfort. Tout allait bien. Il s'était calmé.

Et tout à coup, sans prévenir, il est sorti de sa transe sans que je le lui commande.

— Pfffff..., fit un des médecins avec mépris. Ces histoires de magnétisme et de fluides ne sont pas sérieuses. Un vrai homme de science n'y aurait pas recours...

Milton-Reese accusa la rebuffade sans broncher. Il avait l'habitude. Les vieux médecins étaient réfractaires aux théories nouvelles. Il était inutile de se justifier. Ils ne voudraient pas l'entendre.

— Il m'a frappé, poursuivit-il en désignant son visage d'une main. J'ai perdu conscience. Je me suis réveillé ligoté lorsque les gardes m'ont secoué. Il a pris mes clés. Il faut le retrouver. Vous n'avez pas idée à quel point cet homme est dangereux.

L'alerte fut donnée sans délai. Le temps pressait. Sans hésiter, le jeune docteur passa son manteau, quitta le Bedlam et se lança sur la piste de son patient sans prendre le temps de s'occuper de ses ecchymoses.

◆

Tapi sous le pont où il avait trouvé refuge, tremblant dans la nuit humide et brumeuse, l'aliéné attendait en suçant son pouce. Il n'avait jamais vu autre chose que les murs délabrés de sa cellule et tout cet espace le

terrorisait. En marmonnant toujours, il traçait et retraçait distraitement dans le sable un
pentagramme inversé avec un bout de bois.

Près de lui, des pas résonnèrent soudainement. Il se figea, en alerte. Les pas s'arrêtèrent
sur le pont, juste au-dessus de lui. Puis ils
s'approchèrent.

Une grande lumière illumina la structure
du pont. Lorsqu'elle faiblit, il aperçut la
silhouette sombre et rigide de Satan. Le maître se tenait à nouveau devant lui. L'aliéné se
jeta à terre, tremblant de peur. Le Malin vint
plus près et lui ordonna de se relever.

— Tu as bien fait, mon fils..., dit-il en
posant une main sur ses cheveux graisseux.
Voici maintenant ce que j'attends de toi.

Lorsque le jour se lèverait, après l'intermi-
nable attente, sa mission débuterait. Il se
mettrait à la recherche du Mal.

LA WARREN'S BLACKING
FACTORY

À l'aube, Ermeline s'éveilla et sursauta. Charlie était accroupi près d'elle, souriant et parfaitement alerte malgré l'heure matinale. Il l'observait intensément avec un air de profonde curiosité.

— Cornebouc! Tu regardes toujours les gens dormir comme ça, toi, vilain paillard? lui demanda-t-elle en se couvrant instinctivement le buste avec ses bras. Tu ne serais pas un peu lubrique, par hasard?

— Allons, Evelyn! rétorqua Charlie en ricanant. J'allais justement vous réveiller. Je dois partir à la manufacture et je voulais vous offrir de m'accompagner. J'imagine que vous cherchez du travail?

— Du travail? Euh…, fit Ermeline en se frottant les yeux. Non. Pas du tout. Je suis une gitane. Le seul travail que je connaisse, c'est de dire la bonne aventure.

À côté d'elle, Manaïl s'éveillait. Il se gratta les cheveux, visiblement perdu.

— Tu pourrais nous trouver une place à la manufacture ? demanda-t-il enfin.

— Quoi ? s'écria la gitane avec un dégoût évident. Tu as perdu la raison ? Tu as vu tous ces pauvres gens épuisés ? De vraies loques ! Si tu crois que… Je suis une gitane, moi ! Je… Je ne *travaille* pas !

— Fais-moi confiance, dit Manaïl en lui jetant un regard entendu.

— C'est exactement ce que j'espérais ! s'exclama Charlie avec enthousiasme. Imaginez le plaisir que nous aurons à travailler ensemble, tous les trois, toute la journée ! Dépêchez-vous de manger. Il faut y aller.

Manaïl et Ermeline avalèrent en vitesse un nouveau bol de porridge préparé par madame Dickens et quittèrent la cellule. Dans le corridor qui menait vers la sortie, deux gardiens passèrent devant eux en portant une civière sur laquelle reposait un corps recouvert d'un drap. La main inerte qui dépassait n'échappa à personne.

— Parfois, des prisonniers meurent dans la nuit. On les ramasse au matin, expliqua Charlie en voyant l'air interloqué de ses amis. Les pauvres de Londres n'ont pas d'autre choix que de mourir de faim, de froid, par la maladie ou la charge de travail qu'on leur impose. Leur seule certitude est de mourir jeune.

Charlie s'interrompit et leva un sourcil.

— Tiens… C'est bon, ça.

Il sortit son calepin, mouilla la pointe de son crayon avec sa langue et prit la phrase en note. Les trois jeunes gens se dirigèrent ensuite vers la grille et attendirent que Newell apparaisse pour leur ouvrir. Mais le gardien restait introuvable. Après un moment, Charlie testa la grille, qui s'ouvrit sans résister.

— Hmmm… Une prison dont l'entrée n'est pas verrouillée, remarqua-t-il. Bizarre. Newell, après avoir trop bu, doit dormir comme une pierre. Vous venez ? Il ne faudrait pas être en retard. Libby serait trop heureux.

— Libby ?

— Un charmant garçon… Vous aurez bientôt le plaisir de faire sa connaissance…, dit Charlie avec une ironie non dissimulée.

Ils se retrouvèrent dans la rue St. George et firent le parcours inverse de celui de la veille.

◆

Dans son bureau aménagé au grenier de la Warren's Blacking Factory, sir Harold Dillingham écoutait distraitement le rapport matinal de son contremaître. Tous les matins, c'était la même rengaine. Le nombre de pots de noir à chaussures produits depuis la veille, les accidents survenus, le matériel gaspillé, les livraisons envoyées, les résultats des ventes... Habituellement, sir Harold prenait plaisir à entendre combien chacune des manufactures dont il était propriétaire lui rapportait, mais ce matin-là, il était préoccupé et avait peu de patience.

— Cet abruti de Murphy s'est écrasé trois orteils cette nuit en échappant une caisse, rapporta le contremaître d'une voix monotone. Je crois bien qu'il ne pourra plus jamais marcher normalement. Le gros orteil ne tenait que par un lambeau de chair et il y avait du sang partout. Lorsque nous lui avons retiré sa chaussure, il a fallu la vider comme un chaudron.

— Donne-lui quelques pence pour le faire taire et trouve quelqu'un pour le remplacer.

— Bien, m'sieur.

— Quelque chose d'autre ?

— Encore un chaudron de noir renversé.

— Congédie le responsable.

— Il n'y en a pas. C'est le trépied qui s'est brisé.

— Bon... C'est tout ?

— Pour ce matin.

Le contremaître inclina la tête et se dirigea vers la porte. Sir Harold l'arrêta.

— Libby ?

— M'sieur ?

— Je ne veux pas être dérangé aujourd'hui.

— Très bien, m'sieur.

Le contremaître sortit. Le propriétaire se cala dans son fauteuil capitonné, ouvrit le tiroir de son bureau et en sortit une bouteille de scotch. Il se versa une rasade dans un gobelet d'argent et l'avala d'un coup sec. Il était beaucoup trop tôt pour boire, mais la chaleur qui envahit son estomac lui fit du bien.

✦

Dans les rues de Londres, encore sombres à cette heure, Ermeline et Manaïl tentaient de suivre le pas toujours aussi empressé de Charlie tout en chassant les derniers relents du sommeil.

— Que fait-on au juste dans une manufacture ? demanda la gitane, un peu inquiète. C'est que je n'ai pas beaucoup l'habitude du travail, moi. À part lire les lignes de la main aux passants...

— Tout dépend, répondit Charlie sans ralentir le pas. La Warren's Blacking Factory produit du noir pour cirer les chaussures. Des ouvrières mélangent de la graisse de mouton et de la suie pour obtenir une pâte noire.

Ermeline fit une grimace de dégoût qui fit sourire Charlie.

— Rentre la langue, dit Manaïl en riant. Elle va prendre froid.

— Les plus jeunes en remplissent de petits pots de céramique, poursuivit le jeune Anglais. Mon travail, à moi, c'est d'envelopper ces pots avec un papier ciré pour empêcher que la cire ne coule, puis d'emballer le tout dans un joli papier bleu décoratif. Ensuite, je colle l'étiquette de la manufacture et hop! La marchandise est prête à être vendue. Quant aux hommes, ils manipulent les caisses pleines. Chacun son travail!

Ermeline se retourna vers Manaïl, le désespoir dans les yeux.

— Il faut vraiment que nous fassions ce genre de choses? demanda-t-elle en geignant.

L'Élu laissa le garçon prendre un peu d'avance et se pencha à l'oreille de la gitane.

— Un des fragments se trouve dans la manufacture où travaille Charlie, chuchota-t-il. Il sera plus facile de le récupérer si nous pouvons y circuler normalement parce que nous y travaillons.

— Comment sais-tu qu'il est là? Tu as eu mal? Comme dans la cathédrale?

Manaïl hocha la tête dans l'affirmative.

— Hier, quand je me bagarrais avec les deux types, je me suis écrasé par terre. Tu te souviens ?

— Oui. L'un d'eux t'avait frappé solidement dans le ventre. Tu semblais avoir très mal.

— Mais cela n'avait rien à voir avec le coup qu'il m'a donné. Lorsque mon dos est entré en contact avec la porte de la manufacture, les fragments qui sont encastrés dans ma poitrine ont réagi. Pour une fois, la chance est avec moi. Je n'ai pas eu à chercher longtemps. Si je peux mettre la main sur ce fragment-là, il ne me restera qu'à retrouver l'autre qui se cache aussi dans ce *kan*.

— Bon..., soupira Ermeline. Je comprends. Au travail, alors... Mais, les Nergalii ? Tu crois qu'ils sont dans ce *kan*, eux aussi ?

Manaïl haussa les épaules. Il se rappelait les paroles d'Ishtar devant la porte du temple du Temps. *Les Nergalii sauront, eux aussi, que tous les fragments sont présents dans le même* kan. *Ils seront nombreux à tes trousses. Fais vite. Sinon, leur filet se refermera sur toi.*

— S'ils n'y sont pas encore, ils ne tarderont pas..., dit-il, songeur. Espérons que nous les prendrons de vitesse.

— Qu'Ishtar t'entende. J'en ai plus qu'assez de ces fous furieux. L'un d'eux finira par nous couper en petits morceaux pour en faire un ragoût.

— Pas si je peux l'en empêcher.

Constatant qu'il parlait tout seul, Charlie s'arrêta et se retourna, les mains sur les hanches et la tête inclinée sur le côté.

— Mais que chuchotez-vous donc, tous les deux ? s'écria-t-il.

— Rien de bien important..., répondit Manaïl. Evelyn est un peu nerveuse à l'idée de travailler.

— Il n'y a aucune raison. Plusieurs filles travaillent dans les manufactures. Certaines sont même plus jeunes que moi. Et elles gagnent presque la moitié du salaire d'un homme !

✦

Ils se trouvaient à mi-chemin sur le pont Waterloo, qui traversait la Tamise, lorsque leur attention fut attirée par un carrosse qui arrivait en sens inverse. Le véhicule, tiré par quatre chevaux, filait à vive allure et était presque aussi large que le pont. De toute évidence, l'attelage s'était emballé. Le cocher, le visage couvert d'une écharpe, sa casquette de travers sur la tête, semblait incapable de l'arrêter. Dans le tumulte des cris affolés, les passants se lançaient de tous les côtés pour éviter d'être écrasés. Quelques-uns plongèrent même dans la Tamise pour sauver leur vie.

— Qu'est-ce que ?... fit Charlie, interdit.

— Attention ! s'écria Manaïl.

Sans réfléchir, il attrapa Ermeline et Charlie par le col de leur vêtement et les plaqua contre le parapet. Presque au même moment, le carrosse passa devant eux à toute vitesse, si proche qu'ils sentirent ses roues les frôler. Quelques secondes plus tard, il était disparu dans un nuage de poussière.

— Quel abruti ! s'exclama Charlie, indigné. Il aurait pu nous tuer !

Manaïl haussa les sourcils et échangea un regard plein de sous-entendus avec Ermeline.

— Effectivement, acquiesça-t-il, préoccupé. Il aurait pu nous tuer...

Un peu partout, les passants se relevaient ou époussetaient leurs vêtements souillés, l'air mécontent. Plusieurs criaient des invectives et agitaient le poing en direction du carrosse qui s'éloignait. Ébranlés, l'Élu, la gitane et Charlie se remirent en route, s'empressant de franchir ce qui restait du pont pour retrouver la sécurité de la rue Strand.

La chasse était déjà ouverte.

✦

Dans une ruelle étroite, entre deux édifices, Newell descendit du carrosse. Les quatre chevaux étaient encore essoufflés de la course folle qu'il leur avait imposée. Il ouvrit la porte et une dame aux cheveux et aux yeux sombres, vêtue avec une extrême élégance, en émergea à son tour.

— Je suis désolé, dit Newell. Ils… Ils m'ont vu venir.

— Tu es un incapable, dit froidement la femme. Le maître ne pardonne pas l'échec.

Elle sortit un pistolet des plis de sa robe de dentelle et le mit en joue. Réalisant le sort qui l'attendait, le gardien écarquilla les yeux. D'un geste sec, il empoigna sa chemise et en fit sauter les boutons pour découvrir sa poitrine.

— Vous ne pouvez pas faire ça ! cracha-t-il, les lèvres tremblantes, le visage cireux, en désignant le pentagramme inversé à tête de bouc qu'on avait marqué voilà des années au fer rouge sur son épaule gauche. Je suis un vassal ! Un adorateur de Satan, comme vous ! J'ai donné mon âme au maître !

La femme s'esclaffa.

— Il y a les vassaux et il y a les Nergalii, rétorqua-t-elle. Dans le Nouvel Ordre, ton Satan n'aura jamais existé. Seul Nergal régnera.

Sans rien ajouter, elle fit feu. Newell s'écroula en gémissant, les mains plaquées sur son ventre, d'où le sang s'écoulait déjà en abondance.

— Voilà ton paiement, ajouta la dame en lançant sur lui quelques pièces. Nous ferons le travail nous-mêmes.

Sans se retourner, elle s'éloigna vers la rue, où un autre carrosse l'attendait. Elle y monta et disparut. Dans la ruelle, deux jeunes garçons vêtus de haillons apparurent, attirés par la détonation. Ils se jetèrent sur l'agonisant, vidèrent prestement ses poches de leur contenu et s'emparèrent de ses bottes avant de s'enfuir à la faveur de la faible lueur de l'aube avec leur butin inespéré.

✦

Guidés par Charlie, Manaïl et Ermeline parvinrent bientôt devant le numéro 30 de la rue Hungerford Stairs, sur les bords de la Tamise. Préoccupés, ils n'avaient presque pas dit mot après l'épisode du carrosse, mais l'écrivain en herbe avait pris charge de la conversation sans se faire prier.

— Et voici la fameuse Warren's Blacking Factory! déclara Charlie avec un enthousiasme théâtral en tendant le bras vers une vieille bicoque sombre à deux étages dont la plupart des fenêtres étaient masquées par des planches. Maintenant, allons voir s'il y a du travail pour vous.

— Cornebouc…, maugréa Ermeline, dépitée.

Des hommes, des femmes et des enfants entraient sans enthousiasme dans l'édifice. Avant de leur emboîter le pas, Manaïl passa en douce sa main gauche sous sa chemise et posa la marque de YHWH sur les fragments. Il inspira longuement et franchit la porte. Les objets maudits tressaillirent dans sa poitrine, mais la magie de Hanokh rendit la douleur tolérable. Soulagé, il fit un clin d'œil à Ermeline pour lui faire savoir que tout allait bien. La gitane lui répondit par un sourire.

Ni Manaïl ni elle ne virent Pockface et Tommy, appuyés contre un édifice, plus loin, qui les observaient avec intérêt.

À l'intérieur régnait une atmosphère glauque et malsaine. Le vieux plancher de bois était crasseux et les murs de brique nue suintaient d'humidité. Les premiers rayons du soleil qui passaient entre les planches qui masquaient les fenêtres se mêlaient à la poussière ambiante dans un effet surréel. Il régnait une chaleur étouffante et une odeur de brûlé prenait à la gorge. Un peu partout, des ouvriers en sueur s'affairaient comme des fourmis dans la vaste aire ouverte du rez-de-chaussée. Dans le coin le plus éloigné de l'entrée, un escalier en colimaçon menait à l'étage supérieur et descendait à la cave.

L'attention de Manaïl se porta sur les cris qui s'élevaient, mais auxquels personne ne s'intéressait.

— Arrêtez! Aïe! Aïe! Je ferai plus attention à l'avenir, je vous le promets! Aïe! Je vous en prie, arrêtez! Aïe!

Une petite fille chétive d'une dizaine d'années tout au plus était recroquevillée sur le sol. Elle tentait tant bien que mal de parer les coups de cravache qui laissaient de longues marques rouges sur sa tête, ses épaules, son dos et ses bras. Son agresseur était gros comme un ours. Il portait une camisole imbibée de sueur qui s'étirait sur son gros ventre et laissait voir son torse, ses épaules et ses bras poilus. Les cheveux gras et clairsemés, une barbe de quatre jours sur les joues et le menton, les avant-bras couverts de tatouages, les mains larges comme des pelles, il faisait peur à voir. Un rictus haineux sur les lèvres, il frappait avec une force terrible sur la pauvre enfant.

— Idiote! hurla l'homme d'une voix graveleuse en frappant de plus belle. Tout un mélange raté! C'est le deuxième depuis hier! Tu viens de coûter trois cents pots de noir à chaussures à sir Harold!

— Mais hier ce n'était pas ma faute! implora la petite. C'est encore le trépied qui a cédé…

L'homme la fouetta une autre fois et lui arracha un cri.

— Suffit ! Imbécile ! Demeurée ! Dire que je t'ai engagée juste pour faire plaisir à ta mère ! Et c'est comme ça que tu me récompenses ? Tu es congédiée ! Ne remets plus jamais les pieds ici ! Tu m'entends ? Va-t'en !

Instinctivement, Manaïl fit un pas vers l'avant, prêt à intervenir, mais Charlie, visiblement habitué à de telles situations, fut plus rapide que lui.

— Mon brave Libby ! s'écria-t-il, les bras grand ouverts en s'avançant vers la brute. Quel plaisir de voir ta mine sympathique de si bonne heure ! Je constate que tu te livres à tes exercices matinaux avec une admirable énergie !

L'homme cessa de frapper, se raidit et se retourna, l'air mauvais.

— Te voilà, toi ! tonna-t-il pendant que sa victime profitait de la distraction pour se relever et s'enfuir en pleurant.

Libby franchit en quelques pas de géant l'espace qui le séparait du groupe. Une odeur âcre de bière éventée et de sueur le précéda.

— Tu es encore en retard, Dickens, grondat-il. Je t'avais pourtant averti la dernière fois...

— Je sais, je sais, mais j'ai une excellente raison, je t'assure. Tu seras content lorsque tu sauras pourquoi.

— Ah bon... Allez, fais-moi rire pour voir, dit Libby en tapant sa cravache dans sa grosse patte d'une manière qui ne laissait aucun doute sur le traitement que subirait le garçon si l'histoire ne lui convenait pas.

— Eh bien… Voici mes amis Mark et Evelyn Mills. Ils se cherchent du travail et j'ai pensé que, n'écoutant que ta bonté naturelle, tu serais porté à leur en offrir. Je constate qu'un poste de brasseuse est soudainement devenu disponible ?

Libby resta silencieux un moment, se gratta le crâne et considéra l'offre, visiblement contrarié.

— Tu tombes bien, finit-il par déclarer en regardant Ermeline. Tu peux brasser le mélange à la place de cette idiote… Renverse-le et il t'arrivera la même chose. C'est compris ?

— Et moi ? demanda l'Élu, inquiet à l'idée de laisser la gitane à la merci de ce butor. Je veux travailler, moi aussi.

— Je dois justement remplacer cet empoté de Murphy qui s'est estropié cette nuit, rétorqua Libby. Il me manque un gars pour transporter les caisses. Tu prendras sa place. Mais gare à toi si tu en échappes une seule.

Intimidée par le rustre suant, Ermeline se contenta de faire un petit signe de la tête et de déglutir avec peine. Le contremaître se mit à réciter une litanie qu'il semblait avoir apprise par cœur.

— Bon. La semaine de travail est de six jours, chaque journée dure dix heures. Le salaire qu'offre sir Harold est de un schilling et six pence par semaine. Le temps supplémentaire est obligatoire si je vous l'ordonne et il est payé au même salaire. Si vous refusez, vous êtes renvoyés. S'il vous arrive quelque chose, c'est votre problème. Si les conditions ne vous conviennent pas, vous pouvez retourner d'où vous venez et je trouverai quelqu'un d'autre. Des ouvriers au chômage, il y en a treize à la douzaine.

— Ça nous va, dit Manaïl sans la moindre idée de la valeur de l'argent qui lui était offert. On commence tout de suite ?

— Suivez-moi, grommela Libby. Je vais vous montrer vos tâches. Écoutez bien. Je ne me répéterai pas. Et toi, hurla-t-il à l'intention de Charlie, au travail, petit fainéant ! Encore un retard et je te fous à la porte. C'est clair ?

— Cristallin, cher Libby ! Absolument cristallin.

Un sourire espiègle sur le visage, Charlie décampa aussitôt vers l'escalier.

— On se revoit à la fin de la journée ! cria-t-il à ses amis en s'éloignant. Attendez-moi à la sortie !

Une voix puissante tonna dans la manufacture. Charlie s'immobilisa dans son élan, au milieu des hommes qui continuaient de transporter les caisses et des filles qui se relayaient près des chaudrons fumants.

— Libby! s'écria un homme de grande taille, aux épaules larges, la barbe et les cheveux poivre et sel soigneusement taillés.

Le contremaître se redressa aussitôt, presque au garde-à-vous, visiblement inquiet d'être ainsi interpellé par l'homme qui se tenait droit comme un chêne au milieu de l'escalier.

— Oui… Oui, sir Harold?

— Si tu continues à maltraiter mes employés, je vais finir par en manquer. Si je n'ai plus d'employés, je devrai fermer la manufacture. Et si je ferme la manufacture, tu n'auras plus d'emploi. Tu comprends ça?

— Oui, m'sieur. Bien sûr, m'sieur. C'est juste que cette petite idiote a renversé tout un chaudron de mélange et…

— Je sais ce qu'elle a fait, Libby! coupa sèchement l'homme. Et tu as bien fait de la corriger. Mais si tu la bats au point qu'elle ne peut plus travailler, tu nuis à la production! Modère tes transports.

— Bien, m'sieur, minauda Libby. Je ferai plus attention.

— Voilà qui est mieux, conclut sir Harold en tournant les talons pour remonter à l'étage.

Le visage cramoisi par l'humiliation, le contremaître regarda autour de lui. Les ouvriers s'empressèrent de tourner la tête et de faire semblant de n'avoir rien entendu, mais plusieurs ne purent réprimer complètement un sourire satisfait et des ricanements étouffés.

— Qu'est-ce qui te fait rire comme ça, toi ? cracha-t-il en frappant l'homme le plus près avec sa cravache.

Dès que le propriétaire fit claquer la porte des bureaux à l'étage, Charlie se jeta dans l'escalier, qu'il dévala jusqu'à la cave. Le travail se poursuivit dans un silence de tombe.

✦

La journée s'écoula au rythme de tâches répétitives et pratiquement ininterrompues. Debout devant un des immenses chaudrons en fonte suspendus au-dessus d'un feu qui la faisait suer à grosses gouttes, Ermeline et le groupe de femmes et de filles dont elle faisait partie mélangeaient la graisse de mouton et la suie avec un long bâton. Lorsque le mélange était jugé à point par Libby, il était versé dans de petits pots de terre cuite qui étaient emportés à la cave, où Charlie et les autres enfants les enveloppaient. Entre-temps, des ouvriers emportaient le chaudron et les femmes recommençaient un nouveau mélange. Lorsque les pots étaient prêts, ils étaient mis dans de lourdes caisses en bois que des ouvriers, parmi lesquels se trouvait Manaïl, transportaient à bout de bras jusqu'à l'extérieur, où elles étaient mises dans des charrettes et emportées pour être livrées aux quatre coins de Londres.

En quelques heures, Ermeline fut couverte de mélange nauséabond. De temps à autre, un gros rat noir lui passait entre les jambes, lui rappelant les pires moments de la grande peste de Paris. Manaïl, pour sa part, avait le dos si endolori qu'il craignait à tout moment d'échapper une caisse et de subir les foudres de Libby. Périodiquement, il touchait sa poitrine avec la marque de YHWH pour que la douleur causée par la proximité du fragment reste tolérable.

Après dix longues heures de travail interrompues par quinze petites minutes pour manger, Manaïl, Ermeline et Charlie, fourbus, quittèrent la manufacture. Ils venaient à peine de franchir la porte, l'Élu jouissant de son premier instant sans douleur depuis qu'il était entré, lorsque Charlie s'arrêta brusquement, l'air apeuré.

— Qu'est-ce qu'il y a ? s'enquit Manaïl.

— Là-bas, au coin de la rue, répondit Charlie, d'une petite voix inquiète, en désignant l'endroit du menton. Tommy et Pockface.

— Encore ces coquins, gronda Ermeline, les sourcils froncés par la colère. J'ai connu des tourmenteurs[1] plus sympathiques…

L'Élu planta fermement ses deux pieds sur le sol et vrilla ses yeux dans ceux de Tommy. Pendant quelques secondes, ni l'un ni l'autre ne baissa le regard. Puis le voyou s'avoua vaincu. De loin, Manaïl le vit cracher par terre avec dépit et faire signe à Pockface de le suivre. Ils disparurent ensemble dans la rue la plus proche.

— Ne t'en fais pas avec eux, dit-il à Charlie. Ce sont des lâches. Ils n'oseront pas s'approcher à moins d'être certains d'avoir l'avantage.

Les trois compagnons retournèrent à la prison de Marshalsea. Pour l'Élu et la gitane, il était clair que la vraie prison était la manufacture. L'idée de recommencer une nouvelle journée de travail le lendemain les décourageait à l'avance.

Avant de retraverser le pont de Waterloo, ils s'assurèrent qu'aucun carrosse n'était visible de l'autre côté.

1. Bourreaux.

LA PAUSE

Dans le temple de Nergal, l'atmosphère était tendue. Tous les disciples restés derrière attendaient avec angoisse des nouvelles de leurs frères envoyés dans le *kan* où se trouvaient les cinq fragments. En cercle autour de leur maître, ils écoutaient anxieusement un des leurs qui s'était matérialisé quelques minutes auparavant.

— Le piège est tendu, ô Mathupolazzar, dit le Nergali avec confiance, le capuchon de sa robe rabattu sur sa tête et son visage. Nous avons eu le temps d'étendre notre influence dans ce *kan*. Nous avons des tentacules un peu partout dans la ville. Déjà, nous savons où vit l'Élu, qui il fréquente, quels chemins il prend. Une des nôtres, un peu trop anxieuse de plaire, a essayé de le faire assassiner. Heureusement, la tentative a échoué et je me suis assuré qu'elle ne nous embête plus. Elle a servi de sacrifice à Satan...

— Et les fragments ? insista Mathupolazzar.

L'homme haussa les épaules.

— Nous savons que l'Élu a retrouvé les fragments dans les *kan* de Babylone, de Jérusalem et de Paris, dit-il. Il sait sans doute que deux *kan* ont convergé dans celui de Londres et il cherche les fragments qui lui manquent. Ce qu'il ignore, c'est que nous en possédons déjà un. Cela nous confère un avantage sur lui dont nous pouvons tirer parti. Londres est une bien grande ville, mais l'Élu a déjà démontré sa capacité à retrouver les fragments. Je lui fais confiance. Il y arrivera. Et alors, nous fondrons sur lui.

— Es-tu vraiment certain de cela ? interrogea le grand prêtre en le fouillant du regard, un rictus dubitatif sur les lèvres. Tu n'es par le premier à m'annoncer la conclusion prochaine de toute cette histoire, et pourtant, les autres y ont tous laissé leur vie. Cet enfant est plus dangereux qu'il ne le paraît et jouit de la protection d'Ishtar.

— Mon plan est sans faille, maître. Lorsqu'il aura les quatre fragments, nous le cueillerons comme un fruit mûr. Ces longues années passées dans la saleté et la puanteur des usines n'auront pas été vaines.

Mathupolazzar le regarda longuement en silence, puis hocha imperceptiblement la tête.

— Soit…, finit-il par dire, sceptique. Assure-toi au moins que tes vassaux ne fassent pas tout échouer.

— Ne crains rien, rétorqua l'homme. Je leur tiendrai la bride bien serrée.

— Tout cela est quand même risqué, soupira Mathupolazzar. Mais puisque tu es si sûr de toi, retourne dans ce *kan* et accomplis ta mission pour la plus grande gloire de Nergal.

— Gloire à Nergal! s'écrièrent les autres disciples à l'unisson, leurs voix faisant écho dans le temple. Gloire à Nergal!

Le grand prêtre leva la main pour les faire taire.

— Zirthu?

Le Nergali avait déjà étendu les bras. Il les redescendit le long de son corps pour ne pas disparaître tout de suite.

— Maître?

— L'échec n'est pas permis, menaça le grand prêtre. Je veux les *cinq* fragments. Fais-le bien comprendre aux autres.

— Bien, maître, dit l'homme en s'inclinant avec respect.

Il recula de quelques pas, étendit à nouveau les bras, releva le visage vers le plafond et ferma les yeux. Après un moment, l'air vibra autour de lui et il s'effaça du *kan* d'Éridou.

✦

Londres, en l'an 1824 de notre ère.

La manufacture ne fermait jamais. Toutes les douze heures, elle recrachait les ouvriers épuisés et en avalait des frais. Elle expulsait sans remords les estropiés, qui n'avaient d'autre choix que de retourner chez eux pour soigner leurs blessures et vivre dans la misère jusqu'au jour où ils seraient capables de retravailler. S'ils survivaient jusque-là.

Pour Manaïl et Ermeline, les journées suivantes s'écoulèrent avec monotonie, rythmées par un travail épuisant et couronnées par un salaire de crève-la-faim. Les heures s'étiraient à n'en plus finir. Faute d'un autre logis et appréciant la compagnie de Charlie et de sa famille, ils étaient retournés chaque soir à la prison de Marshalsea, vidés et les paupières lourdes. Après un maigre repas servi par madame Dickens en échange de quelques piécettes gagnées dans la journée et après quelques trop courtes heures de sommeil, ils retournaient à la manufacture.

Un matin, en route vers le travail, Ermeline perdit patience.

— Ça va durer comme ça encore long-temps ? chuchota-t-elle, exaspérée. J'en ai assez de m'échiner. J'en ai par-dessus la tête d'être sale et de puer le gras de mouton. Cornebouc ! J'ai presque envie de retourner vers les trépassés qui empestent les rues de Paris ! Au moins, je pourrais prédire l'avenir bien tranquillement...

— Sois patiente, je t'en prie, l'exhorta Manaïl. Je suis aussi las que toi. Les ouvriers de la manufacture ne sont pas mieux traités que les esclaves de Babylone. Mais tant que je n'aurai pas retrouvé le fragment, nous devons tenir le coup.

— Il faudrait peut-être t'y mettre, alors, lui reprocha la gitane. Tu n'as rien tenté depuis que je patauge dans le noir à chaussures !

— Crois-moi, je voudrais bien, mais ce fichu Libby me colle aux fesses.

— Ce gros porc... Tu devrais voir les regards de bouc en rut qu'il me lance à la dérobée ! Il me donne la nausée.

Malgré ses efforts, Manaïl n'était pas encore parvenu à se libérer assez longtemps pour rechercher le fragment, dont la douleur quotidienne dans sa poitrine lui confirmait la présence quelque part dans l'édifice. Il aurait voulu arrêter le temps pour le chercher en toute sécurité, mais l'étrange pouvoir qu'il détenait était capricieux. De toute façon, il n'arrivait jamais à le contrôler très longtemps.

Il avait bien tenté de s'éloigner en douce pour explorer la manufacture, mais les moments libres étaient rares et brefs. De plus, Libby, à qui rien n'échappait, l'avait aperçu chaque fois et l'avait rappelé à l'ordre.

— Mills ! Où tu vas comme ça, hein ? avait-il d'abord demandé en se tapotant la paume d'une façon menaçante avec sa cravache.

— Euh... J'allais faire pipi...

— Pipi ? Sir Mark veut faire pipi ? Tu te crois au pub, peut-être ? Retiens-toi ou fais dans ton pantalon. Je n'en ai rien à fiche. Les petits besoins, c'est à la pause de midi ou après la journée. Allez ! Au travail !

Par la suite, lorsqu'il avait essayé de se faire oublier, Libby l'avait tout bonnement frappé avec sa cravache. Il devait trouver un moyen d'éloigner le contremaître. Il fallait mettre au point un plan. Le fragment était à portée de main et il n'éprouvait aucune envie de s'attarder dans la manufacture glauque, à accomplir des tâches éreintantes.

✦

Lorsque Libby annonça la fin de la journée de travail, Manaïl, fourbu, posa sur le

plancher la caisse qu'il était en train de transporter. L'ouvrier qui allait le remplacer la
ramasserait et la porterait au bon endroit.

Il se dirigea vers la sortie, où Charlie et
Ermeline l'attendaient, l'air aussi hagard que
lui. Les vêtements de la pauvre gitane étaient
de plus en plus noirs et l'Élu songea qu'elle
devrait bientôt trouver un moyen de les laver
ou de s'en procurer des nouveaux.

— Demain, je vous emmène visiter Londres !
s'exclama Charlie malgré sa fatigue.

— Encore ? gémit Ermeline.

— Comment ça, visiter ? demanda Manaïl.
Libby va te virer si nous ne nous présentons
pas à l'heure.

— Quel ouvrier modèle ! dit Charlie en lui
donnant une grande claque dans le dos. Il
veut même travailler durant sa journée de
congé !

— Ah... C'est que... Je préférerais être à la
manufacture, marmotta l'Élu en songeant
qu'il ne retrouverait pas le fragment en jouant
aux touristes. Un peu plus d'argent serait le
bienvenu.

Il adressa un regard entendu à Ermeline.

— Nenni ! Moi, je préfère visiter Londres que
travailler dans cet endroit ! déclara-t-elle en
croisant résolument les bras sur sa poitrine.

— Voilà ! s'exclama Charlie. La demoiselle
sait prendre la vie du bon côté, elle ! Tu devrais

en faire autant, mon vieux. Sinon, tu vas mourir jeune.

« Si tu savais… », grommela intérieurement Manaïl en laissant paraître un sourire forcé sur son visage.

La gitane se pencha vers l'Élu.

— Le fragment attendra une journée, c'est tout, murmura-t-elle. Cornebouc, j'en ai assez, moi. Je suis une gitane, pas une esclave !

— Mais, les Nergalii ?…

— Ils attendront, eux aussi. Dans l'état où tu es, tu as besoin de repos. Nous serons prudents. D'accord ?

Vaincu, Manaïl haussa les épaules.

— Bon… Très bien. Puisque c'est comme ça…

Ses deux amis avaient sans doute raison. Une journée de repos ne serait pas de refus. Et puis, deux fragments se trouvaient dans ce *kan*, se dit-il. La chance lui sourirait peut-être en le mettant sur la piste du second.

Le pas un peu plus léger qu'à l'habitude, Charlie, Ermeline et Manaïl se mirent en route vers Marshalsea.

◆

Le pont de Waterloo était situé à l'extrémité du quartier Lambeth, non loin de Bedlam.

Dès qu'il s'était échappé, l'aliéné s'était réfugié près d'un de ses piliers. Depuis, il n'avait pas bougé. Il attendait. Déjà, le garçon était passé tout près de lui trois fois. Deux le matin et une le soir. La nuit tombait et il repasserait bientôt.

L'aliéné n'avait ni froid ni faim. Depuis le départ du Malin, deux jours plus tôt, il mangeait à sa faim. Il portait aussi les vêtements, plus adéquats, de son repas. Le cadavre de l'employé de la compagnie de gaz, dont le travail avait été d'allumer les lampadaires du pont, gisait maintenant au bord de l'eau, nu, deux bras en moins. Le malade avait étanché sa soif avec l'eau de la Tamise, insensible à sa couleur brunâtre causée par le déversement des égouts de la ville. Depuis, son esprit vagabondait, errant, d'une pensée à une autre.

Appuyé contre la lourde structure de pierre, il somnolait lorsque des bruits de pas et des voix le réveillèrent en sursaut, le cœur battant dans la poitrine. Celui qu'il attendait était là, tout proche. Il se leva d'un trait, prêt à surgir, mais s'immobilisa et secoua la tête d'impatience. Le Malin lui avait bien dit d'attendre que le garçon soit seul.

Dans l'esprit endommagé de l'aliéné, un plan se forma. Il attendit que les pas s'éloignent et, en catimini, sortit de sous le pont.

Trois personnes s'éloignaient. Celui qu'il cherchait était le plus grand.

Il se mit à les suivre en faisant attention de ne pas être vu. Il attendrait le moment propice. Bientôt, il arracherait le cœur de ce garçon et ramènerait à Satan ce qui lui avait été demandé.

LA NATIONAL GALLERY

L e matin venu, ils se réveillèrent un peu plus tard qu'à l'habitude. Le jour était déjà levé lorsqu'ils s'attablèrent pour avaler l'éternel porridge fumant de madame Dickens, dont Manaïl commençait résolument à se lasser. Les jours de congé n'étaient pas les mêmes pour tous et, déjà, Fanny et Laetitia avaient quitté Marshalsea pour leur travail respectif. Frederick, qui avait déniché un nouvel emploi comme livreur de charbon, les avait suivies. Monsieur Dickens était affalé sur une chaise dans le coin de la cellule, la mine verdâtre, et se tenait la tête. Par terre, près de lui, gisait une bouteille vide.

À l'incitation de Charlie, qui était tout excité à l'idée d'aller déambuler dans les rues de Londres, ils mangèrent à toute vitesse. Une fois le repas terminé, madame Dickens tira Ermeline un peu à l'écart et lui tendit une robe brune.

— Tiens, ma petite, mets ceci. Fanny et toi avez à peu près la même taille. Je laverai ta jupe et ta chemise pendant ton absence. Tu ne vas tout de même pas sortir un dimanche avec ces vêtements crottés et tachés ! Après tout, c'est le jour du Seigneur.

Reconnaissante, Ermeline se retira derrière le petit paravent qui créait le seul espace privé de la pièce et passa le vêtement. Elle boutonna le collet qui lui serrait le cou et ressortit. La robe, d'un tissu grossier et dépourvue de fioritures, n'avait rien de chic, mais elle était propre et elle lui allait bien.

— Parfait ! s'exclama madame Dickens en joignant les mains sur sa poitrine avec ravissement. Tu es jolie comme une fleur du printemps !

Ermeline jeta un regard coquin vers Manaïl, qui avait les yeux rivés sur elle.

— Qu'en penses-tu ? demanda-t-elle en battant des cils avec coquetterie. Tu me trouves jolie, toi aussi ?

— Tu… Tu es très… La robe te va très bien, balbutia-t-il en rougissant.

Charlie se mit à trépigner.

— Bon ! L'essayage est terminé ? Tout le monde est prêt ? demanda-t-il en se frottant les mains. Je vous réserve le traitement royal : la National Gallery ! Il faut y aller avant qu'il y ait trop de monde.

— La quoi ? demandèrent en même temps Manaïl et Ermeline.

— La Na-ti-o-nal Gal-le-ry, répéta Charlie en martelant chaque syllabe comme il l'aurait fait pour des pauvres d'esprit. C'est un musée.

— Un quoi ?

— Un musée. Mais vous sortez vraiment de nulle part, vous deux ! s'exclama-t-il une fois de plus. C'est un endroit où on peut voir les plus beaux tableaux, les plus rares spécimens, les plus vieilles antiquités. Il vient tout juste d'être ouvert par le gouvernement de Sa Majesté. Je pourrais aussi vous faire visiter le British Museum, mais je préfère les portraits.

— Il le faut vraiment ? gémit Ermeline.

— Mais bien entendu qu'il le faut ! Faites-moi confiance. Vous ne le regretterez pas.

À contrecœur, Ermeline passa sa pèlerine et Manaïl, son manteau. À la porte de la prison, Charlie s'arrêta devant un inconnu grand et maigre qui faisait le pied de grue devant la grille.

— Qui es-tu ? demanda-t-il. Où est Newell ?

L'homme haussa les épaules avec une souveraine indifférence.

— Sais pas…, maugréa-t-il d'une voix rocailleuse. Paraît qu'il a disparu. Avec le salaire qu'on donne aux gardiens de prison, pas étonnant qu'il ait décidé de déguerpir. C'est moi qui le remplace.

— Et vous vous appelez ?...

— Thompson. George Thompson. Désormais, la loi ici, c'est moi. Tiens-le-toi pour dit. J'ai entendu parler de tes frasques, Dickens.

— Vous me voyez enchanté, cher Thompson ! Positivement en-chan-té ! Malheureusement, la peine de mon père tirant à sa fin, je crains que nous n'ayons pas le temps d'approfondir notre relation. Dommage. Elle aurait sans doute été fructueuse et fraternelle !

Insensible à l'impertinence du garçon, le nouveau gardien fit une moue impatiente, ouvrit la grille sans plus de cérémonie et les laissa sortir. Les trois compères s'éloignèrent de la Marshalsea au son de la voix de Charlie, qui était particulièrement intarissable les jours de congé.

◆

Camouflé dans l'ombre entre deux bâtiments, l'aliéné n'avait pas dormi, mais il ne ressentait plus la fatigue depuis des années. Il avait passé la nuit à fixer la porte de la prison où était entré le groupe qu'il avait suivi la veille. C'était à peine s'il avait osé battre des paupières. Son corps était tendu à l'extrême et la fébrilité faisait légèrement trembler ses mains.

Il émit un gloussement de plaisir. Le garçon venait de sortir. Puis la déception le gagna une fois de plus. Les deux autres étaient encore avec lui. Ils semblaient ne jamais le quitter. Mais pourquoi donc ne pouvait-il pas être seul ? Une vague de colère monta en lui et il tapa du pied sur le sol en serrant les poings. Il se sentit aussitôt un peu mieux. Comme un prédateur patient guettant l'occasion, il les suivit discrètement.

Il ne craignait rien. Le Malin l'accompagnait.

✦

La neige avait cessé. Un doux soleil asséchait déjà les rues de Londres et le temps était agréable. Une fois sur l'autre rive de la Tamise, ils prirent à gauche sur Strand. Au loin, Ermeline aperçut bientôt la manufacture. Elle s'arrêta net, les poings sur les hanches.

— Holà ! Je croyais que nous étions en congé ! Il n'est pas question que je mette les pieds dans cet affreux endroit ! s'écria-t-elle. Je refuse ! Nenni ! J'en ai assez d'être la souillon[1] de Libby !

---

1. Servante employée aux gros travaux salissants.

— J'irais bien, moi, osa Manaïl en songeant au fragment qui se trouvait quelque part dans le bâtiment.

— Ne t'en fais pas, Evelyn, ricana Charlie. Je n'ai aucune intention de travailler durant mon jour de congé. Et puis, j'essaie de limiter un peu mes fréquentations avec l'attachant Libby, histoire de lui faire mieux apprécier ma présence ! Demain, il sera encore plus adorable que d'habitude parce que je lui aurai manqué !

Ils passèrent devant la Warren's Blacking Factory sans s'arrêter et prirent à droite dans Pall Mall.

— Je déteste cette manufacture..., grommela Ermeline sans se retourner.

— On s'y habitue, répliqua Charlie. Évidemment, dans mon cas, ce n'est que temporaire. Mon père achève de purger sa sentence et ma mère m'a promis qu'après, elle m'inscrirait à l'école. Je sais déjà lire, écrire et compter, évidemment, mais il y a tant de connaissances qui m'échappent. Un bon écrivain doit tout connaître ! Ou au moins, en savoir un peu sur beaucoup de sujets !

Après une marche de quelques minutes, Charlie s'immobilisa devant un édifice étroit à trois étages en pierre grise.

— Madame et monsieur Mills, voici la National Gallery ! s'exclama-t-il avec emphase.

Suivez-moi, mes amis! Les plus grands trésors artistiques vous appellent! Vous serez ébahis! Après, si vous êtes sages, les enfants, tonton Charlie vous emmènera manger une saucisse sur Piccadilly!

✦

De l'autre côté de la rue, l'aliéné les vit entrer dans la grande bâtisse grise. Dans son esprit dérangé, la confusion grandissait. Il ne devait pas perdre la trace de celui qui allait mourir. S'il échouait, Satan serait très en colère. Mais il ne souhaitait pas non plus entrer dans cet endroit. Il avait été enfermé trop longtemps. Il voulait rester à l'extérieur, là où il y avait de l'air frais. Maintenant qu'il était libre, plus personne ne l'enfermerait jamais.

Hésitant, il s'appuya contre le mur et se frappa l'arrière de la tête à plusieurs reprises contre la pierre. Sa cervelle ne fonctionnait pas bien. Elle était terriblement lente et ne savait jamais quoi faire. Et personne n'était là pour le guider. Il eut envie de pleurer.

Une vive douleur lui enveloppa bientôt le crâne et, pendant un instant, son champ de vision se réduisit presque à néant. Puis il se ressaisit. Il ne devait pas décevoir l'Ange déchu. Il lissa ses vêtements et, malgré l'angoisse qu'il éprouvait à l'idée de se retrouver à l'intérieur, il se dirigea vers l'édifice.

✦

Un vieux gardien se tenait à l'entrée. Il avait les cheveux blancs comme neige et une grosse moustache qui rejoignait ses favoris et lui donnait l'air d'un loup de mer. Il portait une redingote à col haut très usée qui avait dû être élégante quelques décennies auparavant. À la vue des trois premiers visiteurs de la journée, il se leva du petit tabouret sur lequel il attendait et s'appuya sur sa canne.

— Bienvenue, jeunes amateurs d'art ! Ça fera deux pence chacun, s'il vous plaît, dit-il d'une voix où perçait la bonhomie.

Manaïl sortit quelques pièces de monnaie de sa poche et hésita. Charlie vint à son secours, sélectionna dans le creux de sa main celles dont il avait besoin et les remit au gardien.

— Tu ne sais pas compter ? s'étonna-t-il. Tu aurais dû me le dire. Il n'y a aucune honte à cela : la plupart des garçons de ton âge sont illettrés. Pas besoin d'être instruit pour travailler dans une manufacture...

Lorsque Ermeline fit mine de payer à son tour son entrée, Charlie s'interposa.

— Un instant! Pas question! Je t'invite! La plus élémentaire galanterie exige qu'un gentleman défraie l'entrée d'une dame! déclara-t-il avec force grands gestes en payant pour la gitane et lui-même.

Ermeline jeta un coup d'œil à Manaïl et roula les yeux, exaspérée.

Ils franchirent une haute et large porte puis entrèrent. Dans le hall immense, les murs étaient couverts du plancher au plafond par de grands dessins de toutes les dimensions aux cadres dorés et ouvragés. Un puits de lumière, au centre du plafond, laissait filtrer une clarté reposante. La pièce étant vide, ils entendaient l'écho de leurs pas.

— Je viens toujours très tôt pour éviter la cohue de l'après-midi, expliqua Charlie. De si bonne heure, j'ai tout le musée pour moi tout seul.

Empoignant Ermeline par la main et Manaïl par le bras, il les entraîna dans la vaste salle.

— Allez, venez. Regardez, là, sur le mur, dit-il, débordant d'enthousiasme. Ce portrait du pape Jules II est un authentique Raphaël! Et là, c'est un Titien. Là, un Correggio. Là-bas, il y a des dessins de Turner, le plus grand peintre de l'Empire britannique. Et c'est pareil aux deux autres étages! Il y a des œuvres de Rembrandt, de Vélasquez, *Le Contrat de mariage*, la première des six toiles de la série

Mariage à la mode de Hogarth, et *Port de mer avec l'embarquement de la reine de Saba* par Claude Gellée. Il y en a tant que je n'arrive pas à choisir lequel je préfère. Je les aime tous !

Pour faire plaisir à Charlie, ils le suivirent d'un tableau à l'autre et, malgré eux, se trouvèrent bientôt pris au jeu. Jamais Manaïl n'avait vu des images aussi belles et il avait peine à se convaincre qu'elles aient pu être produites par une main humaine. Les couleurs étaient magnifiques. On aurait dit que les gens et les paysages étaient réels et qu'il aurait suffi d'avancer pour pénétrer dans les tableaux. À Babylone, les dessins étaient toujours plats et jamais il n'avait imaginé qu'on pût faire mieux.

– Tout est dans la perspective, mon vieux ! dit Charlie, d'un ton sentencieux, comme s'il lisait dans ses pensées. Depuis la Renaissance, les peintres ont compris comment reproduire la perspective. Trois dimensions au lieu de deux, ça fait toute la différence.

Ils traversèrent dans la pièce suivante, toujours plus béats d'admiration devant une telle abondance de beauté. Manaïl déambula lentement en suivant les murs, s'arrêtant devant les tableaux qui retenaient son attention. Parvenus à l'escalier, ils montèrent tous les trois à l'étage, où l'effet des toiles exposées fut le même. Après une heure de la plus pure délectation, Ermeline suivait toujours le jeune Anglais.

— Admire les plis de la toge de Notre-Seigneur, fit pompeusement Charlie, qui lui décrivait avec enthousiasme *La Résurrection de Lazare* de Sebastiano. Vois comme ils sont réalistes ! Et regarde sa main ! On dirait qu'elle va se mettre à bouger !

Ermeline, émerveillée, se retourna.

— Mark, tu as vu comme c'est beau ? demanda-t-elle.

Étonnée, elle constata que son ami n'était plus là.

✦

Manaïl ne s'était pas rendu compte que ses compagnons avaient poursuivi leur chemin vers l'étage suivant. Seul dans la grande salle vide, il était figé devant un tableau.

Le grand portrait représentait un homme solide et haut de taille, les cheveux et les sourcils en broussaille. De gros favoris grisonnants et touffus lui couvraient les joues. Il se tenait debout, la main gauche sur le dossier d'un fauteuil, l'air solennel, presque sévère. Par-dessus son costume sombre, il portait un tablier blanc bordé de bleu et décoré de franges dorées, et un collier auquel était suspendue une petite équerre de métal. Sa main droite recouvrait à moitié une équerre et un compas entrecroisés reposant eux-mêmes sur un gros livre. Les deux instruments formaient un symbole en tout point identique à celui qui avait orné une des portes du temple du Temps. Sur le majeur de cette main se trouvait une bague à pierre noire de laquelle Manaïl, comme en transe, n'arrivait pas à détourner le regard. Aucun doute possible : il s'agissait de la bague des Mages d'Ishtar.

◆

Dans l'embrasure de la porte, l'aliéné observait celui qui devait mourir. Il était seul. Enfin ! Il fit un effort pour retenir un glousse-ment de satisfaction. En pensant à la récom-pense que lui avait promise Satan, il s'avança sans bruit dans la salle.

ATTAQUE SURPRISE

L'inconnu du tableau semblait fixer Manaïl de ses yeux sombres et intenses, comme s'il n'avait attendu que lui. L'allure fière et l'impression de sagesse qui s'en dégageaient confirmaient à l'Élu, autant que la bague qu'il portait, qu'il avait devant lui l'image d'un Mage d'Ishtar. Mais de quand datait ce portrait ? Cet homme était-il même encore vivant ? Si oui, il était en possession d'un des deux fragments du talisman de Nergal qui se trouvaient dans ce *kan*. Sinon, il l'avait forcément légué à son successeur. Avec celui qui se trouvait dans la manufacture, Manaïl pourrait compléter sa quête. Il devait absolument retrouver cet homme, mais comment ? « Charlie saurait, lui », songea-t-il. Ce garçon semblait tout savoir de Londres.

Perdu dans sa contemplation, il n'entendit pas les pas feutrés qui s'approchaient derrière lui. Il allait se diriger vers l'escalier pour rejoindre ses compagnons et ramener Charlie devant le tableau lorsque des bras puissants lui encerclèrent le corps et l'immobilisèrent. Avant qu'il puisse réagir, une vive douleur lui traversa la nuque. Instinctivement, Manaïl renvoya vivement la tête vers l'arrière et entra en contact avec quelque chose de dur. Un craquement retentit, suivi de près par un grognement liquide. L'étreinte se relâcha et il retomba sur ses pieds. Portant la main à sa nuque, il constata qu'il saignait.

Désorienté, il examina l'homme assis par terre à quelques pas de lui. Maigre comme un cadavre, il portait un costume propre qui tranchait avec sa barbe et ses cheveux longs et emmêlés. Ses dents et les poils de sa moustache étaient trempés de sang. Incrédule, Manaïl comprit que cet homme l'avait mordu. Son nez, brisé par le coup de tête, enflait à vue d'œil et un filet de sang s'écoulait d'une de ses narines.

Agile comme un félin et apparemment insensible à la douleur, l'homme se remit rapidement sur pied et, d'un seul bond, franchit la distance qui les séparait. Manaïl se retrouva aussitôt sur le dos, son agresseur bien assis sur sa poitrine. Il se débattit furieusement, mais les genoux de l'homme lui écrasaient les bras.

– *Te! Ug!* grogna l'individu, les dents retroussées comme une bête sauvage. *Šag. Ba!!!*

Les yeux remplis d'une démence meurtrière, l'homme tâta la poitrine de Manaïl.

– *Baaahhhh... Ru gulla!* fit-il, l'air exalté.

Il ouvrit toute grande la bouche. Son haleine fétide aurait suffi à ranimer un mort. Manaïl comprit alors ce qui allait se produire. Cette créature de cauchemar voulait lui arracher les fragments avec ses dents!

Il se concentra éperdument. Rien. Son pouvoir l'abandonnait quand il en avait le plus besoin. La bouche de l'homme approchait lentement, menaçante. Il se concentra de plus belle, sans plus de résultat. Le temps refusait obstinément de s'arrêter. Proche de la panique, il remua comme un diable et battit des pieds, mais ne parvint qu'à faire sourire son agresseur, terriblement fort malgré son physique émacié.

– Hé! Toi! s'écria une voix.

Attiré par les bruits et les chocs qui secouaient le plafond, le gardien avait quitté son poste à l'entrée et était venu voir ce qui se passait à l'étage. Apercevant l'homme aux cheveux hirsutes et à la barbe longue et crasseuse qui attaquait le garçon, il s'avança sans hésiter, malgré son âge, en brandissant sa canne.

— Lâche-le immédiatement!

L'aliéné redressa la tête et fouilla son esprit confus à la recherche d'une échappatoire. Satan avait bien ordonné de surprendre le garçon lorsqu'il serait seul. Maintenant, il y avait quelqu'un d'autre.

Il se releva d'un bond et fonça vers le vieil homme. Ce dernier se raidit avec courage, prêt à se défendre de son mieux et leva sa canne pour le frapper. Avant qu'il puisse abattre son arme de fortune, l'aliéné l'envoya choir rudement contre le mur. Sans s'arrêter, il poursuivit son chemin. Manaïl et le gardien l'entendirent dévaler l'escalier à toute vitesse. Quelques secondes plus tard, la porte d'entrée s'ouvrit puis claqua.

Attirés par le bruit, la dizaine de visiteurs entrés depuis l'ouverture des portes s'attroupaient peu à peu dans la salle et observaient la scène avec inquiétude.

Sonné, le gardien s'appuya lourdement sur sa canne et se releva tant bien que mal pendant que Manaïl s'empressait d'appliquer discrètement la marque de YHWH sur la morsure qu'il avait au cou. Lorsque le courageux vieillard parvint à le rejoindre en titubant, le visage blême, elle avait disparu.

— Tu n'as rien, petit? demanda-t-il en lui tendant la main pour l'aider à se relever.

— Non. Ça va. Et vous?

— Rien de cassé, je crois. J'aurai juste mal partout demain.

L'air perplexe, le gardien regarda la cage d'escalier par laquelle l'agresseur s'était enfui.

— *Good Lord*[1]..., Comment ai-je pu ne pas le voir entrer ?... Ce pourrait bien être le fou qui s'est évadé de Bedlam voilà quelques jours. On le cherche partout. Je vais faire avertir les responsables de l'hôpital.

Il s'éloigna en claudiquant, visiblement énervé. Après quelques pas, il se retourna vers Manaïl. Il était pâle et ses lèvres tremblaient un peu.

— Tu as beaucoup de chance, petit, dit-il. S'il s'agit bien de lui, cet individu est très dangereux, à ce qu'on raconte. Un véritable fou furieux. Tu aurais pu y passer.

— Vous ne croyez pas si bien dire, rétorqua Manaïl, encore ébranlé.

Charlie et Ermeline surgirent à l'instant dans l'escalier, se précipitèrent vers leur compagnon et se mirent à l'examiner sous toutes ses coutures.

— Qu'est-ce qui s'est passé ? s'écria Charlie. Lorsque nous nous sommes retournés, tu n'étais plus là ! Puis nous avons entendu des cris !

---

1. Bon Dieu.

— On t'a attaqué ? s'enquit Ermeline en lui tâtant subrepticement la poitrine pour s'assurer que les fragments y étaient toujours.

— Tout va bien. Ne vous inquiétez pas. Un homme m'a sauté dessus, mais le gardien est venu à mon secours.

— Même les lieux d'art ne sont plus sûrs… Mais où s'en va donc Londres ? soupira Charlie.

Il regarda Manaïl et le dévisagea avec curiosité.

— Il t'arrive tout de même des choses bien étranges, à toi…

— Il a un don, dit Ermeline avec un demi-sourire.

L'Élu se contenta de hausser les épaules. Que pouvait-il raconter au jeune garçon qui expliquât de façon crédible ce qui venait de se passer sans qu'il le crût fou ?

— Bon. Pour oublier tout cela, suggéra Charlie, allons manger cette fameuse saucisse sur Piccadilly. Vous allez voir, cela vous changera tout de suite les idées.

Les curieux s'écartèrent pour leur céder le passage. Le trio accompagna le gardien jusqu'au rez-de-chaussée, où le vieil homme reprit son poste à l'entrée. Manaïl le remercia une nouvelle fois pour sa courageuse intervention.

— Vous m'avez sauvé la vie, dit-il en lui serrant la main.

— Ce n'est rien, rétorqua modestement le gardien. Je n'ai fait que mon devoir. Un ancien soldat, même un peu décrépit, ne va tout de même pas reculer devant un fou furieux! Mais je ne suis pas fâché que cet énergumène ait préféré s'enfuir. Il m'aurait réduit en bouillie avec une main dans le dos!

Alors qu'entrait un couple de bourgeois élégamment vêtus qui tenait par la main une petite fille au regard émerveillé, Manaïl, Ermeline et Charlie sortirent de la National Gallery et prirent à gauche, vers la rue Piccadilly.

— Les Nergalii t'ont assurément retrouvé, chuchota la gitane à son ami. L'épisode du carrosse sur le pont n'était pas un hasard. C'est la seconde attaque en quelques jours.

L'Élu fit la moue. *Ils seront nombreux à tes trousses. Fais vite. Sinon, leur filet se refermera sur toi*, résonna la voix d'Ishtar dans sa tête.

— Bizarre, poursuivit-elle. Pour le peu que j'aie vu d'eux, j'aurais cru que les Nergalii étaient plus rusés que cela. Essayer de t'arracher les fragments en plein lieu public, ce n'est pas très malin...

— Il vaut mieux retrouver les deux fragments au plus vite, dit Manaïl, préoccupé. Je tiens une autre piste, mais nous en reparle-rons plus tard. Charlie va nous entendre et il vaut mieux ne pas le mêler à tout cela.

◆

Blotti dans la pénombre entre deux édi-fices, l'aliéné les regarda s'éloigner en se frappant la tête contre un mur avec une fer-veur renouvelée. Il avait lamentablement échoué et devrait attendre une autre occasion. Le Malin, bientôt de retour, serait très mécon-tent. Il avait terriblement peur. Il ne voulait pas retourner dans sa cellule, au Bedlam.

Le sang qui avait commencé à s'écouler de la chair fendue à l'arrière de sa tête mouillait ses cheveux et le col de son manteau, mais il n'en avait pas connaissance. Depuis long-temps, il était égaré très, très profondément en lui-même.

◆

Un peu plus loin, Tommy et Pockface observaient aussi le trio qui sortait de la National Gallery.

— Ils sont toujours ensemble, se plaignit Tommy.

— Ouais... Il faudra les coincer dans un endroit isolé. Nous nous occuperons d'abord du gars. C'est lui qui est dangereux. Ensuite, nous prendrons soin de Dickens et de la fille.

Un éclair de lubricité traversa le regard de Tommy, qui se frotta les mains en ricanant.

— Je peux l'avoir, la fille ?

— Sûr. Amuse-toi autant que tu veux. L'important, c'est de ramener le gars. Vivant, il vaudra beaucoup plus cher que mort.

— On peut quand même le malmener un peu, dis ?

— Un peu. Mais pas trop…, répondit Pockface en souriant. Juste assez pour qu'il se souvienne longtemps de nous…

19

UN SUMÉRIEN DANS LA VILLE

Manaïl observait avec un air dubitatif la saucisse fumante qu'il tenait dans sa main et ne parvenait pas à se convaincre d'y planter les dents. Encore ébranlé par l'attaque sauvage qu'il venait de subir et obsédé par l'homme du tableau, il n'avait pas d'appétit et le curieux objet brunâtre tout ratatiné n'avait rien pour lui en donner. Charlie, lui, s'empiffrait joyeusement. Il en était déjà à sa troisième et ne semblait pas près de ralentir.

— Tu n'as pas faim? demanda-t-il, la bouche pleine, en avisant la saucisse intacte de son ami.

— Non, pas vraiment.

— Je peux?

Sans attendre la réponse, Charlie s'empara de la saucisse et en enfouit la moitié dans sa bouche, tout sourire, laissant Manaïl les mains vides et l'air un peu ahuri. Ermeline, elle, savourait visiblement la sienne, qu'elle grignotait par petites bouchées.

Renfrogné, l'Élu d'Ishtar attendit que ses amis soient rassasiés pour aborder la question qui le préoccupait.

— Lorsque j'ai été attaqué, j'étais en train d'examiner le portrait d'un homme qui portait un petit tablier blanc et un collier orné d'une équerre. Sa main recouvrait une autre équerre et un compas posés sur un gros livre. Tu as une idée de qui il s'agit ? demanda-t-il.

Charlie réfléchit un moment en se frottant le menton entre le pouce et l'index. Le bas de son visage se mit à reluire de gras de saucisse.

— Un tablier, tu dis ? Un collier avec une équerre... Un compas... Hmmm... Ce sont les symboles des Francs-Maçons, c'est certain. Au premier étage... Je connais bien ce portrait. Oui, oui, oui... Ce devait sûrement être celui d'Augustus Frederick. Il est prince de sang royal, duc de Sussex et Grand Maître de la Grande Loge maçonnique d'Angleterre. Pourquoi me demandes-tu ça ?

— Je dois absolument lui parler, déclara Manaïl en dissimulant mal l'urgence dans le ton de sa voix. C'est très important. Tu sais où je pourrais le trouver ?

Charlie s'esclaffa et faillit s'étouffer avec sa dernière bouchée. Il toussa un peu et reprit son souffle.

— Hum! Lui parler? À Son Altesse Royale, le frère de Sa Majesté George IV en personne? Ha! Elle est bonne, celle-là! Tu peux toujours frapper à la porte du palais de Kensington pour demander une audience, mais je doute qu'on te laisse entrer. Et tant qu'à y être, pourquoi ne pas demander à parler directement au roi? Je suis sûr qu'il aurait quelques minutes à consacrer à ton auguste personne! Non mais, sérieusement, tu réalises que tu parles d'un membre de la *famille royale*?

Malgré lui, Manaïl perdit patience. Sans avertissement, il empoigna le garçon par le revers de son manteau et le tira sèchement à lui. Leurs nez se touchèrent presque.

— Cesse de faire le pitre! Je dois lui parler, cracha-t-il. C'est *très* important. Il doit bien y avoir un moyen!

Charlie pâlit de surprise. Il retira doucement les mains de Manaïl de son manteau et en lissa les revers avec ses mains couvertes de graisse de saucisse.

— Oh! Eh! Du calme, mon vieux! Du calme! balbutia-t-il en forçant un sourire. Je ne voulais pas te ridiculiser. Tu dois comprendre qu'on ne rencontre pas comme on veut un héritier de la couronne de Grande-Bretagne! Laisse-moi y réfléchir, d'accord? Je vais essayer de penser à quelque chose.

Manaïl se frotta le visage à deux mains.

— Je te demande pardon, soupira-t-il. Je ne suis pas moi-même. Me faire sauter dessus par ce type m'a ébranlé plus que je ne le croyais.

Interdite, Ermeline avait observé la scène sans rien dire. Malgré les aventures vécues ensemble, elle n'avait encore jamais vu son compagnon aussi anxieux.

◆

Ils passèrent le reste de la journée à suivre Charlie dans les méandres de Londres, découvrant les belles choses de ce *kan*. Sans oublier ses inquiétudes, Manaïl réussit tout de même à se détendre un peu. Le garçon leur indiqua avec un enthousiasme toujours aussi débordant la cathédrale St. Paul, une merveille d'architecture religieuse qui dépassait en hauteur tous les bâtiments de Londres ; le siège de la Banque d'Angleterre ; le Hall des banquets du palais de Whitehall, dont les fresques du plafond avaient été peintes par Rubens ; l'abbaye de Westminster, vieille de presque neuf siècles ; et le grandiose palais de Buckingham, qui appartenait à la famille royale.

Ermeline et Manaïl étaient vannés lorsqu'ils revinrent enfin à Marshalsea en traînant les pieds. Charlie, lui, était toujours frais comme une rose et ils avaient renoncé à trouver la clé qui permettrait d'arrêter le moulin à paroles qui lui tenait lieu de bouche. Ils refusèrent poliment le porridge que leur offrit madame Dickens, Manaïl parce qu'il n'avait toujours pas d'appétit et Ermeline parce qu'elle digérait mal la saucisse.

— J'ai une belle surprise pour toi, annonça madame Dickens à son fils. Comme la peine de ton père est presque terminée et que la prison est surpeuplée, il sera libéré demain matin au lieu de la semaine prochaine. J'ai passé l'après-midi à chercher et je nous ai trouvé un nouveau logis. Ce n'est rien de très glorieux, mais ce sera quand même mieux que la prison.

— C'est vrai? s'écria Charlie en souriant. C'est enfin terminé? Nous n'habiterons plus en prison?

— Non! Tiens, j'ai écrit l'adresse, ajouta-t-elle en lui donnant un petit bout de papier plié en quatre. Garde-la bien dans ta poche. Maintenant, il ne reste plus qu'à t'inscrire à l'école. Tu pourras y retourner dès le début de janvier.

Charlie se leva et se précipita dans les bras de sa mère.

— À l'école? Merci, mère. Merci! Enfin! Vous verrez, grâce à vous, je serai un grand écrivain! Le plus grand de tous. Vous serez fière de moi!

— Je n'en doute pas, mon chéri, dit madame Dickens en lui ébouriffant les cheveux. Je n'en doute pas du tout.

— S'il écrit autant qu'il parle, celui-là, ses livres seront nombreux et épais comme des pavés…, ronchonna la gitane pour elle-même.

Toute la famille prit le temps de se réjouir de son départ imminent de la prison avant que chacun ne se mette au lit. Même monsieur Dickens resta relativement sobre et promit, sans que personne le crût, que désormais, la vie de la famille allait changer.

Manaïl n'avait pas sommeil. Il resta allongé sur le dos, les mains croisées derrière la tête, à regarder le plafond de la cellule en ressassant l'attaque dont il avait été victime. Il avait le sentiment agaçant que quelque chose d'important lui avait échappé et plus il y pensait, moins il arrivait à élucider le mystère. Après plusieurs heures à se creuser inutilement la tête, il finit par somnoler.

✦

Il se trouvait à nouveau dans la grande salle aux plafonds hauts. Les murs étaient couverts de tableaux, tous admirables, mais il ne s'intéressait qu'à un seul : le portrait de l'homme au tablier blanc, devant lequel il se tenait. Il fixait la bague du Mage, subtilement peinte par l'artiste sur le majeur de la main droite.

Soudain, l'homme de la peinture s'anima. Son visage prit une expression d'alarme. Son bras droit se dressa et émergea du canevas. Son index pointa quelque chose au-dessus de l'épaule de Manaïl.

— Te ! s'écria l'homme d'une voix lointaine. Te !!!

Interdit, Manaïl se retourna. Le fou fonçait sur lui. Sa bouche ouverte laissait paraître des dents acérées et ensanglantées. Au bout de ses doigts, des ongles longs et crochus formaient des griffes acérées. À travers sa personne s'exprimait quelque chose de malfaisant.

— Gu ùš ! hurla-t-il en saisissant la gorge de Manaïl. Gulla !

L'Élu sentit les mains puissantes lui enserrer la gorge. Il tenta de se débattre, mais il était faible et terriblement lent. Tout devint gris, puis noir. Il voulut arrêter le temps, mais n'y parvint pas. Il pria Ishtar, mais elle ne répondit pas.

Les dents de son agresseur pénétrèrent dans sa poitrine et la chair se déchira. Il *sentit les fragments qui s'arrachaient de lui dans une cuisante douleur. Il hurla.*

◆

Il s'éveilla en sursaut. Assis sur la paille, il tâta sa poitrine d'une main tremblante. La présence des fragments sous sa peau le rassura, mais il lui fallut un moment pour que sa respiration redevienne normale. Puis les images de son rêve lui revinrent en mémoire.

Comment avait-il pu être aussi bête ?

Après s'être assuré que toute la famille Dickens dormait, il se leva et se dirigea sans faire de bruit vers Ermeline. Dans son sommeil, elle souriait légèrement entre deux ronflements. Il secoua délicatement son épaule.

— Ermeline, chuchota-t-il.

Rien. Il insista.

— Ermeline. Tu dors ?

— Plus maintenant..., maugréa la gitane en ouvrant un œil mauvais.

Manaïl s'allongea près d'elle.

— Martin Deville ! Cornebouc ! Mais qu'est-ce que c'est que ces paillardises ? ! lui cracha-t-elle à mi-voix en plaçant pudiquement ses mains sur sa poitrine. Je ne suis pas une mignotte ! Je t'aime bien, mais je ne fornique pas, moi, jeune homme ! Quiconque désire mon pucelage devra d'abord m'épouser !

Dans la noirceur, la gitane ne vit pas le visage de son ami s'empourprer et ses joues devenir brûlantes de gêne.

— Mais non! Ce n'est pas ce que tu crois! J'ai d'autres préoccupations que ta vertu, figure-toi.

— Quoi alors?

— Le type qui m'a attaqué aujourd'hui...

— Oui?

— C'était un Nergali. J'en suis certain, maintenant.

— Comment peux-tu le savoir? Il s'agissait peut-être seulement d'un fou, comme l'a dit le gardien.

— Un fou qui parlait le sumérien?

La gitane se redressa sur ses mains et le regarda, interloquée.

— Que dis-tu là?

— Dans mon *kan*, à Babylone, la langue de tous les jours était l'akkadien, mais le sumérien était encore parlé par les prêtres et les savants. Maître Ashurat me l'a enseigné. Pendant qu'il m'agressait, le type a dit: *Ug*, *Šag*, *Ba*, *Ru* et *Gulla* — tuer, cœur, fragment, cadeau et démon...

— Tu en es sûr?

— Tout à fait.

— Tuer, cœur, fragment, cadeau, démon..., répéta Ermeline. Il voulait te tuer, arracher les fragments sur ton cœur avec ses dents et les offrir au démon… Nergal ?

Non loin d'eux, un froissement se fit entendre, suivi d'un soupir d'impatience.

— Dites, vous deux, murmura Charlie. Vous avez bientôt fini de papoter ? Demain, nous devons retourner au travail. J'aimerais bien dormir un peu si ça ne vous dérange pas trop.

— Désolé, Charlie.

— Pas grave…

Manaïl regagna le matelas improvisé sur lequel il couchait.

— Eh, Mark ? fit Charlie.

— Quoi ?

— Un de ces jours, tu vas devoir m'expliquer tes histoires à dormir debout. À force d'en entendre des bribes ici et là, je vais finir par croire que le fou échappé de Bedlam, c'est toi.

— Il ne vaut mieux pas, Charlie. Crois-moi, il ne vaut mieux pas…

— Peuh ! On me répond toujours ça, à moi… Trop jeune… Trop sensible… Trop impressionnable… En somme, ce bon vieux Charlie n'est qu'un pauvre abruti…

Le garçon bougonna pendant quelques minutes encore avant de sombrer à nouveau dans le sommeil.

Après avoir longtemps réfléchi au son du concert de ronflements d'Ermeline et de la

famille Dickens, Manaïl finit par se rendor-
mir à son tour, mais son sommeil fut agité.
Lorsqu'on le secoua pour le réveiller, il eut
l'impression qu'il venait à peine de fermer les
yeux.

Mais il avait un plan.

✦

Alexander Milton-Reese marchait d'un
pas vif dans les rues de Londres. En pleine
nuit, on avait frappé à sa porte pour l'avertir
que l'aliéné avait été aperçu la veille. Il avait
attaqué quelqu'un à la National Gallery, mais
s'était enfui avant qu'on puisse le capturer.

Maintenant, le fuyard s'était évanoui dans
la ville et une armée de constables était sur
ses traces. S'il fallait qu'ils le retrouvent les
premiers, Milton-Reese osait à peine imaginer
ce qu'ils lui feraient subir.

Il frissonna dans la brume matinale et
hâta le pas. Il avait encore une bonne heure
avant de commencer ses rondes à Bedlam.

LE PETIT SOMME DE LIBBY

Le pas traînant et les paupières lourdes, Manaïl se dirigeait vers la manufacture en compagnie d'Ermeline et de Charlie. Il laissa l'écrivain en herbe prendre un peu d'avance pour expliquer en privé son plan à la gitane.

— Tu as besoin de combien de temps? demanda-t-elle lorsqu'il eut terminé.

— Si tu peux m'en débarrasser pour une heure, j'arriverai au moins à inspecter les lieux.

— Je vais t'arranger ça, déclara Ermeline avec un sourire coquin. C'est toujours facile avec les pauvres d'esprit. Je vais attendre après la pause du dîner.

— Pourquoi?

— Tu n'as pas remarqué que Libby en revient toujours un peu ivre? Je crois qu'il en profite pour siffler quelques bières. Il n'empeste pas l'alcool pour rien.

— Eh! s'écria Charlie. Qu'est-ce que vous manigancez encore? Vous venez, oui? Nous allons être en retard!

— Désolé, dit Manaïl.

— Il ne faudrait tout de même pas être en retard à notre travail, maugréa la gitane. On s'y amuse tant…

Ils arrivèrent à la manufacture en avance de cinq bonnes minutes. Sans ralentir, Ermeline lui désigna quelque chose du menton.

— Regarde. Les deux coquins sont encore là.

Du coin de l'œil, Manaïl suivit la direction indiquée et aperçut Pockface et Tommy, appuyés contre un mur avec leur habituelle désinvolture et leur air menaçant. Ils les observaient sans aucune gêne et sourirent même lorsque leur regard rencontra celui de l'Élu.

— Ils nous guettent, continua la gitane. Je me demande bien pourquoi.

— Ce genre d'individu n'aime guère être humilié devant ses victimes, suggéra Manaïl. Ils attendent sans doute l'occasion de me le faire payer.

— Ça ne te fait pas peur? s'enquit Charlie, admiratif.

— Non. Qu'ils viennent. J'ai affronté bien pire.

Avant qu'ils franchissent la porte de la manufacture, Ermeline se retourna, se mit les pouces dans les oreilles et leur tira la langue.

— Pfffffrrrrrrtttttttt !

Le sourire narquois des deux brutes se transforma aussitôt en rictus haineux, mais les trois compagnons entrèrent sans leur accorder plus d'attention. Comme chaque fois, Manaïl dut contrôler la douleur dans sa poitrine avec la marque de YHWH. Une fois à l'intérieur, chacun se mit immédiatement au travail.

◆

De l'autre côté de la rue Strand, l'aliéné, accroupi derrière une pile de détritus dont l'odeur ne l'incommodait nullement, se mordillait les jointures, la mine ravagée par l'angoisse. Son esprit confus ressassait sans cesse sa mission manquée de la veille.

— *Luna*[1], gémit-il. *Luuuunaaaaa…..*

Heureusement, le prince du Mal était venu et lui avait pardonné son erreur. Pour cette fois, avait-il ajouté sur un ton menaçant. Il lui avait ordonné de ne pas perdre le garçon des yeux et d'attendre sa chance.

---

1. En sumérien : erreur.

L'aliéné soupira et s'arma de patience, tel un chien fidèle qui craint d'être battu par le maître cruel qu'il admire.

◆

Tout l'avant-midi, Libby erra dans la manufacture comme un fauve en chasse. Il était toujours quelque part dans les parages, inquiet que quelqu'un ne laisse tomber une de ses précieuses caisses, que le mélange de noir à chaussures ne soit pas à point ou que les petits pots ne soient pas correctement enveloppés. Lorsqu'il disparaissait à la cave ou à l'étage, ce n'était jamais que pour quelques minutes.

À la pause de midi, Manaïl sortit acheter un morceau de poisson frit dans la rue et utilisa le peu d'argent qu'il ne donnait pas à madame Dickens pour en ramener à Ermeline et Charlie.

— Monsieur joue les grands seigneurs, aujourd'hui! le taquina Charlie. Si tu continues comme ça, il ne te restera plus un farthing dans les poches!

— C'est pour te remercier de la saucisse d'hier.

— Pourtant, tu ne semblais pas la trouver très alléchante.

— Non, mais c'était quand même gentil de ta part de me l'offrir.

La cloche, qu'un ouvrier battait avec un gros maillet, retentit dans l'usine pour avertir les ouvriers que les quinze minutes du dîner étaient écoulées. Manaïl fit un discret signe de la tête à Ermeline et retourna à son poste. Le moment approchait.

Comme s'il pressentait que quelque chose se tramait, Libby s'entêta à ne pas s'approcher de la gitane, rôdant d'un étage à l'autre en tapant dans sa main avec sa cravache. Le temps passait sans que le plan de Manaïl puisse être mis à exécution. À plus d'une reprise, Ermeline le regarda en haussant les épaules en signe d'impuissance. À ce rythme, la journée de travail serait terminée sans qu'elle puisse faire quoi que ce soit. Exaspérée, elle décida donc de prendre les choses en main.

Un fracas d'enfer retentit à l'autre extrémité de la manufacture. Un des chaudrons de noir à chaussures s'était détaché de sa potence et gisait sur le côté, son contenu répandu en une grande flaque fumante et nauséabonde. Tout près, Ermeline et une autre jeune fille regardaient le dégât, l'air catastrophé. Aussitôt, Libby, qui rôdait dans les environs, dressa la tête comme un chien de garde et s'élança dans leur direction en titubant légèrement, la cravache brandie bien haut, un rictus agressif sur les lèvres.

— Qu'est-ce qui se passe ? s'écria-t-il d'une voix un peu empâtée par l'alcool consommé durant la pause du dîner. Qu'est-ce que vous avez encore fait ?

Manaïl le regarda s'éloigner d'un pas incertain.

— Ah ! Que Dieu soit damné ! Regardez-moi ce gâchis ! hurla le contremaître au loin. Tu vas me le payer, demeurée ! Niaise ! Moins que rien !

Des coups de cravache retentirent, aussitôt suivis de cris de douleur. De l'endroit où il se trouvait, Manaïl ne pouvait voir que le dos de la brute et ignorait qui d'Ermeline ou de l'autre fille se faisait frapper ainsi. Il pria Ishtar de toutes ses forces pour que ce ne soit pas la gitane tout en sachant trop bien que la déesse intervenait rarement pour éviter la douleur à ceux qu'Elle aimait. Son cœur explosa presque de soulagement lorsqu'il entrevit Ermeline près du contremaître, son médaillon à la main. Sachant ce qui allait se passer, il prit garde de ne pas regarder la pièce de monnaie suspendue à un lacet de cuir.

Le bijou oscillait devant les yeux de Libby. Les lèvres de la gitane bougeaient. L'Élu savait exactement ce qu'elle disait. *Regarde le joli médaillon, comme il brille...* En quelques secondes, l'affreux butor devint mou comme un chiffon. Le menton appuyé sur la poitrine, les bras ballants, il dormait debout en vacillant légèrement sur ses pieds. L'effet de l'alcool aidant, Manaïl espérait qu'il resterait dans cet état pour un bon moment.

La gitane adressa un clin d'œil espiègle à son copain, qui lui répondit par un signe de tête. Il posa la caisse qu'il portait.

— Hé! Tu vas où, comme ça? s'écria un ouvrier indigné. Tu crois peut-être que je vais transporter tes caisses à ta place? Si Libby te voit, il va te virer.

— Ne t'en fais pas pour moi, dit Manaïl en souriant. Libby fait un somme.

Il s'éloigna sous le regard ahuri de l'ouvrier, qui continua à transporter sa caisse en maugréant, sans comprendre que le regard inquisiteur du contremaître était temporairement ailleurs.

L'Élu d'Ishtar se mit à explorer la manufacture à la recherche de l'objet vers lequel le guidait la douleur dans sa poitrine. Il devait faire vite. Le pouvoir d'Ermeline était limité.

SOUS LA MANUFACTURE

Manaïl négligea le rez-de-chaussée. Si le fragment s'y était trouvé, il l'aurait su. Il se rendit à l'escalier en colimaçon situé dans le coin de la pièce et hésita. Le temps lui était compté et la manufacture était grande. Devait-il commencer par l'étage ou par la cave ? Il opta pour l'étage et gravit les marches.

Le grenier était faiblement éclairé par deux petites lucarnes. L'endroit était désert, sauf pour des amoncellements de caisses et de boîtes recouvertes d'une épaisse poussière. Le fragment se trouvait-il dans l'une d'elles ? Devrait-il les ouvrir une à une pour le savoir ? La tâche était immense. Il circula au hasard entre les piles, attentif à tout changement d'intensité de douleur dans sa poitrine, mais n'en ressentit aucun.

Au fond de la pièce, derrière un mur de caisses, il remarqua une porte sous laquelle filtrait un mince filet de lumière. Y avait-il quelqu'un derrière? Il s'approcha et tendit l'oreille. Rien. Hésitant, il avança la main vers la poignée.

✦

Dans son bureau, sir Harold Dillingham se préparait à s'en aller. Il possédait aussi une manufacture de chaussures et une fonderie qui lui rapportaient beaucoup et qui requéraient son attention. Il ne venait à la Warren's Blacking Factory que le matin.

Il était en train de ranger quelques papiers importants dans son porte-documents lorsqu'il s'immobilisa. La poignée de la porte venait de tourner imperceptiblement, comme si quelqu'un la testait en douce. Libby frappait toujours et personne d'autre n'était autorisé à le déranger.

Sans bruit, sir Harold posa son porte-documents sur le bureau, ouvrit un tiroir et y prit le petit pistolet qu'il y gardait par mesure de précaution. Comme tous ceux qui avaient réussi à se distinguer de la masse, il comptait plusieurs ennemis. S'assurant que le revolver était chargé, il arma le chien et se dirigea en silence vers la porte. Si celui qui se trouvait de l'autre côté avait de mauvaises intentions, il en serait quitte pour une balle de plomb entre les deux yeux. À pas de loup, il s'approcha de la porte et l'ouvrit brusquement, prêt à faire feu.

Il fit face à un jeune ouvrier aux cheveux et aux yeux sombres qui sursauta comme un voleur pris la main dans le sac. Sir Harold cacha aussitôt le pistolet derrière son dos.

◆

Manaïl fit quelques pas vers l'arrière, certain d'être victime d'une nouvelle attaque. Il n'avait aperçu qu'une seul fois l'homme qui se tenait dans l'embrasure, l'air agressif, une main derrière le dos, mais il le reconnut aussitôt : sir Harold Dillingham. Impeccablement vêtu, il le dévisageait avec un regard noir d'une rare intensité.

— Que fais-tu là, toi ? demanda-t-il. Tu ne serais pas en train de voler de la marchandise pour la revendre, par hasard ?

— Moi ? Non, pas du tout. Euh... Je... Je... Libby... Euh, monsieur Libby m'a envoyé chercher du papier à emballage, dit l'Élu, se souvenant des tâches de Charlie et espérant que l'excuse soit crédible. Ils en manquent à la cave. Mais je ne le trouve pas. J'ai sans doute mal saisi ses instructions.

— Le papier est là, dit sir Harold en désignant une pile un peu plus loin.

— Merci, monsieur.

— Retourne travailler, vaurien. Tu flânes et je ne paie personne à ne rien faire. Si je t'y reprends, je te jette dehors, compris ?

— Oui, monsieur. Tout de suite, monsieur.

Le propriétaire lui claqua la porte au visage et Manaïl resta là, un instant, tremblant. Pour sauver les apparences, il empoigna un des ballots de papier attachés avec de grosses cordes et s'empressa de redescendre, le cœur battant.

✦

Manaïl s'arrêta au pied de l'escalier et laissa échapper un soupir nerveux. Le fragment ne se trouvait pas à l'étage. Lorsque le propriétaire avait brièvement ouvert la porte de son bureau, il n'avait rien senti de différent. Il ne restait donc que la cave. Il jeta un coup d'œil vers Ermeline et s'assura que Libby dormait toujours profondément.

Il descendit complètement l'escalier, le lourd paquet de papier dans les bras. Si on lui posait des questions, il pourrait prétendre le livrer. Arrivé en bas, il aperçut Charlie et une dizaine d'autres enfants attablés devant une montagne de pots de noir à chaussures qu'ils enveloppaient de papier ciré puis de papier décoratif avant d'y coller des étiquettes à l'aide de petits pinceaux trempés dans une colle malodorante.

Le visage du jeune garçon s'éclaira d'un large sourire lorsqu'il aperçut son ami.

— Mark! s'exclama-t-il. Qu'est-ce que tu fais ici?

Manaïl n'avait franchi que la moitié de la distance qui le séparait de Charlie lorsqu'une douleur aiguë lui gonfla la poitrine. Malgré lui, il laissa tomber le ballot de papier près des petits ouvriers et mit discrètement la main gauche sur son cœur en cachant de son mieux la grimace qui lui déformait le visage. La douleur se résorba un peu.

— Libby m'a demandé... de... descendre ce papier, balbutia-t-il.

— Du papier? Mais nous n'en avons pas besoin, s'étonna Charlie. Nous en avons pour le reste de la journée.

Le jeune Dickens scruta le jeune homme et fronça les sourcils, sceptique. Il se leva, s'approcha et lui posa une main sur l'épaule.

— Qu'est-ce que tu as, toi? demanda-t-il. Tu es tout pâle et tes mains tremblent.

Alors que sa douleur s'estompait, Manaïl regarda le visage franc et préoccupé de Charlie et prit une décision. Ce garçon connaissait la manufacture comme le fond de sa poche et il se doutait déjà qu'Ermeline et lui n'étaient pas ce qu'ils prétendaient être. Il avait besoin de lui. S'il voulait mener à bien sa quête, il allait devoir lui faire confiance. Même si ce geste lui avait autrefois beaucoup coûté.

— Viens avec moi, murmura-t-il.

— Mais... et Libby ? répondit Charlie, apeuré. S'il s'apercevait que je perds du temps...

— Ne t'en fais pas avec Libby.

— Mais...

— Viens, je te dis !

Stupéfait, Charlie le suivit. Autour de la grande table, les autres continuèrent à travailler à un rythme frénétique, terrorisés à l'idée que le terrible contremaître puisse être terré quelque part en train de les espionner dans l'espoir de les battre. Chacun d'eux avait déjà goûté à sa cravache et en portait les cicatrices. Aucun ne désirait répéter l'expérience. Personne ne leva même les yeux lorsque Charlie s'éloigna avec Manaïl.

— Qu'est-ce que tu veux ? demanda Charlie en regardant nerveusement vers l'escalier. Qu'est-ce qui se passe ?

— Cesse de t'inquiéter. Libby est hors d'état de nuire. Evelyn s'est chargée de lui.

— Hors d'état de nuire ? Mais, pour l'amour de Dieu, qu'est-ce que vous lui avez fait ? Et pourquoi ? Vous êtes tombés sur la tête ou quoi ? C'est moi qui vous ai fait engager ici. Je vais perdre mon emploi, c'est sûr! Il va tous nous battre jusqu'au sang!

— Calme-toi, ordonna Manaïl en l'empoignant par les épaules. Il ne se souviendra de rien.

Il regarda Charlie droit dans les yeux. Peu à peu, il sentit le garçon reprendre la maîtrise de ses émotions.

— Écoute, Charlie. Je suis à la recherche d'une chose très importante et je suis certain qu'elle est cachée ici, dans la cave. Je ne peux pas te dire de quoi il s'agit, mais j'ai besoin de ton aide.

— Bon... D'accord... Tommy et Pockface me laissent tranquille depuis que tu leur as fichu une raclée. Je suppose que je te dois bien ça.

— À part celle où tu travailles, y a-t-il d'autres pièces dans la cave?

— Seulement un débarras, au fond, là-bas, répondit le jeune garçon en pointant l'index.

— Montre-moi.

Perplexe, Charlie le guida vers l'autre extrémité de la cave. Il ouvrit une porte qui donnait sur une petite pièce. Aussitôt, la douleur frappa de plus belle dans la poitrine de Manaïl, qui camoufla de son mieux la grimace qui lui tordait le visage et fit à nouveau intervenir la marque de YHWH.

Dans la pénombre, des bacs de suie, des barils de graisse de mouton, des chaudières vides, des balais et des pelles étaient empilés pêle-mêle.

— Sir Harold vient souvent ici, dit Charlie.

— Sir Harold ?

— Oui. Il est toujours accompagné des mêmes clients, poursuivit le jeune Dickens. Des hommes et des femmes bien, richement vêtus et visiblement très importants. Je suppose qu'ils viennent examiner la marchandise.

Manaïl se mit à ouvrir les bacs et les barils. Après un moment, il se retourna vers son ami.

— Il n'y a que les ingrédients du noir à chaussures et de vieux outils rouillés. Aucune marchandise...

— Tiens, c'est vrai ça... Mais qu'est-ce qu'ils peuvent bien faire ici, alors ? se demanda Charlie. Ils y restent parfois pendant des heures.

— Dans ce petit réduit ? fit Manaïl, un sourcil relevé en signe d'incrédulité. Tu ne trouves pas ça un peu étrange ?

— Maintenant que tu le dis... J'avais toujours présumé que...

Quelque chose clochait. La douleur cognait dans la poitrine de Manaïl comme un marteau sur une enclume. Les fragments s'agitaient furieusement sous sa peau et faisaient de leur mieux pour la déchirer. Il réfléchit un moment et songea à la chambre du trésor dans les ruines du temple du roi Salomon, à Jérusalem. Une idée lui vint.

Il se mit à suivre les murs en laissant glisser sa main sur la pierre humide.

— Qu'est-ce que tu as aux doigts ? demanda tout à coup Charlie. On dirait une patte de canard. Je ne l'avais jamais remarqué.

— Je suis né comme ça, rétorqua sèchement Manaïl.

— Ah bon… Je ne voulais pas manquer de délicatesse, tu comprends ? C'est juste que je n'ai jamais rien vu de pareil. Et pourtant, je fréquente assidûment les fêtes foraines où l'on expose les femmes à barbe, les jumeaux siamois, les nains, les géants, les bébés monstrueux conservés dans des bocaux d'alcool, les hommes poilus, les bossus et toutes sortes d'autres erreurs de la nature. Mais je n'avais encore jamais vu ça ! C'est tout à fait inédit !

— Tais-toi une seconde, tu veux ?

— Ah… Oui. Bien sûr.

Manaïl s'était arrêté, le cœur battant comme un tambour. Sur une pierre, dans le coin le plus éloigné de la porte, était gravée une marque familière, presque imperceptible. Un pentagramme inscrit dans un cercle. La marque des Mages d'Ishtar…

— J'ai trouvé, dit Manaïl d'une voix rauque. Tu peux retourner travailler maintenant.

Charlie se campa sur ses jambes, les bras croisés sur la poitrine, l'air boudeur et déterminé, les joues presque aussi rouges que sa cravate.

— Quoi ? Retourner travailler ! s'exclama-t-il. Et manquer la conclusion de cette mystérieuse affaire ? Jamais de la vie ! Un objet perdu, une cachette secrète… Tout cela est fascinant. J'y suis, j'y reste ! Ça me fera du matériel pour mes histoires. Et puis, tu pourrais avoir besoin de quelqu'un pour te protéger !

Un peu exaspéré, Manaïl roula des yeux. Ermeline ne pourrait pas garder Libby endormi encore très longtemps. Le temps pressait et il n'avait pas le luxe de le gaspiller en se disputant avec Charlie.

— Bon, d'accord…, soupira-t-il. Protège-moi…

Il plaça sa bague sur la marque et constata qu'elle s'y encastrait à la perfection. Comme à Jérusalem. Comme à Paris. Il sut alors qu'il était sur la trace d'un Mage d'Ishtar.

Un petit déclic métallique retentit et une partie du mur de pierre pivota sur elle-même juste assez pour livrer le passage à un homme.

Manaïl se retourna vers Charlie. La bouche ouverte, les yeux exorbités, les bras ballants, le garçon avait l'air parfaitement ahuri.

– Ça alors..., dit-il d'une voix lointaine. Une porte dérobée... On croit rêver !

Au moment précis où l'Élu allait passer le pied dans l'ouverture secrète, la cloche retentit. La journée était terminée. Le tintamarre avait peut-être même réveillé Libby de son sommeil hypnotique.

Manaïl secoua la tête, à la fois frustré et exalté. Il posa à nouveau sa bague sur la marque et la porte se referma en silence. Avec Charlie, il sortit du petit entrepôt, traversa la cave à la hâte et remonta au rez-de-chaussée rejoindre Ermeline. Il devrait trouver le moyen d'y revenir le plus vite possible pour y prendre le fragment. Ensuite, il pourrait passer au suivant et en finir.

✦

Dans son petit appartement miteux, Alexander Milton-Reese rageait. Les autorités de Bedlam venaient de le congédier sans autre forme de procès. Comme un vulgaire ouvrier. On le blâmait pour l'évasion de son patient.

Le matin même, sous le pont de Waterloo, alors qu'il arrivait à l'hôpital, on avait retrouvé un corps. Ou ce qu'il en restait. Les deux bras et une des jambes avaient été mangés et il n'en restait que les os. Avec l'attaque à la

National Gallery, la réputation déjà mauvaise de l'hôpital en avait pris un coup et la direction avait décidé que le médecin traitant devait servir de bouc émissaire.

Il avala d'un trait son verre de sherry et grimaça. Puis il abattit violemment son poing sur la petite table bancale qui lui servait pour manger et pour écrire. Il se leva en renversant sa chaise, empoigna le meuble par les rebords et le renversa en criant quelques jurons. De la vaisselle sale, une plume et un encrier se retrouvèrent sur le sol. Il frappa l'encrier du pied et l'envoya se briser contre le mur, où une tache d'encre s'agrandit et coula lentement jusque sur le bois du plancher.

Cela ne se passerait pas ainsi. Il leur montrerait qu'ils avaient eu tort. L'air résolu, il fit demi-tour et sortit en claquant la porte. Il avait un patient à retrouver.

À LA RECHERCHE
D'UN PRINCE

Lorsqu'ils sortirent de la manufacture avec les autres ouvriers, croisant ceux qui entraient pour les remplacer, le ciel était couvert. Une fine neige virevoltait dans la brise légère et le froid pénétrait leurs vêtements. Sur le chemin du retour, Charlie était surexcité.

— Qu'est-ce que tu crois qu'il y a dans cette pièce secrète ? demanda-t-il, le souffle court. Un trésor ? Des cadavres accumulés par un tueur en série ?

— Ce n'est rien de tout cela, je t'assure, répondit Manaïl.

— Tu l'as mis au courant ? demanda Ermeline, étonnée.

— Je n'avais pas le choix…

— Des explosifs ? continua Charlie sans leur prêter attention. Un repaire d'anarchistes qui veulent abattre la royauté britannique ? Le laboratoire d'un savant fou ? Des cercueils de vampires ?

227

— Aide-moi plutôt à retrouver l'homme dans le tableau du musée, s'impatienta Manaïl. Ce sera plus utile.

— Justement, j'y ai réfléchi, dit Charlie. J'ai une idée.

— Je t'écoute.

— Eh bien, comme le duc de Sussex est le Grand Maître des Francs-Maçons, il fréquente régulièrement la Grande Loge d'Angleterre. Si nous nous y rendions, je suppose qu'avec un peu de chance, nous pourrions l'apercevoir.

— Et je pourrai lui parler ?

— Ça, c'est une autre paire de manches. On n'aborde pas un prince de sang royal comme on entre dans une auberge. Je ne vois pas pour quelle raison un membre de la maison de Hanovre s'abaisserait à même daigner remarquer la présence d'un petit ouvrier malpropre. Mais tu ne perds rien à tenter ta chance. Au pire, son valet va te mettre son pied au derrière.

— Si Ishtar le veut, murmura Manaïl.

— Qui ?

— Rien.

— Naturellement, tu sais où se trouve cette Grande Loge ? intervint Ermeline.

— Mais bien sûr, s'écria Charlie. Rien ne m'est étranger à Londres ! Combien de fois dois-je te le répéter ?

— Alors allons-y, dit Manaïl.

— C'est par ici. Suivez-moi.

Ils empruntèrent le parcours habituel en direction du pont de Waterloo, mais passèrent tout droit, puis tournèrent à gauche sur Drury Lane. Ils atteignirent bientôt Great Queen Street.

— Voilà. Nous y sommes. C'est cette drôle de bâtisse, là.

Charlie désignait, un peu plus loin, un édifice à l'allure étrange composé de plusieurs bâtiments rattachés les uns aux autres. D'un côté se trouvait une taverne, elle-même reliée à une autre maison par une annexe de quatre étages en pierre grise, à deux portes et aux fenêtres coiffées de jolis pignons. Sur la façade, une équerre surmontée d'un compas était sobrement gravée sur une plaque de pierre. Le symbole était identique à celui qui ornait la porte du temple du Temps que Manaïl et Ermeline avaient franchie, à l'exception de la lettre G, située au centre des deux instruments ⟨G⟩.

— Que veut dire cette lettre? demanda l'Élu.

— Je l'ignore, répondit Charlie. Les Francs-Maçons sont bourrés de secrets.

— Qu'est-ce qu'on fait maintenant? s'enquit Ermeline.

Charlie haussa les épaules sans perdre son sourire.

— On attend.

Ermeline frissonna.

— Cornebouc! Je ne marcherai plus jamais, j'en suis certaine, geignit-elle. Je ne sens plus mes orteils. Ils sont peut-être même déjà tombés! Bien que le temps ne soit pas ce qu'on croit qu'il est, par un froid pareil, il peut être long...

— Pardon? fit Charlie.

— Rien...

Ils décidèrent de s'installer contre un édifice situé en biais de l'autre côté de la rue et firent de leur mieux pour passer inaperçus.

✦

Le soir hivernal était tombé lorsque des hommes commencèrent à apparaître sur le trottoir et à entrer dans la Grande Loge. Certains arrivaient seuls, d'autres en groupe. Plusieurs semblaient être riches. D'autres étaient visiblement d'origine modeste. Tous avaient sous le bras une mallette de cuir ou un petit paquet de toile. À tour de rôle, ils donnaient une poignée de main à l'homme qui les accueillait, puis lui murmuraient quelque chose à l'oreille avant qu'il les laisse entrer.

— Nous avons de la chance, dit Charlie. Ce sont les membres de la loge. Tu vois ? Ils apportent tous leur tablier. Ils doivent donner une poignée de main secrète et dire un mot de passe pour être admis. Ils sont comme ça... Il y aura donc une rencontre ce soir. En principe, le Grand Maître devrait y assister.

Les paroles du garçon prirent une tournure presque prophétique lorsque, après quelques minutes, un magnifique carrosse tiré par quatre chevaux noirs s'arrêta devant l'édifice. Le portier se précipita pour ouvrir la porte du véhicule, puis s'écarta obséquieusement pour laisser le passage à un homme de grande taille vêtu d'une cape noire et d'un chapeau haut-de-forme qui le remercia d'un signe de tête d'une infinie dignité avant de gravir les marches qui menaient vers l'entrée de la loge. Le cocher claqua de la langue pour faire avancer l'attelage.

— C'est le duc de Sussex, dit Charlie, visiblement impressionné. Je ne l'avais jamais vu de près auparavant. Si tu veux essayer de lui parler, fais-le maintenant.

— Tu crois ?

— Cornebouc ! Duc ou pas duc, il enfile sa culotte comme tout le monde pour se cacher le croupion ! explosa Ermeline en claquant des dents. Alors, par les saints du ciel et les diables de l'enfer, va lui parler et finissons-en !

— Tu as raison.

Manaïl se raidit et s'élança vers l'homme qui allait atteindre la porte.

— Monsieur! s'écria-t-il. Monsieur! Je dois vous parler!

Le duc allait frapper à la porte. Il interrompit son mouvement, tourna la tête, visiblement choqué d'être ainsi interpellé par un garçon crotté et pauvrement vêtu. Avant que Manaïl ne puisse le rejoindre, le cocher immobilisa le carrosse, bondit en bas de son siège et lui barra le chemin.

— Dégage, petit, gronda-t-il. Sa Grâce ne doit pas être importunée.

— Mais... Je dois lui parler. C'est très important.

— Je ne te le redirai pas, grogna le cocher en agitant son fouet de manière menaçante.

Manaïl fit une feinte brusque à gauche et tenta de contourner l'homme par la droite. Une vive douleur lui traversa le visage et il s'écroula sur le sol. Le fouet avait frappé sa joue gelée et y avait laissé une strie rouge qui enflait déjà sous ses doigts tremblants. Charlie et Ermeline accoururent à sa rescousse.

Avant qu'il ne reprenne ses sens, le cocher s'était retourné vers son maître.

— Ce garnement ne vous dérangera plus, Votre Grâce, annonça-t-il.

Manaïl avisa le duc, qui observait la scène du haut des marches.

– *L'Élu se lèvera, rassemblera le talisman et le détruira!* hurla-t-il de toutes ses forces.

Le cocher se retourna et allait encore le fouetter lorsqu'une voix puissante tonna dans la nuit.

– Non! Ne le frappe pas!

Le domestique arrêta son mouvement. Le duc porta un regard à la fois incrédule et grave sur le garçon qui gisait sur les pavés couverts de neige boueuse et grise. Il semblait indécis. Manaïl saisit l'occasion.

– *Fils d'Uanna, il sera mi-homme, mi-poisson*, poursuivit-il, sous le regard ébahi de Charlie.

– *Fils d'Ishtar, il reniera sa mère!* renchérit Ermeline, qui avait compris où son compagnon voulait en venir. *Fils d'un homme, d'une femme et d'un Mage, il sera sans parents.*

D'un pas lourd, le Grand Maître des Francs-Maçons se mit à redescendre l'escalier. Le visage livide, il s'approcha lentement de Manaïl, toujours par terre.

– *Fils de la Lumière, il portera la marque des Ténèbres*, dit-il, l'air sévère. *Fils du Bien, il combattra le Mal par le Mal.*

L'Élu lui présenta sa bague. Ermeline l'imita. L'homme resta un instant dans la plus parfaite immobilité, comme si un combat faisait rage en lui. Puis, blême, les lèvres réduites à une mince ligne incolore, il hocha imperceptiblement la tête.

— *Dear God*[1]..., murmura-t-il, déconcerté.

Il retira son gant de cuir et, d'une main qui tremblait légèrement, il montra sa propre bague. Elle était identique aux deux autres. Puis il aida Manaïl à se relever.

— Viens avec moi, petit, dit-il.

Il tourna les talons sans attendre et se dirigea vers la porte de la Grande Loge.

— Mais qu'est-ce qui se passe ? demanda Charlie, hébété. Vous marmonnez des âneries incohérentes et voilà qu'une altesse princière daigne vous adresser la parole comme si vous étiez de la royauté ? Mais qui êtes-vous, à la fin ? Quelqu'un va-t-il enfin m'expliquer ?

— Pour une fois dans ta vie, je t'en supplie, tais-toi, Charlie, soupira Ermeline en l'entraînant à la suite du duc de Sussex.

Une fois à la porte de la loge, le duc frappa. On lui ouvrit aussitôt. Une poignée de main fut échangée, un mot de passe chuchoté à l'oreille du portier et ils furent admis. Manaïl et Charlie entrèrent, pressés de se réchauffer. Ermeline allait faire de même lorsque le bras tendu du portier l'en empêcha.

—————
1. Mon Dieu.

— Pas toi, dit-il à Ermeline.

— Comment ça, pas moi ? rouspéta la gitane, indignée.

— La franc-maçonnerie est une affaire d'hommes, petite. C'est la tradition.

Manaïl s'approcha du Grand Maître.

— La raison de ma présence ici a préséance sur la tradition, dit-il, du feu dans les yeux.

— Bon... Je suppose que dans les circonstances..., soupira Sussex.

Le duc hésita un peu puis, de la tête, fit signe au portier de laisser passer la jeune fille. Ermeline entra en soufflant sur ses mains pour les dégeler.

— Cornebouc ! Ce n'est pas trop tôt ! grommela-t-elle. Une affaire d'hommes... Une affaire d'hommes... Et quoi encore ? Je n'ai pas la peste, que je sache ! Et il fait froid ! Je n'en ai cure, moi, des traditions ! Les hommes... Tous des rustauds... Comme si le simple fait d'avoir une pendeloche leur donnait tous les droits...

◆

Non loin de là, l'aliéné avait tout vu. Maintenant, il concentrait le peu d'attention qui lui restait sur les directives que lui donnait Satan. Il ne devait surtout pas mécontenter le maître.

— Les plans ont changé, dit le prince des Ténèbres. Ne le tue pas tout de suite. Suis-le jusqu'à ce qu'il trouve ce qu'il cherche et protège-le s'il est en danger. Lorsqu'il possédera les cinq parties de ma clé, tu les lui prendras et tu pourras faire ce que tu voudras de lui. Mange-le si tu en as envie. Quand la porte de l'enfer s'ouvrira, toi et moi, nous serons les maîtres du monde des Ténèbres. Je te le promets.

Satan adressa un sourire à son protégé.

— Tu as faim ?

L'aliéné hocha vigoureusement la tête et la salive se mit aussitôt à couler sur son menton. Le Malin fouilla dans la poche de son pardessus et en sortit une main sectionnée au poignet.

— Tiens, mange. Tu dois être fort pour moi.

L'aliéné se mit à gruger la chair froide en roucoulant de bonheur. Satan disparut dans une bourrasque de neige.

23

LE MAÎTRE MAÇON

Lorsque la porte fut refermée, le duc de Sussex fit face à Manaïl et l'examina d'un regard inquisiteur.

— Quel est ton nom ? demanda le duc.

— Mark Mills, répondit l'Élu. Et voici Evelyn, ajouta-t-il en désignant la gitane de la main.

— As-tu été régulièrement initié ? demanda brusquement Sussex, le visage un peu pâle et empreint de solennité.

— Par le Mage qui m'a confié la bague qui nous lie, répondit l'Élu en montrant à nouveau sa main droite, et ensuite selon les usages des Templiers sur les ruines du temple du roi Salomon.

— Je suppose que toi aussi ? demanda-t-il à Ermeline en masquant avec difficulté son inconfort.

— Par ma mère, Magesse, dont je tiens cette bague, rétorqua-t-elle en exhibant le bijou. Eh oui, une femme. Cela devra vous suffire.

Le duc hocha la tête en signe d'approbation et se tourna vers Charlie.

— Et toi ?

— Moi ? Euh... Eh bien... Euh... Je suppose que tout dépend de ce que Votre Grâce entend par «initié»... Je me suis initié très tôt aux plaisirs de la lecture, par exemple... Je sais également écrire et compter. Je suis aussi initié aux subtilités du noir à chaussures...

— Je vois, dit le duc avec dédain. Tu dois attendre ici.

— Mais pourquoi ? s'indigna Charlie. Je veux savoir de quoi il retourne, moi ! Depuis que je les connais, ces deux-là ne me font que des mystères !

Sans répondre, le duc tourna les talons, entraînant Manaïl et la gitane vers une porte située à l'extrémité du corridor. Une moue boudeuse sur les lèvres, Charlie les regarda s'éloigner, impuissant.

— Un jour, je serai le plus grand écrivain de Grande-Bretagne, vous verrez ! s'écria-t-il, blessé dans son orgueil, pendant que le duc s'éloignait avec ses deux compagnons. Et ce jour-là, lorsque vous me quémanderez une dédicace, je vous la refuserai net ! Na ! Prince royal ou pas !

Resté seul avec le portier dans le vestibule de la Grande Loge, il se mit à faire les cent pas sans décolérer.

— C'est ça, ronchonna-t-il pour lui-même. Qui les héberge chez lui ? Charlie... Qui leur trouve un emploi ? Encore Charlie... Grâce à qui découvre-t-on la petite pièce où se trouve l'entrée secrète ? À Charlie... Qui a identifié le duc de Sussex sur le portrait ? Ce bon vieux Charlie... Qui connaissait le chemin pour venir jusqu'à la Grande Loge ? Toujours Charlie... Qui se gèle dehors à attendre avec ces deux excentriques même s'il ne comprend rien à leur histoire de fous ? Charlie... Mais lorsqu'on obtient une audience avec un prince de sang et que cette histoire sans queue ni tête va peut-être s'éclaircir, qui laisse-t-on de côté comme le dernier des mendiants ? Cet imbécile de Charlie ! Non mais, quelle ingratitude ! J'en ai assez d'être traité en bébé ! Un jour, je serai célèbre. On verra bien, alors, comment on me traitera.

Le petit Anglais secoua la tête, soupira de colère et sortit en claquant la porte, sous le regard méprisant du portier. La vie était suffisamment compliquée comme ça. Dès le lendemain matin, il aurait un nouveau chez-lui, il allait bientôt commencer l'école et il avait des livres à écrire. Mark et Evelyn pouvaient se débrouiller comme ils le voudraient. Il avait fini de perdre son temps avec eux.

✦

De l'autre côté de la porte se trouvait une petite antichambre. Le duc leur tint la porte ouverte et la referma soigneusement lorsqu'ils furent entrés. Il se planta devant Manaïl, les sourcils froncés. L'air sombre, il le toisa un moment.

— Avant d'aller plus loin, je dois vérifier quelque chose, déclara-t-il, presque embarrassé. Je dois te demander de me laisser voir ta poitrine.

Devinant où le Grand Maître voulait en venir, l'Élu obtempéra et déboutonna sa chemise, exposant les cicatrices laissées par Noroboam l'Araméen, qui formaient un pentagramme inversé.

— *God Almighty*[1]... Ainsi donc, c'est vraiment toi..., murmura-t-il, ému. Depuis mille sept cents ans, le secret maçonnique a été préservé à l'intention de celui qui se présenterait pour le réclamer. Souvent, j'ai tenté de me convaincre qu'il ne s'agissait que d'une légende. Et te voilà, en possession des mots que seuls les Grands Maîtres connaissent. Je

---

1. Dieu tout-puissant.

t'ai toujours imaginé plus vieux. Et tu es accompagné d'une fille... Les voies du Grand Architecte de l'Univers sont vraiment impénétrables.

Ne sachant que dire, Manaïl se contenta de le fixer avec un air grave alors qu'Ermeline replaça sa pèlerine sur ses épaules en se mordant la langue pour retenir ses paroles.

— J'espérais ta venue, mais je serais prétentieux de dire que je l'attendais, reprit le duc. Elle est annoncée dans nos légendes depuis longtemps et tant de Grands Maîtres m'ont précédé sans jamais qu'elle se concrétise. Toutefois, des signes laissaient entrevoir son imminence. La responsabilité m'incombe donc de t'aider de mon mieux dans ta quête. Que le Grand Architecte de l'Univers me donne la force de bien te servir.

— Des signes ? répéta Manaïl.

— Quelque chose se prépare. Quelque chose de terrible. J'en ai la conviction. Depuis quelques années, Satan se manifeste à Londres et ses adeptes sont toujours plus nombreux. La prophétie des Écritures va bientôt se réaliser.

Sussex mit le bout de ses doigts sur son front et se concentra.

— *Et il lui fut donné d'animer l'image de la bête, afin que l'image de la bête parlât, et qu'elle fît que tous ceux qui n'adoreraient pas l'image de la bête fussent tués*, récita-t-il.

Et elle fit que tous, petits et grands, riches et pauvres, libres et esclaves, reçussent une marque sur leur main droite ou sur leur front, et que personne ne pût acheter ni vendre, sans avoir la marque, le nom de la bête ou le nombre de son nom. C'est ici la sagesse. Que celui qui a de l'intelligence calcule le nombre de la bête. Car c'est un nombre d'homme, et son nombre est six cent soixante-six.

— Apocalypse de Jean, chapitre treize, dit Ermeline en gonflant fièrement la poitrine pour montrer au Grand Maître que les filles n'étaient pas des idiotes.

Le duc la regarda et hocha imperceptiblement la tête, impressionné.

— Selon notre tradition, reprit-il, les Francs-Maçons sont les héritiers directs du secret de maître Murray de York, premier grand bâtisseur de notre pays, et de maître Hiram Abif, architecte du temple du roi Salomon, dans l'antique Jérusalem. Mais avant de pouvoir l'entendre, tu dois être élevé au rang de maître maçon.

Perplexe, le garçon leva le sourcil.

— Le temps presse…, objecta-t-il.

— Néanmoins, nos anciens usages doivent être respectés, coupa le duc. Attends-moi ici.

Sans un autre mot, Sussex quitta l'antichambre par une porte différente de celle par laquelle ils étaient entrés et les laissa seuls.

Nerveux, ils examinèrent la pièce. Elle était particulièrement dépouillée, ne contenant qu'une armoire contre le mur du fond, dans laquelle les francs-maçons rangeaient sans doute leurs effets, et quelques tables sur lesquelles étaient posées des mallettes. De l'autre côté de la porte, des bruits sourds leur parvenaient de temps à autre, comme si on déplaçait des meubles.

Après une quinzaine de minutes, le duc revint.

— Suis-moi, ordonna-t-il en empoignant le bras de Manaïl.

— Et moi ? s'indigna Ermeline.

— Tu dois attendre ici. Mes frères refuseraient de recevoir une fille et le secret fait que je ne peux pas leur expliquer pourquoi ils devraient le faire.

— Les hommes..., maugréa la gitane, la mine renfrognée, en croisant les bras sur sa poitrine.

Le Grand Maître frappa trois coups secs à la porte d'où il était apparu. Aussitôt, trois coups identiques lui répondirent.

— Qui va là ? fit une voix autoritaire de l'autre côté.

— Un candidat montrant toutes les qualités et connaissances d'un compagnon franc-maçon, et qui aspire à devenir maître, répondit Sussex.

— Est-il franc-maçon en règle ? A-t-il subi l'initiation de l'apprenti et le passage du compagnon ?

— Il l'est, quoique son parcours diffère de la norme. Il est mené ici aujourd'hui sur l'autorité suprême du Grand Maître des Francs-Maçons.

La porte s'ouvrit.

— Qu'il entre, dit l'homme en s'écartant pour céder le passage au duc et à l'initié.

Alors que le Grand Maître l'entraînait hors de la pièce, il se retourna et jeta un regard inquiet à Ermeline, qui, ne sachant que faire, lui fit un sourire forcé.

— Fais confiance à Ishtar, dit-elle avant que la porte ne se referme. Et essaie de revenir en un seul morceau.

◆

La pièce était plongée dans une noirceur presque totale. Une chandelle, à l'autre extrémité, était la seule source de lumière. Il y régnait une odeur de fumée, de cire, de tabac, de parfum et de vieux cuir. Manaïl écarquilla les yeux et tendit l'oreille. Dans le silence oppressant, quelques bruissements de vêtements et de légers soupirs lui indiquèrent que le duc et lui n'étaient pas seuls. Tout à coup, une voix sévère tonna.

— De quel droit entres-tu ici ?

— Il entre sur ma recommandation, répondit Sussex à sa place.

— Qui te recommande ?

— Le Grand Maître de la Grande Loge d'Angleterre, dit le duc.

— Alors entre, étranger, mais sois averti.

Un objet pointu fut appuyé sur son sein gauche et il sursauta en sentant la douleur.

— Sens-tu ceci ? interrogea une voix agressive.

— Oui…, répondit Manaïl.

— Comme la pointe de cette épée torture ta chair et pourrait percer ton cœur si tel était notre désir, que ta conscience te torture si jamais tu venais à trahir les secrets qui vont maintenant t'être révélés.

On retira l'épée et l'Élu fut laissé à sa douleur. Il sentit que Sussex lâchait son bras droit et qu'une autre main saisissait le gauche. Des pas s'éloignèrent dans le noir.

— Que le candidat s'avance, ordonna la voix du duc, qui provenait maintenant de l'autre extrémité et résonnait dramatiquement.

Manaïl fut tiré par l'inconnu qui le tenait et se mit à avancer à tâtons, titubant dans le noir sur des obstacles imaginaires. Il marcha d'abord en ligne droite, puis sentit qu'on le faisait tourner à droite, puis encore à droite, puis à gauche… Bientôt, il fut complètement désorienté. Un chœur masculin rompit tout à coup le silence, des dizaines de voix murmurant à l'unisson. L'Élu sursauta dans le noir.

— Ce jour! Qu'il se change en ténèbres. Que Dieu n'en ait point souci dans le ciel, et que la lumière ne rayonne plus sur lui! Que l'obscurité et l'ombre de la mort s'en emparent. Que des nuées établissent leur demeure au-dessus de lui, et que de noirs phénomènes l'épouvantent[1]!

Le chœur se tut. Manaïl fit quelques pas de plus et la déclamation reprit, plus puissante.

— Les méchants ne résistent pas au jour du Jugement ni les pécheurs dans l'assemblée des justes; Car l'Éternel connaît la voie des justes, et la voie des pécheurs mène à la ruine[2].

Le silence retomba, puis le chœur reprit une troisième fois, dans un paroxysme de ferveur.

— L'Éternel est mon berger: je ne manquerai de rien. Il me fait reposer dans de verts pâturages, Il me dirige près des eaux paisibles. Il restaure mon âme, Il me conduit dans les sentiers de la justice. À cause de son nom,

---

1. Livre de Job 3,5.
2. Psaume 1.

quand je marche dans la vallée de l'ombre de la mort, je ne crains aucun mal[1].

Le silence retomba sur la loge, interrompu seulement par le bruit des pas de Manaïl et de son accompagnateur. Après de longues minutes de marche aveugle, on le força à s'arrêter et on le dirigea vers ce qui semblait être le centre de la pièce. Au fond, une silhouette passa entre la lumière de la chandelle et lui. Des pas s'approchèrent, lents et autoritaires.

— Mark Mills, agenouille-toi, ordonna la voix du Grand Maître.

Une main s'appuya sur l'épaule de Manaïl et le poussa vers le sol. Ses genoux touchèrent quelque chose de capitonné.

— Avant que ton courage ne soit soumis à rude épreuve, tu dois prendre l'engagement du maître maçon. Sache toutefois que ce privilège n'est pas donné à tous. Seuls les hommes d'honneur y ont accès. Es-tu un homme d'honneur?

— Je... Oui, je le suis, fit Manaïl en songeant que, si les péripéties de sa quête lui avaient révélé quelque chose sur lui-même, c'était bien cela.

— Acceptes-tu, Mark Mills, de prêter ce serment qui te liera jusqu'à ta mort?

— J'accepte.

---

1. Psaume 23.

— Alors répète après moi.

Une phrase à la fois, l'Élu répéta le serment, comme il l'avait fait devant Ashurat, les yeux bandés, puis dans le temple du Temps et devant les templiers, à Jérusalem.

— Moi, Mark Mills, en présence de cette loge de maîtres maçons, je jure sincèrement et solennellement de ne point révéler les secrets qui me seront bientôt confiés. Si je venais à manquer à cet engagement, que mon corps soit fendu en son milieu et chaque moitié coupée en deux ; que mes entrailles soient répandues aux quatre coins de l'univers et laissées en pâture aux charognards de la Création. Que mon nom soit à jamais honni parmi les héritiers du secret et mon souvenir effacé de l'ardoise de l'Éternel. Que le Très-Haut me vienne en aide afin que je tienne fidèlement cette parole.

— Qu'il en soit ainsi ! s'écria le chœur masculin dans le noir.

Un long moment de silence enveloppa la loge. Il fut rompu par la voix du duc de Sussex.

— Que le candidat se relève, ordonna-t-il.

Deux mains empoignèrent les bras de Manaïl et le remirent brusquement sur ses pieds. Des pas s'approchèrent. Une voix chevrotante, au souffle court et sifflant, prit la parole.

— Jadis, commença un vieil homme dont Manaïl ne voyait que la silhouette, cinq sages se partageaient le secret du Grand Architecte de l'Univers. Notre premier maître, Hiram Abif, qui était l'un d'entre eux, construisit pour le roi Salomon un temple magnifique ; à cette époque la plus belle construction jamais érigée. Au cœur de ce temple se trouvait le Saint des Saints, où le roi d'Israël désirait abriter l'Arche d'Alliance et les Tables de la Loi, reçues par Moïse des mains de Yahvé Lui-même. Maître Hiram était le plus grand de tous les constructeurs et sa science était telle qu'elle faisait l'envie des bâtisseurs les plus habiles. Un soir, alors que le temple était presque achevé, le vénéré constructeur se rendit inspecter les travaux pour ensuite faire ses dévotions quotidiennes avec grande piété. Il ne revint jamais au chantier. On soupçonna aussitôt qu'il avait été attaqué et tué par quelque compagnon désireux de lui arracher son si précieux secret.

Au même instant, un coup sec frappa Manaïl au front. Étourdi, il sentit qu'on le poussait vers l'arrière et eut l'impression de tomber dans le vide. Des mains l'attrapèrent et le déposèrent délicatement sur le sol. Il sentit qu'on le recouvrait d'un linceul. Immobile, il lutta contre l'angoisse qui l'envahissait.

— Le roi Salomon fit chercher maître Hiram aux quatre coins du royaume, mais personne ne le retrouva jamais. Des cinq gardiens du secret, il n'en restait plus que quatre. On ignore ce qu'il advint de trois d'entre eux mais, pour le plus grand bonheur des constructeurs, le dernier, Murray de York, survécut à la jalousie et à l'ambition des hommes. Ici, en Angleterre, il conserva précieusement les connaissances sacrées qui furent transmises d'apprenti en apprenti, et que plus tard les Francs-Maçons reçurent en partage. Mais le Très-Haut, désirant éprouver la fidélité de ses fils, voulut que le secret fût un jour perdu. Et depuis, les Francs-Maçons consacrent leur vie à le retrouver et conservent précieusement leurs légendes à l'intention de celui auquel, seul, le secret est destiné.

L'homme marqua une pause. Toujours allongé sur le sol, dans le noir, Manaïl en avait le souffle coupé. Il connaissait des éléments de ce récit que les Francs-Maçons eux-mêmes ignoraient. Il savait que maître Hiram avait été assassiné par Jubelo, un Nergali de Mathupolazzar, et que sa bague de Mage lui avait été volée. Il avait vu de ses propres yeux le Saint des Saints et la pièce secrète aménagée sous le temple de Salomon.

Il avait même touché le cadavre du Mage. Il portait d'ailleurs la marque de YHWH, auteur des Tables de la Loi. Était-il possible qu'il fût celui auquel la légende maçonnique faisait référence ? Celui auquel le secret était destiné ? Ce Murray de York était-il un des Mages d'Ishtar ? Avait-il trouvé une manière de transmettre le secret du fragment qu'il conservait à travers la légende qu'on venait de lui relater ?

De manière trouble, il semblait que les Francs-Maçons avaient conservé l'histoire de la vie d'Hiram et la prophétie des Anciens.

— Vénérable Maître, ce devoir est accompli, déclara le vieil homme.

Sous son linceul, l'Élu entendit des pas traînants s'éloigner dans le silence. La voix du duc de Sussex résonna.

— Mes frères, que cherchons-nous ? demanda-t-il.

— Ce qui a été perdu, répondit l'assistance.

— Et comment le trouverons-nous ?

— En triomphant de la mort.

Dans la loge, on craqua une allumette. Après quelques secondes, Manaïl sentit une main qui s'insinuait sous son linceul pour prendre la sienne. D'un même mouvement, le linceul fut retiré et l'Élu fut relevé avec force et autorité. Devant ses yeux, tout près de son visage, se trouvait un crâne jauni dont les orbites vides semblaient plonger leur regard dans le sien. Sur le front, quelqu'un avait peint une phrase : *ERAM QUOD ES, ERIS QUOD SUM*[1] !

— Puissent la mort symbolique que tu viens de vivre et les restes qui te regardent te rappeler, mon frère, que la vie humaine est éphémère et que le devoir sacré de tout franc-maçon est de restituer le secret perdu de maître Hiram et de Murray de York à l'humanité tout entière.

Le crâne, tenu par un homme, fut retiré de devant son visage et, pour la première fois, il aperçut la loge dans laquelle s'était déroulée la cérémonie dont il avait été l'objet. Le temple, illuminé par des chandelles, était magnifique. Il rappelait un peu celui du Temps. Du plafond très élevé, peint en bleu pâle et orné d'étoiles dorées, pendaient trois immenses lustres. De part et d'autre de l'entrée, une colonne de marbre au chapiteau ouvragé s'élevait vers la voûte alors que d'autres, tout aussi belles, étaient réparties le long des murs. Le sol était couvert de carreaux noirs et blancs qui formaient un damier. De chaque côté de la pièce, des dizaines d'hommes portant

---

1. En latin : J'étais ce que tu es, tu seras ce que je suis.

tabliers et gants blancs étaient assis, l'air grave, sur des rangées de banquettes rembourrées de cuir qui longeaient les murs. Au centre, un petit autel de bois délicatement sculpté portait un grand livre ouvert. À l'autre extrémité, un luxueux fauteuil surmonté d'un dais en tissu bordé de franges dorées trônait sur une estrade surélevée. C'est là qu'était dignement assis le duc de Sussex. Il était paré des mêmes ornements que ceux du tableau aperçu à la National Gallery. Il était encadré par plusieurs fauteuils plus petits, tous occupés par des maçons pareillement vêtus. Au-dessus de son fauteuil, un œil dans un triangle semblait scruter avec méfiance les intrus. Sur chacun des trois autres côtés de la loge, un individu occupait un fauteuil semblable.

Le duc de Sussex se leva, traversa solennellement la loge en suivant méthodiquement les lignes droites formées par les carreaux du plancher et s'arrêta face à lui. Il lui tendit la main droite et Manaïl la saisit. Le duc pressa distinctement son majeur contre l'intérieur du poignet du garçon.

— Frère Mark, grâce à cette poignée de main secrète, tu seras reconnu par un frère partout dans le monde.

En lui tenant toujours la main, le duc se pencha vers son oreille.

— Il est aussi de mon devoir de te révéler les mots sacrés qui nous ont été légués par le dernier possesseur du secret et que nous conservons depuis lors. Ces mots sont : *I tego arcana templi* et *I tego arcana structor.*

Manaïl sentit le plancher vaciller sous ses pieds. Il ne connaissait que trop bien la première de ces phrases. « Je garde le secret du temple. » Elle l'avait conduit jusqu'au fragment que le frère Enguerrand et Abidda avaient déposé dans la cathédrale Notre-Dame. Quant à l'autre, elle lui était inconnue, mais il n'avait aucun doute : il venait de retrouver la trace du commandeur.

Ébranlé et excité à la fois, il n'accorda qu'une attention distraite à la conclusion de la cérémonie.

LE SECRET PERDU

Le dernier des francs-maçons était parti depuis un bon moment déjà et la loge était vide. Dans l'antichambre où tout avait commencé, le duc restait silencieux. Depuis la conclusion de la cérémonie, il n'avait pas prononcé un mot. L'air préoccupé, il posa sa mallette sur une table, l'ouvrit et y déposa son tablier, puis son collier et ses gants blancs.

Manaïl se tenait un peu à l'écart avec Ermeline. Dès sa sortie de la loge, la gitane s'était précipitée vers lui, visiblement inquiète. Ses mains anxieuses avaient parcouru son visage, ses cheveux, ses bras, ses mains et sa poitrine à la recherche d'une blessure.

— Alors ? s'enquit-elle, satisfaite de retrouver son compagnon entier.

L'Élu haussa les épaules, incertain, et lui relata ce qu'il croyait pouvoir révéler de la cérémonie sans trahir le serment qu'il avait prêté.

— Le frère Enguerrand ? Encore lui ? Mais il est partout, ce bougre ! Au moins, tu es sur la bonne voie, se réjouit la gitane.

— On dirait, oui.

Le duc de Sussex se racla la gorge et l'interpella.

— Frère Mark ?

Manaïl se retourna, interdit. Dans le *kan* de Jérusalem, on l'avait interpellé de manière semblable. Frère Maurin…

— Oui ? répondit-il.

— Retournons dans la loge, tu veux ? J'y serai plus à l'aise pour la suite des choses.

Le Grand Maître franchit partiellement la porte de l'antichambre et se retourna.

— Ton amie doit venir aussi. Maintenant que les autres sont partis, elle peut tout savoir. Le Très-Haut me pardonnera certainement cette entorse à nos traditions.

Sans rien ajouter, il disparut. Leur surprise passée, l'Élu et la gitane le suivirent. Lorsqu'ils entrèrent, le duc était installé dans le grand fauteuil, à l'autre bout de la loge. Sous le dais, l'œil dans le triangle donnait l'impression de veiller sur le Grand Maître, qui se passa une main dans les cheveux et frotta nerveusement ses favoris. Manaïl et Ermeline le rejoignirent et se plantèrent devant lui.

Sussex inspira profondément et récapitula ce qu'il savait.

— Ce soir, le secret que gardent les Francs-Maçons t'a été révélé. Ou du moins ce qu'il en reste après presque deux mille ans. Au deuxième siècle de notre ère, il a été confié à une lignée de bâtisseurs de cathédrales commencée par Murray de York. Au fil des siècles, ils se le sont transmis de bouche à oreille et de maître à apprenti. Lorsque le métier de constructeur a commencé à disparaître, les maçons francs et acceptés, qui voyageaient librement à travers l'Europe pour ériger leurs œuvres, ont admis dans leurs loges des hommes qui n'étaient pas du métier et qui sont devenus les Francs-Maçons. Peu à peu, nous avons donné aux mystères de la géométrie et de l'architecture un sens moral. Nous avons associé des qualités humaines aux outils des bâtisseurs, comme cette équerre, qui symbolise pour nous la droiture, dit le duc en prenant son bijou entre ses doigts. Nous avons précieusement conservé les rituels antiques des loges de bâtisseurs, dans lesquels nous trouvons une valeur spirituelle. Or, une autre tradition, connue seulement des Grands Maîtres et de quelques francs-maçons savants triés sur le volet, affirme que nos rituels concernent un autre secret beaucoup plus important et grave que les mystères de l'architecture et de la géométrie.

— Quel est ce secret ? demanda Manaïl. Je dois le savoir.

— Patience, frère, dit le duc en levant la main. Chaque chose en son temps.

— Le temps, c'est précisément ce qui me manque.

— On dit que les cinq sages mentionnés lors de la cérémonie devaient garder un objet d'une valeur inestimable. C'est d'ailleurs de Murray lui-même que vient cette bague, portée par chaque Grand Maître.

Le duc désigna de la tête sa main droite.

— On raconte aussi que, sous le couvert d'une préoccupation pour l'architecture et ses secrets, la mission sacrée de notre ordre serait réellement de protéger à tout prix cet objet dont, pendant longtemps, un seul maçon par génération a connu la cachette. On dit que cet objet seul a le pouvoir d'empêcher l'avènement du Mal et la destruction du royaume de Dieu. Dans cette tradition occulte figure la prophétie des Anciens, connue des seuls initiés aux arcanes de l'ordre et que vous avez tous deux récitée ce soir devant moi. Depuis un siècle, c'est le Grand Maître des Francs-Maçons qui est responsable de garder le secret.

— Votre Murray de York, comme maître Hiram Abif, était un Mage d'Ishtar et vous êtes son héritier, déclara Manaïl. Vous veillez donc sur un des cinq fragments du talisman de Nergal. Donnez-le-moi et je le mettrai en sûreté.

— Un… fragment ? Un talisman ? Un Mage d'Ishtar ? J'ignore de quoi tu parles, mon frère. Je vois que, malgré ton jeune âge, tu sais des choses que nous ignorons, rétorqua Sussex. Dans son infinie sagesse, le Grand Géomètre de l'Univers a entendu mes humbles prières. Il t'a envoyé à nous pour nous aider à retrouver ce qui est perdu et que nous cherchons depuis si longtemps. Plus personne ne sait où se trouve l'objet mythique de Murray de York.

— Vous avez… perdu le fragment ? s'exclama Manaïl, laissant percer le désespoir dans sa voix.

— Égaré serait plus juste, fit le duc, embarrassé. Mais j'ai bien peur que oui. Au fil du temps, le secret a été oublié. Certains documents racontent que, vers la fin du treizième siècle, un vieux templier aurait aidé un de nos maîtres passés à enfouir le secret sous le mont Ségur. Malheureusement, à ma connaissance, aucune montagne ne porte ce nom. Le secret a été si bien protégé qu'il s'est perdu. Heureusement, maintenant que tu es là, j'ai espoir que nous puissions enfin le retrouver.

Manaïl n'écoutait plus le duc de Sussex. Les sourcils froncés, il réfléchissait intensément.

— Le mont Ségur... Montségur ! s'écria-t-il en dévisageant Ermeline. Enguerrand de Montségur... *I TEGO ARCANA TEMPLI...*

Il se retourna vers le duc.

— Que disent vos traditions au sujet du templier dont vous parlez ?

— Seulement que le secret maçonnique hérité de Murray de York serait enfoui quelque part à Londres depuis le treizième siècle. Personne ne sait où.

— Les années concordent. Le frère Enguerrand est mort en 1277, déclara Ermeline.

— Quoi d'autre ? insista Manaïl.

Le duc réfléchit en passant toujours sa main sur ses favoris.

— Une phrase, contenue dans le rituel que tu viens d'entendre, est censée révéler l'emplacement du trésor à celui auquel il est destiné et à lui seul : *I TEGO ARCANA STRUCTOR.*

— « Je garde le secret du constructeur », traduisit aussitôt la gitane, remerciant intérieurement sa mère défunte de l'avoir forcée à apprendre le latin pour parer à la méfiance des prêtres.

— On mentionne aussi une expression parfaitement laconique qui fait partie de notre tradition orale : « un point au milieu d'un cercle ». Tout cela est bien vague...

Manaïl laissa échapper un soupir de frustration.

— Donc, récapitula-t-il, le frère Enguerrand serait venu à Londres quelques années avant de mourir. Il aurait aidé le Mage de ce *kan*, héritier de Murray de York, à cacher le fragment et m'aurait ensuite laissé des indices qui se sont peu à peu incorporés à la tradition des Francs-Maçons. Le mont Ségur fait référence au commandeur autant qu'à l'endroit où le fragment est conservé. « Je garde le secret du constructeur » et « un point au milieu d'un cercle »... Mais où, exactement ? Londres, c'est grand...

— C'est bien là le nœud du problème, dit Sussex en regardant sa bague scintiller à sa main droite. Presque un million quatre cent mille habitants, environ trois cent mille logements, des milliers d'édifices publics de toutes sortes. Le secret de Murray pourrait être n'importe où. Sans indice pour orienter la recherche, aussi bien tenter de retrouver la proverbiale aiguille dans sa botte de foin.

Sussex se leva et se rendit au petit autel au centre de la pièce. Il désigna l'équerre et le compas qui étaient posés sur les pages de la Bible ouverte.

— Je ne puis rien t'apprendre de plus, sinon ceci : vois comme les outils du constructeur, qui constituent le symbole de la franc-maçonnerie, forment presque l'étoile de David.

Instinctivement, Manaïl releva sa main gauche et examina la marque de YHWH qui y était tracée. L'apercevant, Sussex inspira sèchement, surpris d'y voir les lignes pâles et parfaitement droites.

— Je vois que tu la connais..., dit-il d'une voix qui tremblait un peu. Pour les Francs-Maçons, l'équerre, rigide et droite, symbolise la matière. Le compas peut être ouvert à volonté, comme l'esprit qu'il représente. Observe la manière dont ils sont disposés, le compas par-dessus l'équerre. Le message est clair : l'esprit et la matière sont indissociables, mais l'esprit doit dominer. Peut-être est-ce là un autre message enfoui au cœur de nos traditions ?

Manaïl ne dit rien. Trop d'informations se bousculaient dans sa tête. Ermeline, elle, fronçait les sourcils en essayant d'ordonner ces éléments nouveaux.

Perdus dans leurs pensées, tous trois sortirent de la loge. Lorsqu'ils arrivèrent dans le vestibule, ils le trouvèrent vide.

— Où est le garçon qui nous accompagnait ? demanda l'Élu au portier.

— Il est parti depuis un bon moment, répondit ce dernier. Il n'avait pas l'air très content.

Manaïl et Ermeline échangèrent un regard.

— Son père sera libéré demain matin, rappelle-toi, dit la gitane. Il devait sans doute aller retrouver sa famille. Tu crois que nous avons le temps de le rejoindre avant qu'il quitte la prison ?

Le duc de Sussex sortit de sa poche une montre en or retenue à son gilet par une chaînette.

— Il est passé minuit, annonça-t-il. Votre ami peut attendre. Vous dormirez chez moi.

— Nous le retrouverons demain à la manufacture, suggéra Manaïl.

Ermeline et lui suivirent le duc dans la nuit froide. Le carrosse s'avança. Le duc y monta et leur fit signe d'en faire autant. Ils s'exécutèrent et s'éloignèrent dans les rues de Londres.

DANS L'ANTRE DE SATAN

La nuit qu'ils passèrent à la fastueuse résidence du duc de Sussex fut la plus confortable de leur jeune vie. On attribua à chacun une chambre luxueuse vers laquelle ils furent conduits par un domestique guindé qui leur ouvrit la porte et leur fit signe d'entrer en faisant une révérence. À la fois mal à l'aise et amusés d'être traités comme des nobles, Manaïl et Ermeline se regardèrent, chacun sur le seuil de sa chambre.

— Eh bien... Bonne nuit, dit la gitane en souriant.

— Bonne nuit, répondit le garçon en haussant les épaules.

Ils refermèrent leur porte respective en même temps.

La chambre de Manaïl était magnifique. Un immense lit recouvert par des oreillers et un édredon moelleux en occupait le centre. Dans un coin, un feu ronflait dans la cheminée et créait une douce chaleur qui lui faisait oublier le froid des rues. Les tentures de velours sombre étaient tirées sur les hautes fenêtres. Des meubles en acajou finement travaillés longeaient les murs et un épais tapis recouvrait le plancher de bois. Sur une petite table de chevet, un bougeoir avait été allumé.

— Monsieur désire-t-il être réveillé demain matin ? demanda le domestique.

— Euh… Oui. Je dois me rendre à la manufacture.

— À la… manufacture, répéta le domestique avec un dédain mal camouflé. Monsieur… travaille ? De ses mains ?

— Oui. C'est très important que vous me réveilliez.

— Vers quelle heure ?

— Au lever du soleil.

Le domestique haussa les sourcils, surpris.

— Très bien. Monsieur désire-t-il le petit-déjeuner au lit ?

— Euh… Pourquoi pas ?

— Hareng bouilli, œufs durs, pain et thé ?

— Ce sera parfait ! dit Manaïl en réalisant qu'il éviterait le sempiternel porridge de madame Dickens.

— Bonne nuit, monsieur, fit le domestique en sortant à reculons de la chambre avant de refermer doucement la porte.

Manaïl se dévêtit et se réfugia sous l'édredon. Une chaleur bienfaisante l'enveloppa aussitôt. Il s'en voulait de goûter ainsi de tels luxes alors que le temps lui était compté mais, depuis des semaines, il n'avait pas cessé de rechercher les fragments. Il avait dormi n'importe où et ne s'était pratiquement pas reposé. Seule l'eau d'Ishtar lui avait permis de retrouver sa vitalité. Il avait besoin de repos. Et puis, il ne voyait pas ce qu'il pouvait accomplir cette nuit. Il s'étira, souffla la chandelle et s'endormit presque aussitôt. La nuit fut sans rêves.

Au matin, une domestique courbée par l'âge mais rougeaude et d'excellente humeur lui porta un petit-déjeuner aussi copieux que savoureux, qu'il dévora comme un glouton avant de remettre ses vêtements sales et usés. Dans le corridor, il se frappa presque contre Ermeline, qui l'attendait devant sa porte. Elle s'étira langoureusement en souriant de toutes ses dents.

— C'était formidable, non ? Je n'ai jamais aussi bien dormi de toute ma vie, dit-elle en minaudant. Je resterais bien ici un siècle ou deux, moi.

Près d'eux, un nouveau domestique arriva en silence et toussota pour attirer leur attention.

— Le carrosse de ces messieurs-dames est avancé, dit-il.

Ermeline et Manaïl se regardèrent et pouf-
fèrent de rire.

— Le carrosse ? C'est une blague ?

— Euh… Non. Ce sont les ordres de Sa
Grâce le duc de Sussex. Vous devez être
reconduits à votre… hum… travail.

— Pourquoi pas ? dit la gitane en haussant
les épaules.

◆

Leur arrivée à la manufacture créa un
grand émoi et suscita chez Libby un regard
où se mêlaient l'étonnement, l'incompréhension, la jalousie et la haine.

— Alors môssieur et madâme se font recon-
duire, maintenant ? demanda-t-il avec dérision,
en se tapotant machinalement la main avec sa
cravache. Peut-être que Sa Grâce et Son Excel-
lence sont supérieurs aux pauvres mortels que
nous sommes et qu'ils n'ont plus besoin de
leur emploi ? Ou est-ce que quelques coups
de cravache bien appliqués ramèneraient leurs
grandissimes personnes à des sentiments plus
modestes ?

Ils passèrent devant le contremaître en
évitant de répondre ni même de croiser son
regard pour ne pas lui fournir le prétexte qu'il
attendait pour les frapper. Avant de se diriger

vers la pile de caisses qui l'attendait, Manaïl se pencha à l'oreille d'Ermeline.

— Garde-le endormi aussi longtemps que tu le pourras. Il me faut du temps.

— D'accord. Ça ne devrait pas tarder comme l'autre jour. Regarde-le. Il meurt d'envie d'en découdre avec un de nous.

Ermeline avait à peine pris sa place près du grand chaudron fumant que Libby se dirigea vers elle, l'air mauvais.

— Son Altesse la chaudronnière s'abaisse à de bien basses tâches, ce matin..., dit-il en feignant une attitude noble. Sa Majesté va salir ses jolis doigts blancs. Ce serait bien dommage... Je crois qu'elle a besoin d'une bonne correction, moi.

Alors que Libby levait sa cravache, Ermeline tendit devant elle le médaillon qu'elle avait déjà dans la main. Le regard du contremaître se fixa sur l'objet qui oscillait d'un côté à l'autre en scintillant dans la lumière du feu qui flambait sous le chaudron. Lentement, la cravache redescendit et tomba bientôt de la main molle de Libby, qui dormait à nouveau comme un loir.

Ermeline fit un signe de tête à Manaïl, déjà en mouvement.

— Va et fais aussi vite que tu le peux, dit-elle.

Sous le regard perplexe des ouvriers qui poursuivaient leur tâche, il s'éloigna. Sachant que la douleur l'attendait, il posa la marque de YHWH sur sa poitrine avant de s'engouffrer dans l'escalier.

Arrivé à la cave, il avisa la table où les enfants enveloppaient les pots de noir à chaussures et constata avec une certaine inquiétude que Charlie n'y était pas. Peut-être était-ce mieux ainsi. Ce garçon était terriblement curieux. Il aurait insisté pour se joindre à lui et il en savait déjà beaucoup trop.

Manaïl retourna au petit entrepôt. Après s'être assuré que personne ne l'observait, il entra et referma la porte. Même dans la pénombre, il retrouva sans peine la marque gravée, y encastra sa bague et pressa. Comme la première fois, le déclic se fit entendre et le mur pivota sur lui-même.

Manaïl pénétra dans la sombre ouverture et fit quelques pas à tâtons. La pièce était dépourvue de fenêtre et il n'y voyait pas même le bout de ses doigts. Aucune lumière ne pénétrait par l'ouverture clandestine. Une odeur cuivrée qu'il ne parvenait pas à identifier lui assaillait les narines.

Tout à coup, il se figea dans le noir. Il avait entendu le bruit d'une porte s'ouvrir puis se refermer en douceur. Puis vint le crissement délicat d'une chaussure déposée avec précaution sur le sol, suivi d'un autre et d'un autre

encore. Des pas. Ils se dirigeaient vers lui.
Malgré ses précautions, quelqu'un l'avait suivi.
Les Nergalii l'avaient repéré.

Aux aguets, retenant sa respiration pour
mieux entendre, Manaïl se maudit intérieurement de s'être aventuré dans le passage sans
arme. Avec tout ce qu'il avait vécu depuis
qu'il s'était lancé dans cette maudite quête, la
prudence la plus élémentaire voulait pourtant
qu'il ne se rendît pas lui-même si vulnérable.

Tout à coup, un violent choc dans le dos le
déséquilibra et le poussa vers l'avant. Il pivota
comme un fauve et, à l'aveuglette, empoigna
un vêtement. Tendant une jambe vers l'avant,
il tira l'intrus vers le côté et le fit trébucher.
Dans le noir, quelqu'un s'affala lourdement
sur le sol. Il ferma le poing et frappa au
hasard, de toutes ses forces.

— Aïe! fit une voix aiguë qu'il reconnut.

C'était Charlie.

Ne sachant s'il devait être heureux de
retrouver le garçon ou s'il devait l'achever
pour lui avoir fait si peur, il parvint à saisir la
main de son ami pour l'aider à se relever.

Un craquement retentit, suivi d'un gré-
sillement et d'une faible lumière vacillante.
Charlie tenait une allumette entre ses doigts.
Avec son autre bras, il faisait de grands mou-
linets pour chasser la douleur.

— J'ai toujours une boîte dans ma poche, dit-il fièrement. On ne sait jamais quand on en aura besoin et...

— Qu'est-ce que tu fais là ? le coupa Manaïl.

— Je suis arrivé en retard. Le logement que ma mère a trouvé est situé dans le quartier Borough, un peu plus loin que la prison. J'ai mal calculé le temps qu'il me faudrait pour me rendre jusqu'ici. Je croyais bien que Libby allait me battre jusqu'au sang ou me congédier, mais je l'ai trouvé, debout, qui ronflait comme un sonneur. Comme je ne te voyais nulle part, j'ai demandé à Ermeline où tu te trouvais et elle s'est mise à bafouiller comme une simple d'esprit. Alors j'ai compris que tu étais revenu ici et j'ai décidé de te rejoindre. Il n'est pas question que je ne voie pas ce qui se trouve dans cette pièce secrète ! Non mais, tu te rends compte de l'histoire que je pourrai écrire avec ça ? Au fait, mon épaule me fait mal. Tu aurais pu te retenir un peu.

Charlie cessa de parler, ce qui était un exploit de taille pour lui, et se tortilla, visiblement mal à l'aise.

— À propos d'hier soir... Euh... Je suis désolé de vous avoir plantés là, Ermeline et toi. J'étais furieux d'être laissé de côté. Ce n'était pas très chic de ta part, mais ce n'est pas une excuse. Je fais un bien pauvre gentleman...

Manaïl s'approcha de Charlie et lui mit une main sur l'épaule.

— Tu ne devrais pas être ici. Ça pourrait être dangereux.

— Bah! s'exclama Charlie. Un bon écrivain doit avoir une vaste connaissance de la vie et l'expérience ne s'acquiert pas sans risque! Allez! Voyons un peu ce qui se cache dans cet endroit.

Du regard, Charlie fit le tour de la pièce et resta coi. Dans la lumière tremblotante de l'allumette, une expression de frayeur déforma son visage. Ses lèvres se mirent à trembler et il se signa en balbutiant une prière.

— Seigneur, protégez-nous…, finit-il par murmurer.

Sa main tremblante laissa tomber l'allumette, qui s'éteignit sur le sol. Dans le noir, il en craqua une deuxième. Une lumière toute neuve brilla discrètement.

Le spectacle qui se déployait devant les yeux des deux garçons était sinistre. Ils se trouvaient dans une petite pièce carrée aux murs drapés d'épaisses tentures noires. Au centre était placé un autel de pierre rappelant celui que Manaïl avait aperçu dans le temple de Nergal, à Éridou, lorsqu'il avait dû affronter Arianath et les Nergalii de Mathupolazzar. Sur le devant, quelqu'un avait tracé un pen-

tagramme inversé en rouge foncé. De chaque
côté, un chandelier en métal à sept branches
portait sept cierges noirs à demi consumés.
Sur le plancher se trouvait une petite trappe
en bois ornée d'un anneau de métal. Sur le
mur du fond, surplombant l'autel, un crucifix
peint en noir était suspendu la tête en bas.
Dans un coin, un fauteuil recouvert de cuir
capitonné tranchait avec le décor.

— Qu'est-ce que c'est que cet endroit ?
demanda Manaïl.

— Un… Un temple satanique…, bredouilla
Charlie d'une toute petite voix. On y dit des
messes noires.

— Des messes noires ?

La terreur se lisait sur le visage du garçon.
Il s'était attendu à bien des choses, mais celle-
ci ne lui avait jamais effleuré l'esprit.

— On fait ici des cérémonies en l'honneur
de Satan, le prince des Ténèbres, expliqua-t-il
en ravalant plusieurs fois. Rejeter Dieu…
Quelle chose infâme… J'en avais entendu parler à Marshalsea, mais je ne croyais pas que
c'était vrai. Il ne faut pas rester ici. Partons,
Mark. Tout de suite.

Satan… Manaïl se souvenait de ce nom,
que Jehan Malestroit avait si souvent répété,
et qui avait motivé sa dénonciation à l'Inquisition de Paris. Un Nergali en avait pris prétexte

pour le torturer et pour brûler vive la mère d'Ermeline.

Charlie le tira par la manche et fit mine de sortir, mais Manaïl le retint.

— Attends. Je dois d'abord retrouver ce que je cherche.

— Fais vite alors. Cet endroit me donne la chair de poule. Et puis, les satanistes ne sont certainement pas des gens très recommandables. S'ils nous surprennent, nous ne ferons pas long feu, c'est sûr. Regarde…

Manaïl suivit la direction que Charlie indiquait d'un doigt tremblant. L'autel. Il s'approcha. Au même moment, l'allumette s'éteignit. Dans le noir, il entendit Charlie essayer sans succès d'en craquer une autre. Après quelques tentatives infructueuses, il y parvint.

— Approche-toi, dit Manaïl.

À contrecœur, le garçon obéit. Même à la faible lumière de la flamme, il était évident que la dalle de pierre de l'autel était incrustée d'une substance sombre qui y avait séché. La même que celle avec laquelle on avait tracé le pentagramme. Manaïl y passa le doigt et frotta entre ses doigts la poudre qui s'y était collée. Il approcha l'index de son nez. L'odeur qu'il avait cherché à identifier en entrant trouvait sa source. Il la connaissait bien. Il l'avait trop souvent sentie.

— Du sang, dit-il d'une voix rauque.

— On raconte que les satanistes sacrifient des êtres humains au diable. Des... Des enfants, surtout. J'ai bien peur que ce soit vrai.

Manaïl contourna l'autel et se dirigea vers la trappe. Il se pencha, saisit l'anneau de métal, tira et l'ouvrit. Au fond, on pouvait entendre le clapotis de l'eau.

— Nous sommes sur les bords de la Tamise, déclara Charlie d'une voix étouffée par la peur. Un cadavre lancé là-dedans sera emporté loin d'ici par le courant. Ni vu ni connu.

Sans rien dire, Manaïl referma la trappe. Sa poitrine était de plus en plus douloureuse. Il y posa à nouveau la marque de YHWH pour la soulager. Il était près du but.

— Tu te dépêches un peu, dis ? supplia Charlie, comme s'il lisait dans ses pensées. J'ignore ce que tu cherches et franchement, je commence à m'en balancer comme de ma première culotte. Je préfère de loin rester en vie et écrire mes livres bien tranquillement. Loin de cet endroit. Allez, viens...

Manaïl arpentait lentement le pourtour de la petite pièce, guettant un changement dans les élancements qui l'affligeaient. Il s'arrêta tout à coup et grimaça. Un déchirement fulgurant venait de traverser sa cicatrice. Il

attrapa la lourde tenture noire et l'écarta. Une
porte. L'allumette de Charlie s'éteignit.

— Lumière, Charlie... Lumière, dit-il, un
peu exaspéré.

— Ça vient, ça vient, ronchonna le jeune
Dickens en se battant avec ses allumettes.

Lorsque la lumière fut revenue, Manaïl
tourna la poignée. La porte n'était pas verrouillée. Il entra, son ami sur ses talons.
L'antichambre du temple s'ouvrit devant eux.

— C'est vide..., dit-il, une certaine déception se mêlant à sa terreur.

— Pas tout à fait. Regarde, répondit Manaïl
en désignant un rectangle de métal orné d'une
roulette chiffrée encastré dans le mur du
fond. Qu'est-ce que c'est ?

— Mais... C'est un coffre-fort.

— À quoi ça sert ?

— À garder les choses précieuses en sécurité. Il faut pratiquement des explosifs pour
l'ouvrir sans la combinaison. Tu ignores vraiment tout, toi. Parfois, on dirait que tu sors
tout droit du Moyen Âge.

— Si tu savais...

Manaïl s'approcha et fit tourner la roulette.

— Comment ça s'ouvre ?

— Je te l'ai dit : avec une combinaison.

— Et quelle est-elle ?

— Est-ce que je sais, moi ? explosa Charlie. Pourquoi posséder un coffre-fort si on crie sa combinaison sur tous les toits ?

Manaïl appuya sa main sur la porte. Même à travers l'épaisse paroi métallique, il n'avait aucune difficulté à sentir les pulsations du fragment qui se trouvait derrière. La douleur dans sa poitrine n'était endurable que grâce à la marque de YHWH qu'il y pressait avec force. Et malgré cela, il pouvait sentir les trois fragments s'agiter sous sa peau et tenter de la déchirer pour être combinés au quatrième.

Le visage en sueur, l'Élu posa le front contre le métal. Si près et si loin à la fois… Le découragement s'insinuait en lui et montait dans sa gorge. Et la perplexité, aussi. Où était donc le Mage d'Ishtar qui devait veiller sur le fragment ?

— Ce que je cherche est à l'intérieur du coffre, murmura-t-il. Je n'ai pas le temps de chercher celui qui possède cette… combinaison. Il me la faut. Maintenant.

— Mark ? fit Charlie derrière lui.

Manaïl ne répondit pas. Les yeux toujours fermés, le front encore appuyé contre le métal froid, il tentait de contenir la frustration qui l'envahissait.

— Euh… Mark ? insista Charlie. Il y a quelqu'un qui veut te parler. Juste là…

Manaïl se retourna enfin. Le garçon était immobile, son allumette éteinte entre les doigts.

– Qu'est-ce que tu racontes ?

Un bougeoir à la main, sir Harold Dillingham se tenait dans l'embrasure de la porte. Il inclina légèrement la tête.

– Élu d'Ishtar, dit-il. Bienvenue.

NOSH-KEM, MAGE D'ISHTAR

À la vue du propriétaire de la manufacture, Charlie se mit à balbutier.

— Sir Harold. Je... suis vraiment confus. Ce... Ce n'est pas ce que vous croyez. Je peux tout expliquer... Je sais que... Je ne voulais pas... C'est lui. Il a insisté pour... Et puis nous nous sommes perdus et... Je vous assure que...

— Ça ira, Dickens, coupa sir Harold d'un ton conciliant en lui tapotant affectueusement l'épaule. Tu peux retourner travailler, maintenant. Je dois m'entretenir de choses personnelles avec ce jeune homme.

Charlie le toisa, interdit. Le propriétaire de la manufacture venait de poser un geste affectueux.

— Mais...

— Ça vaudrait mieux, Charlie, interjeta doucement Manaïl.

— Mais...

— Encore une chose, Dickens, reprit sir Harold.

— Bien sûr, monsieur. Tout ce que vous voudrez.

— Oublie ce que tu viens de voir. *Tout* ce que tu viens de voir. Vu ? Les apparences sont trompeuses et tu ne comprendrais pas la vérité.

— Mais…

— Dickens…, gronda le manufacturier en fronçant les sourcils. Maintenant.

— Ou-Oui, monsieur.

Charlie gratta maladroitement une nouvelle allumette, se retourna et quitta précipitamment la pièce, à mi-chemin entre la déception et le soulagement.

Sir Harold s'avança vers Manaïl et écarta les mains en un geste accueillant.

— Je suis ravi d'être celui qui te rencontre enfin, Élu d'Ishtar, dit-il. Dire qu'hier, nous étions face à face. Je n'aurais jamais deviné…

— Qui… Qui êtes-vous ?

— Je suis Nosh-kem, disciple de Naska-ât et Mage d'Ishtar. Dans ce *kan*, j'ai pris le nom de sir Harold Dillingham. Depuis quinze ans, je veille sur un fragment du talisman de Nergal. Comme tu peux le constater, dit-il en désignant le coffre-fort verrouillé, il est en sécurité.

Manaïl écarquilla les yeux. Était-ce possible ? Avait-il vraiment retrouvé le Mage de ce *kan*? Un des Mages originaux envoyés pas Naska-ât? Il observa rapidement son interlocuteur. Au fil de sa quête, on l'avait souvent trahi. Son regard s'arrêta sur sa main droite.

— Si tu es Nosh-kem, où est ta bague? demanda-t-il, d'un ton rempli de défiance, en tendant la sienne pour lever tout doute sur sa propre identité. Un Mage doit la porter jusqu'au moment de sa mort et ne la retirer que pour la passer au doigt de son successeur. C'est la règle fixée par Naska-ât.

— Je comprends ta méfiance, Élu d'Ishtar. Mais depuis quelques années, les Nergalii rôdent partout dans Londres et ils connaissent bien cette bague. J'ai jugé qu'il valait mieux éviter d'attirer leur attention que de devoir les affronter et risquer de perdre le fragment. Un guerrier sage ne combat que lorsqu'il ne peut l'éviter et que la victoire est assurée. Je l'ai donc retirée. Attends un moment. Je vais te la montrer.

Sir Harold se dirigea vers le coffre-fort et fit tourner la roulette vers la droite, puis vers la gauche et à nouveau vers la droite. Un léger déclic retentit et il ouvrit la lourde porte, qui pivota en silence sur ses gonds. Aussitôt, une douleur encore plus aiguë que les précédentes traversa la poitrine de Manaïl, comme si la lame d'une épée la transperçait. Il grimaça et y posa sa main gauche ouverte, laissant la marque de YHWH faire son effet. Les élancements se firent moins vifs.

Sir Harold plongea la main à l'intérieur du coffre-fort et en sortit une bague qu'il tendit vers l'Élu.

— La voici, déclara-t-il.

Suant à grosses gouttes sous le coup des pulsations qui semblaient vouloir lui déchirer la peau, il prit le bijou et l'examina. Avec sa pierre noire sertie dans un anneau d'or, elle était identique aux autres qu'il avait vues : celle qu'il tenait lui-même de maître Ashurat, celle qu'Ermeline tenait de sa mère et celle qu'il avait donnée au frère Enguerrand puis retrouvée, ingénieusement intégrée dans l'architecture de Notre-Dame de Paris. Mais il n'y avait qu'une seule façon d'en vérifier l'authenticité.

— Utilise le bougeoir, dit sir Harold, comme s'il lisait dans l'esprit de Manaïl.

Il laissa la flamme lécher la pierre de la bague quelques secondes. Puis il la retira. Dans la pénombre de la pièce, une forme humaine, bras et jambes tendus, brillait d'une lumière orangée au centre d'une étoile d'un bleu glacial aux cinq pointes parfaitement régulières. Le symbole était contenu dans un cercle.

Dans l'univers tout entier, lui avait dit Ashurat, il n'existait que cinq de ces bagues créées par les Anciens. Chacune d'elles avait été distribuée jadis par maître Naska-ât, prêtre d'Ishtar à Éridou, à ses disciples après le démembrement du talisman de Nergal : Ashurat, Hiram, Abidda, Mour-ît et Nosh-kem. Aucun doute : l'homme qui se tenait devant lui était bien un Mage d'Ishtar. Mais que faisait-il dans un endroit que Charlie considérait comme si répugnant ?

— Comment peux-tu être le Mage d'Ishtar et fréquenter un temple où on sacrifie des êtres humains ? demanda-t-il. Fais-tu partie de ceux qui commettent ces atrocités ?

— Cela paraît bien mal, je le sais, répondit sir Harold, l'air presque penaud. Mais, comme je l'ai dit à Dickens, les apparences sont trompeuses.

Dans ce kan, *rien ni personne ne sera ce que vous croyez*, résonna la voix d'Ishtar dans la mémoire de Manaïl.

— Les Nergalii sont partout, expliqua sir Harold. Lorsque les adorateurs de Satan m'ont subtilement approché voilà une quinzaine d'années, j'ai réalisé que ce démon ressemblait beaucoup à Nergal et que leur culte était susceptible d'attirer des Nergalii. Alors je m'y suis infiltré. Je me suis caché au milieu de l'ennemi, en quelque sorte. Comme tu vois, j'ai même fini par leur prêter une partie de mon usine. C'est le dernier endroit où on chercherait le fragment. Et, franchement, je dois dire que mon stratagème a bien fonctionné. Déjà, j'en ai éliminé quelques-uns qui ont été attirés par la présence du fragment et qui ont fini par se dévoiler en tentant de s'en emparer. Leurs os moisissent au fond de la Tamise.

— Oui, mais... On sacrifie des victimes innocentes sur cet autel ! s'écria Manaïl, le cœur gonflé de colère et d'indignation.

— Crois-moi, chaque sacrifice est pour moi une torture et je devrai en porter toute ma vie le souvenir. Mais ma mission sacrée prévaut sur tout le reste. Même sur des vies innocentes. Tu le sais mieux que personne. N'as-tu pas toi-même commis des actes qui te révoltent pour poursuivre ta quête ?

Manaïl baissa les yeux.

— Oui..., admit-il d'une voix presque inaudible. Beaucoup plus que je ne l'aurais cru possible.

— Nous vivons donc le même cauchemar pour la même cause, conclut sir Harold. Ishtar est bien exigeante avec ceux qu'Elle aime...

Manaïl releva les yeux et rendit la bague au Mage. D'une voix solennelle, il entonna la prophétie des Anciens.

— *L'Élu se lèvera, rassemblera le talisman et le détruira.*

— *Fils d'Uanna, il sera mi-homme, mi-poisson*, répondit sir Harold.

Manaïl leva la main gauche et écarta les doigts, mettant bien en évidence les petites membranes qui les reliaient.

— *Fils d'Ishtar, il reniera sa mère*, poursuivit-il.

— *Fils d'un homme, d'une femme et d'un Mage, il sera sans parents*, récita le Mage.

— *Fils de la Lumière, il portera la marque des Ténèbres.*

L'Élu déboutonna sa veste puis sa chemise, exposant la vilaine cicatrice en forme de pentagramme inversé, encore rouge et épaisse, où la déesse Ishtar avait encastré les trois fragments qu'il avait déjà récupérés.

— *Fils du Bien, il combattra le Mal par le Mal*, termina-t-il.

— Je te reconnais, Élu d'Ishtar, fils d'Uanna marqué par les Ténèbres, déclara sir Harold en inclinant respectueusement la tête.

— Je te reconnais, Nosh-kem d'Éridou, disciple de Naska-ât et Mage d'Ishtar, répondit le jeune homme. Je me nomme Manaïl. Je suis né à Babylone sous le règne du roi Nabonidus, bien après ton propre *kan*.

Manaïl se reboutonna, encore indécis quant à la nature profonde de l'homme qui se tenait devant lui. Son maître Ashurat lui avait dit que Nosh-kem était un guerrier redoutable. Le sang et la mort ne lui faisaient pas peur, cela justifiait peut-être en partie son implication dans ce culte obscène. Mais en luttant contre les Nergalii, il était quasiment devenu l'un d'eux. Pourtant, de quel droit pouvait-il le juger, lui qui devait combattre le Mal par le Mal, comme l'annonçait la prophétie des Anciens ? Une fois qu'il serait en possession du fragment, Nosh-kem n'aurait plus aucune raison de poursuivre cette mascarade. Le Mage pourrait cesser d'assister, impuissant, à ces meurtres ritualisés. Cela n'effacerait pas ce qui avait été commis mais, au moins, son cauchemar s'arrêterait. La quête lui avait appris que la morale était subordonnée au bien du plus grand nombre. S'il échouait, ce ne serait pas que quelques personnes innocentes qui disparaîtraient, mais tout ce qui avait jamais existé depuis le *kan* d'Éridou — incluant celui de Babylone, le sien. L'enjeu était immense.

— Où est le fragment ? demanda l'Élu.

— Ici, rétorqua sans hésiter sir Harold en se dirigeant vers le coffre-fort ouvert.

Il y plongea la main et en retira un petit triangle de métal noir et mat. Aussitôt, le garçon eut l'impression qu'il allait défaillir. La scène qui l'entourait se voila d'un nuage sombre. Sa tête se mit à tourner et il eut l'impression que les os et les muscles de ses jambes s'étaient transformés en chiffon. Il secoua la tête, serra très fort les paupières et se fit violence pour garder le contrôle de son corps. La marque de YHWH posée sur sa poitrine, il attendit que le malaise se dissipe.

Puis il se redressa et, encore faible, tendit la main gauche, exposant la marque de YHWH, prête à recevoir l'objet maudit et à endiguer sa puissance.

— Au nom d'Ishtar, remets-le-moi afin que j'en prenne charge, ordonna-t-il. Le temps presse.

— Non, répondit sir Harold d'une voix égale et calme.

✦

Au rez-de-chaussée, Ermeline se dandinait nerveusement. L'affreux Libby ronflait toujours comme un ours, mais son sommeil ne

durerait pas éternellement. Pour éviter d'attirer l'attention, elle lui avait commandé de
s'asseoir près d'une caisse. Confortablement
appuyé contre une poutre, il avait l'air de
cuver son vin. Les ouvriers qui passaient lui
lançaient des regards désapprobateurs, mais
aucun n'aurait osé le réveiller, de peur de
subir les foudres que son humiliation aurait
inévitablement engendrées.

Mais que faisait donc Manaïl? se deman-
dait la gitane en tripotant sa jupe. Il y avait
déjà près d'une heure qu'il avait disparu dans
la cave. Lui était-il arrivé quelque chose? Ce
garçon avait un don pour se placer dans des
situations dangereuses.

✦

Sir Harold leva une main apaisante.

— Dis-moi, Élu, combien de fragments as-
tu retrouvés jusqu'ici? demanda-t-il.

— Trois.

— Trois? Tu fais honneur au choix de la
grande Ishtar. Tu sais sans doute que les deux
autres se trouvent dans ce *kan*. Je l'ai senti, à
mon arrivée. Deux *kan* ont convergé en un
seul. Un autre est devenu le passé de celui-ci.
Comme le fragment que je détiens est en sécurité dans ce coffre-fort, pourquoi ne pas en
profiter pour récupérer celui qui te manque?

Lorsque ce sera fait, tu n'auras qu'à revenir ici et je te confierai le dernier. Tu courras moins de risques et ta quête sera enfin terminée. Je t'aiderai de mon mieux.

La quête terminée… Manaïl avait peine à imaginer qu'un jour, il pourrait en avoir fini avec cette folle aventure qu'il n'avait pas souhaitée. Pourtant, la conclusion était à portée de main, plus proche que jamais auparavant. Ensuite, il finirait ses jours calmement, comme les gens ordinaires. Peut-être même qu'Ermeline serait auprès de lui, et…

Il secoua la tête pour chasser cette pensée embarrassante qui lui venait parfois. Il s'était attaché à Arianath et en avait été quitte pour une cruelle trahison. Plus jamais il ne laisserait une fille s'insinuer dans son cœur.

— Tu as raison, dit-il après avoir réfléchi un instant à la proposition.

— Bien. Alors, je le garderai pour toi. Ensuite, je pourrai enfin quitter ce lieu maudit, fit sir Harold en désignant le temple d'un geste.

Le Mage remit la bague dans le coffre-fort, à côté des deux bracelets d'or ciselé, du poignard de bronze et du fragment. Il referma soigneusement la porte et fit faire plusieurs tours à la roulette. Puis il se retourna vers le garçon. Il mit la main dans la poche intérieure de sa redingote et en sortit une bourse en cuir qu'il déposa dans la main de Manaïl.

— Maintenant que tu sais que le fragment est ici, déclara-t-il, tu dois consacrer tes énergies à retrouver le dernier. Ton temps est précieux et il ne te sert à rien de travailler comme un esclave dans une manufacture. Il y a assez d'argent dans cette bourse pour te permettre de survivre un an sans souci. Si tu en manques, tu n'as qu'à me le dire et je t'en donnerai d'autre.

Manaïl ouvrit la bourse et constata qu'elle était remplie de pièces de monnaie.

— Maintenant, va et accomplis ton destin, Élu d'Ishtar, déclara solennellement sir Harold.

— Je reviendrai dès que je le pourrai.

— Et moi, je t'attendrai aussi longtemps qu'il le faudra. Si tu as besoin d'aide, reviens me trouver. Je ne suis plus jeune, mais je sais encore combattre.

Sans rien ajouter, Manaïl s'inclina devant le Mage et sortit. Avant de remonter l'escalier, il tenta de retrouver Charlie pour le rassurer, mais le garçon n'était pas à table avec les autres enfants. Intrigué, il se rendit au rez-de-chaussée et alla rejoindre Ermeline, à côté de qui Libby dormait toujours, assis sur une caisse.

— Tu peux le réveiller. On s'en va. Notre emploi à la manufacture est terminé.

— C'est vrai ? s'exclama-t-elle, la mine réjouie. Plus de noir à chaussures ?

— Non. Plus de noir à chaussures. Nous avons autre chose à faire.

Ermeline s'approcha du contremaître et lui chuchota quelque chose à l'oreille. Puis elle claqua des doigts. Les yeux de Libby s'ouvrirent brusquement. Désorienté, le gros homme regarda tout autour et se frotta le visage.

— Au revoir, gros lard puant, murmura Ermeline avec son sourire le plus enjôleur.

Avant que Libby ne reprenne ses esprits, les deux compagnons se dirigèrent vers la sortie.

— Tu parles d'une façon de réveiller un hypnotisé ! s'esclaffa Manaïl.

— Je trouvais que « gros lard puant » lui allait comme un gant, dit la gitane avec un air coquin.

Ils n'avaient fait que quelques pas lorsque Ermeline hésita.

— Et Charlie ? On le laisse là ?

— Il n'était pas à sa place lorsque je suis remonté. C'est mieux ainsi. Il faut le garder loin de tout ça, désormais. Ma quête achève. Moins il en saura et plus il pourra mener une vie normale.

— Je suppose que tu as raison. En attendant, je me demande bien où nous pourrons passer la nuit... Sous un pont, peut-être ? demanda Ermeline. J'ai l'habitude.

— Tu crois qu'il existe des endroits où on peut louer un lit ?

— Je ne vois pas pourquoi il n'y aurait pas des auberges dans ce *kan* comme à Paris. Mais il faut de l'argent.

— Ne t'inquiète pas, répondit Manaïl en faisant sauter dans sa main la bourse de cuir dans laquelle les pièces de monnaie tintaient. J'ai ce qu'il faut.

Ermeline écarquilla des yeux remplis d'admiration.

— Tu l'as volé ? Cornebouc ! Je vais peut-être finir par faire un gitan de toi !

— Mais non ! On me l'a donné.

— Ah bon... Et pourquoi ?

— Je t'expliquerai en chemin vers la Grande Loge. Je dois immédiatement parler au duc.

Dans l'embrasure de la porte, Libby les regarda s'éloigner, l'air mauvais, ouvrant et fermant ses gros poings. Gros lard puant... Personne ne l'insultait sans en payer chèrement le prix. Il disparut dans la manufacture. Au même moment, la cloche retentit, annonçant aux ouvriers qu'ils avaient quinze minutes pour manger.

LA DISPARITION

Ils achetèrent du poisson frit et du thé fort mais chaud à un marchand ambulant et dévorèrent le tout avec entrain, tout en marchant. En chemin, Manaïl raconta à Ermeline les événements survenus dans la cave de la manufacture.

— Alors tu as vraiment retrouvé un des fragments ? Tu l'as vu de tes yeux ? Cornebouc ! C'est formidable ! s'exclama-t-elle. Il n'en reste plus qu'un ! Cette histoire de fous s'achèvera donc bientôt.

L'Élu fit la moue, mal à l'aise.

— C'est que... Je ne l'ai pas emporté...

Il lui relata le plan proposé par Nosh-kem.

— Cela me semble bien risqué..., dit la gitane. Et si un Nergali en profitait pour s'en emparer ? Un tiens vaut mieux que deux tu l'auras, mon ami...

— C'est un risque à courir. Si les Nergalii parvenaient à s'emparer de moi, un des fragments leur manquerait encore.

— Enfin, soupira Ermeline. Au moins, il y a du progrès...

Manaïl grimaça.

— Même si je récupère tous les fragments, il faudra encore que je détruise le talisman, comme l'annonce la prophétie des Anciens, dit-il.

— Et alors ?

— Et alors, pour le moment, j'ignore comment faire.

— Un temps pour chaque chose et chaque chose en son temps, dit Ermeline sur un ton ferme.

— Que les dieux daignent t'entendre...

Au fil de leur conversation, les rues achalandées défilèrent sans qu'ils s'en rendent compte et ils se retrouvèrent bientôt devant la Grande Loge d'Angleterre, qu'ils repérèrent facilement. Ils traversèrent Great Queen Street et gravirent les quelques marches de l'escalier qui menait à l'entrée. Manaïl frappa énergiquement. Quelques secondes plus tard, la grande porte s'ouvrit et le portier les accueillit.

— Ah... c'est encore vous..., dit-il, un peu hautain, en plissant le nez avant de les laisser entrer dans le vestibule.

— Je dois voir le duc de Sussex. C'est d'une extrême importance.

— Le Plus Vénérable Maître n'est pas ici. Il m'a par contre instruit de le faire avertir sans tarder si tu te présentais.

— Ce sera long ?

— Sa Grâce est en dehors de Londres aujourd'hui. Mais il pourra être ici demain matin dès neuf heures.

— Pourriez-vous lui faire savoir que Mark et Evelyn Mills seront là demain à neuf heures précises pour discuter avec lui de nos... intérêts mutuels ?

— Vos intérêts mutuels... Bon. Très bien. J'en prends bonne note et je transmets le message sans délai.

— Merci.

Le portier leur ouvrit, puis réintégra la Grande Loge lorsqu'ils furent sortis.

Concentrés sur l'ébauche d'un plan, ils se mirent en route, empruntant Drury Lane. Ils étaient si occupés à discuter qu'ils ne sentaient presque pas la pluie fine et froide qui tombait et menaçait de se transformer en neige. Ils n'entendirent pas non plus les pas qui résonnaient à une certaine distance derrière eux.

✦

En longeant les murs, l'aliéné avait suivi le garçon et la fille qui l'accompagnait toujours. Réfugié entre deux maisons, il s'était mis à trembler comme un chiot effrayé. Sur la façade du grand édifice où le couple était entré, il y avait un symbole qu'il lui semblait connaître, mais dont il n'arrivait pas à retrouver le sens dans son esprit endommagé. La confusion qui en résultait lui avait causé une peur terrible et le prince du Mal n'était pas là pour le rassurer. Pour se calmer, il s'enfonça un pouce dans la bouche et le suça furieusement. Quelques minutes plus tard, lorsque les deux jeunes personnes ressortirent, il fut profondément soulagé de s'éloigner de cet endroit.

◆

— De toute façon, le duc ignore où se trouve le fragment, dit Manaïl. Je voulais surtout l'informer de l'existence de l'autre Mage. Puisque les *kan* ont convergé en un seul, il est normal qu'il y ait deux Mages...

Il soupira et se massa la nuque, préoccupé.

— Je ne suis pas plus avancé... J'ignore toujours où se trouve le dernier fragment.

Ermeline, le capuchon bien drapé par-dessus la tête, lui posa une main sur l'épaule, l'immobilisa et le fit se retourner vers elle. Sans prévenir, elle lui posa un baiser sur la joue.

— Allons, ne sois pas pessimiste, dit-elle. Tu en as retracé un en quelques semaines à peine. Le second finira bien par croiser ton chemin.

— Peut-être, mais la piste est bien mince, rétorqua l'Élu.

— Les Templiers ont sûrement laissé des traces quelque part dans Londres. Nous pourrions nous informer. Mais à qui ? Le duc ne sera pas là avant demain...

— Charlie saurait, lui, suggéra Manaïl.

— Alors retournons le chercher ! s'exclama la gitane. Son quart de travail n'est encore pas terminé. En nous hâtant, nous devrions arriver avant qu'il ne quitte la manufacture.

D'un pas pressé, Manaïl et Ermeline redescendirent Drury Lane et retournèrent sur leurs pas jusqu'à la manufacture. Ils s'approchaient de la bâtisse lorsque la cloche annonça la fin du quart de travail. Aussitôt, la porte s'ouvrit et les ouvriers sortirent en rang.

— Juste à temps. Tu le vois ? demanda Ermeline.

Les travailleurs épuisés et hagards défilaient à la file indienne devant eux, mais Charlie n'était nulle part.

— Non… C'est bizarre, dit Manaïl. Où peut-il être ?

Ils attendirent que tous les ouvriers aient quitté les lieux et que ceux du quart de nuit soient entrés. Bientôt, la rue fut à nouveau tranquille.

— Il fait peut-être du temps supplémentaire, suggéra la gitane.

— Allons voir.

En habitués, ils se dirigèrent vers la porte de la manufacture, entrèrent et se cognèrent presque contre le gros ventre de Libby, qui revêtait son manteau et se préparait à partir.

— Qu'est-ce que vous faites ici, vous autres ? gronda-t-il. Fichez le camp ! Sinon, le gros lard puant va vous tordre le cou.

— Je voudrais voir Charlie.

— Charlie ?

— Dickens.

— Dickens ? Il n'est pas là. Personne ne l'a vu de tout l'après-midi. Je croyais qu'il était parti avec vous. Môssieur et madâme n'ont plus besoin d'emploi, à ce qu'il paraît ! Si vous revoyez ce sale gosse, dites-lui de ma part qu'il est viré ! Maintenant, dégagez tous les deux ! Et ne remettez plus jamais les pieds ici !

Perplexes, Ermeline et Manaïl sortirent de l'usine sans un mot et s'éloignèrent. On leur emboîta le pas avec vigueur et intérêt.

✦

Dans le noir, Charlie Dickens tentait de comprendre ce qui s'était passé. Après l'arrivée impromptue de sir Harold, il était sorti, un peu sonné, du terrible endroit qu'il avait découvert avec Mark. Il avait prévu retourner au travail avant qu'on se formalise de son absence, mais n'y était jamais arrivé. Dans sa mémoire, il y avait un grand trou sombre et vide.

Lorsqu'il était revenu à lui, il était couché sur le dos. Il avait tenté de se relever, mais avait constaté qu'il était attaché sur quelque chose de dur et de froid. Il avait essayé de se libérer, en vain. Ses poignets et ses chevilles étaient solidement maintenus. Un bâillon fourré profondément dans sa bouche l'empêchait de produire le moindre son et lui donnait des haut-le-cœur chaque fois qu'il essayait de déglutir.

Charlie avait peur et pleurait.

DANGER !

Ermeline et Manaïl étaient rongés par l'inquiétude. Cela ne ressemblait pas à Charlie de disparaître ainsi, en plein milieu de sa journée de travail. Il n'avait certainement pas quitté son emploi. Sa famille avait besoin de l'argent qu'il ramenait. Angoissée, la gitane, qui réalisait maintenant son attachement pour le drôle de petit bonhomme à cravate rouge, ne se gênait pas pour faire connaître sa pensée à son compagnon.

— C'est ta faute ! Nous n'aurions jamais dû l'abandonner ainsi, gémit-elle en se mâchonnant nerveusement les lèvres. J'aurais mieux fait de ne pas t'écouter... Toi et ta grandeur d'âme ! Tu devrais savoir mieux que personne que rien dans ta quête n'est le fruit du hasard ! Peut-être qu'il a voulu nous retrouver et qu'il n'y est pas arrivé ? Peut-être qu'il est simplement retourné chez lui ? Nous ne savons même plus où habite sa famille !

— Il n'était nulle part lorsque je suis remonté de la cave, répondit Manaïl. Tu te souviens ? S'il a disparu, c'était avant le dîner, quand nous avons quitté la manufacture.

— Mais pourquoi serait-il disparu ? S'il lui était arrivé quelque chose ?

Manaïl haussa les épaules, incapable de répondre. Soudain, il se sentait affreusement responsable de ce qui avait pu arriver à Charlie.

— Tu aurais pu demander à sir Harold. Peut-être qu'il est au courant de quelque chose...

— C'est lui qui l'a retourné au travail et il a passé le reste du temps avec moi. Il n'en saurait pas davantage.

Le soir allait bientôt tomber. Déjà, le soleil avait quitté le ciel et la pluie ne cessait pas. Ils étaient trempés. Ermeline frissonna.

— Nous ne retrouverons pas Charlie en pleine nuit. Il vaudrait mieux trouver un endroit où dormir, dit-elle, contrariée.

— Tu as raison, acquiesça Manaïl. Retournons vers le quartier de la Grande Loge. Comme ça, nous ne serons pas loin pour le rendez-vous avec le duc demain matin. Tu sais comment trouver une auberge ?

— Il suffit de lire les enseignes.

— Tu sais lire cette langue, toi ?

— Je crois, oui. Voyons toujours, suggéra la gitane. Ça ne doit pas être si difficile. Il ne faudrait pas trop tarder, ajouta-t-elle en observant le ciel rempli de gros nuages noirs. L'heure avance et, l'hiver, la nuit arrive tôt.

Toujours préoccupés par la mystérieuse disparition de Charlie, ils se mirent à la recherche d'un gîte où passer la nuit en sécurité. Ils marchèrent, penchés contre le vent froid, et tournèrent sur Drury Lane. À cette heure, la rue était déserte et seul le bruit des conversations et des rires étouffés des tavernes brisait le silence. Au loin, ils aperçurent l'édifice des Francs-Maçons.

— Il doit bien y avoir une auberge quelque part, grommela Ermeline avec impatience. Cornebouc! Je crève de froid.

Tout à coup, un individu sortit d'entre deux bâtiments.

— Pauvre petite mignonnette…, dit une voix qui ne leur était pas étrangère. Elle a froid. Je connais une bonne manière de te réchauffer, moi.

L'individu fit un pas vers l'avant et la faible lumière d'un lampadaire à gaz récemment allumé lui éclaira le visage. Les cicatrices qui marquaient la peau. Le bras en écharpe. Un couteau dans sa main saine. L'air mauvais.

Pockface.

Manaïl se raidit.

— Qu'est-ce que tu veux, encore ? demanda-t-il, sur la défensive. Tu n'as pas eu ta leçon ?

— Moi ? Je veux juste te couper en petits morceaux que je jetterai aux chiens errants. Ensuite, je m'occuperai de la petite.

L'Élu en avait plus qu'assez. Il s'avança vers l'importun, bien décidé à lui faire son affaire une fois pour toutes.

◆

L'aliéné savait ce qu'il devait faire. Il allait laisser le garçon compléter ses recherches. S'il le fallait, il le protégerait, comme le lui avait ordonné le diable. Pour le moment. Lorsque le temps serait venu, il lui arracherait le cœur avec ses dents et rendrait à Satan les morceaux de la clé qu'Il désirait tant. Il pouvait déjà imaginer la texture de la chair qui se déchirerait, les pulsations de l'organe encore frétillant sur ses lèvres, le sang chaud qui en giclerait lorsqu'il l'écraserait avec ses mâchoires.

Il se cacha derrière un coin puis, alerte et tout à son instinct, observa la situation comme un félin à l'affût.

◆

Nullement impressionnée par Pockface, Ermeline mit une main sur le bras de Manaïl pour l'empêcher d'avancer.

— Laisse. Cette brute épaisse ne vaut pas plus la peine qu'un chien galeux, dit-elle en crachant sur la chaussée avec dédain. Partons d'ici. Il trouvera à s'amuser autre part.

L'Élu et la gitane firent demi-tour et restèrent figés de surprise. Devant eux se trouvaient Tommy et Libby, tenant chacun un gros gourdin dans leurs mains. Ils étaient coincés. Manaïl eut à peine le temps d'entendre le petit cri de surprise de sa compagne. Un coup de tonnerre s'abattit sur son visage. Des étoiles scintillèrent devant ses yeux et il s'écrasa sur le sol froid et humide. Étourdi, il tentait de bouger, mais son corps refusait de lui obéir.

D'une vivacité étonnante pour un homme de sa corpulence, le contremaître fit une enjambée et, du revers de la main, appliqua une retentissante claque au visage de la jeune fille, qui s'en alla rejoindre l'Élu par terre, sa joue brûlant comme du feu.

— Ça, petite garce, c'est pour m'avoir endormi comme un animal de cirque devant tout le monde avec ton petit tour de magie, dit Libby, un sourire malfaisant sur les lèvres.

Il mit la main à l'intérieur de son manteau et en ressortit un pistolet.

— Et ça, ce sera pour m'avoir traité de gros lard puant, ajouta-t-il en actionnant le chien de son arme. Voyons si tu te sens toujours aussi brave...

Manaïl n'avait jamais vu ce type d'arme, mais, à l'attitude menaçante de Libby, il devina aisément que la vie de son amie était en danger. Au prix d'un suprême effort, il parvint à se redresser et se précipita vers l'avant. Au même moment, une détonation assourdissante retentit et remplit le silence de la rue. Le temps se mit à ralentir. Manaïl vit un petit projectile de métal émerger de l'arme et se diriger vers la poitrine de la gitane en tournoyant sur lui-même. Dans un élan désespéré, il tendit la main gauche et parvint à placer la marque de YHWH dans sa trajectoire. Il sentit l'objet frapper le creux de sa main avec une puissance terrible et tenter de s'y enfoncer. Il ferma le poing sur la boule de métal brûlante et serra de toutes ses forces, son bras tremblant sous le coup de l'effort. Puis la sensation de chaleur désormais familière lui enveloppa la main et la balle devint peu à peu inerte. Il roula sur l'épaule et retomba sur un genou, directement devant Tommy. Aussitôt, le temps reprit son cours.

Il n'était qu'à moitié relevé lorsque des points lumineux obscurcirent sa vision. On venait de le frapper durement à l'arrière de la tête. Il s'affala et vit la forme embrouillée de Tommy s'approcher de lui, son gourdin dans la main. Pockface, à côté de lui, souriait bêtement.

Tout son corps s'engourdit d'un coup.

— Assomme-le et ligote-le, entendit-il Libby ordonner. Ensuite, nous nous amuse-rons un peu avec la petite avant de faire notre livraison.

Il vit Tommy lever son gourdin et tenta de se protéger avec ses bras mais, sonné, il en fut incapable. Au loin, très loin, il entendit l'écho des hurlements d'Ermeline.

Un rugissement de bête féroce retentit alors. Une forme imprécise surgit de nulle part et fondit sur Tommy. Dans l'esprit para-lysé de Manaïl, tout s'entremêla. Des bruits de bagarre. Un hurlement de douleur. Le son de la chair qui se déchire. Un gémisse-ment horrible. Des pas de course. Le choc de corps contre le sol. D'autres hurlements. De nouveaux déchirements. Un affreux gar-gouillement liquide.

Puis, ce fut la nuit.

◆

La première sensation que ressentit Manaïl fut un affreux mal de tête. De douloureuses pulsations éclatèrent dans son crâne dès qu'il ouvrit les yeux. Lorsqu'il tourna la tête, elles devinrent plus fortes et le firent presque vomir. Il grimaça en tentant de comprendre ce qui lui était arrivé. Peu à peu, les souvenirs lui revinrent. Pockface. Libby. Tommy. L'arme qui visait Ermeline. Le coup qui l'avait assommé.

Il sentit quelque chose dans sa main gauche. Au prix de terribles élancements dans sa tête, il se redressa sur le coude et déplia les doigts. La boule de métal y était encore, à moitié fichée dans sa peau, au milieu de la marque tracée jadis par le magicien de Jérusalem. Il la saisit et l'en retira. Le trou dans sa chair se referma aussitôt, comme s'il ne s'était agi que d'une simple écharde.

Il s'assit avec peine, tourna la tête et regarda autour de lui. Sa gorge se serra et son sang se glaça dans ses veines. Au milieu de corps immobiles était étendue Ermeline. Il se remit sur pied, tituba jusqu'à la gitane et s'accroupit près d'elle. Sa gorge était cerclée d'une marque violacée et son visage portait plusieurs ecchymoses. La joue que Libby avait frappée était rouge et enflée.

Manaïl posa la main sur sa poitrine et faillit défaillir de soulagement. Son cœur battait. Il ferma les yeux et remercia Ishtar avec ferveur.

— Bougre de paillard… Vicieux… En voilà des manières, dit une voix faible.

Manaïl rouvrit les yeux. Ermeline était là, pâle mais vivante. Vivante par la grâce infinie d'Ishtar.

— Sache que je suis une jeune femme honnête. Retire immédiatement ta main de sur mon corsage ou je te la fais avaler, menaça-t-elle en le fixant d'un regard où brillait une pointe de malice.

Manaïl obtempéra, trop heureux pour être embarrassé. Il la prit dans ses bras et la serra contre lui. Elle lui rendit son affection et les deux trouvèrent dans ce contact humain sans retenue le réconfort dont ils avaient besoin. Ils restèrent ainsi quelques minutes. Puis Ermeline se mit à gigoter.

— Mais ça suffit, tous ces transports, à la fin ! gronda-t-elle en se dégageant de l'étreinte. Un peu de dignité ! Je ne suis pas morte, que je sache !

Elle se libéra complètement et secoua la tête en grimaçant.

— Aïe ! s'écria-t-elle en tâtant une grosse bosse à l'arrière de son crâne. Mais qu'est-ce qui…

En voyant la scène qui l'entourait, elle resta muette. Elle porta sa main à ses lèvres tremblantes et le peu de couleurs qu'elle avait repris quitta aussitôt son visage.

— Par Ishtar, murmura-t-elle d'une voix étranglée. Mais qui a pu faire une chose pareille ?

Leurs agresseurs gisaient pêle-mêle sur le sol. Quelqu'un — ou quelque chose ? — les avait sauvagement mutilés. Tommy et Pockface avaient la gorge ouverte d'une oreille à l'autre par une plaie irrégulière qui ressemblait davantage à une déchirure qu'à une coupure. Il y avait du sang partout et, dans le froid du soir, une sinistre nuée de condensation montait des cadavres qui refroidissaient. Leurs orbites vides, d'où les yeux avaient été arrachés, regardaient fixement vers le ciel. Quant à Libby, sa tête se trouvait à quelques pas de son corps et l'expression de terreur que la mort avait figée sur son visage ne laissait aucune place à l'équivoque. La dernière chose qu'il avait vue était effroyable. Ses vêtements déchirés n'étaient plus que lambeaux.

— Partons d'ici avant qu'on nous voie, dit Ermeline en prenant la main de Manaïl dans la sienne. On va croire que c'est nous qui avons fait ça.

Ils se mirent debout le plus rapidement possible. Le jeune homme fixa une dernière fois les cadavres alors que son amie lui tirait le bras.

— Attends, rétorqua-t-il en fronçant les sourcils.

Il se dirigea vers ce qui restait de Libby et s'agenouilla.

— Regarde, dit-il en désignant l'épaule gauche dénudée du contremaître.

Ermeline s'approcha avec répugnance et concentra son regard sur ce qu'indiquait son compagnon. Des cicatrices grossières et encore roses formaient un pentagramme inversé.

— Cornebouc…, cracha-t-elle. On l'a marqué comme une bête…

Manaïl se déplaça vers le corps de Pockface et déchira ce qu'il restait de sa chemise. Puis, presque frénétique, il en fit autant pour Tommy.

— Ils portent tous la même marque, dit-il. La marque du Mal… La même que la mienne…

— Les Nergalii ? s'enquit la gitane.

— Je l'ignore… Mais ça leur ressemble beaucoup.

Le cri strident d'une femme retentit derrière eux. Ils sursautèrent et s'enfuirent à toutes jambes vers la rue Strand. Alors qu'ils tournaient le coin, une voix d'homme hurla à l'aide.

✦

Non loin de là, l'aliéné observait le garçon. Satan lui avait ordonné de le protéger et c'est ce qu'il avait fait. Le maître serait satisfait. Un sourire enfantin se dessina sur sa bouche barbouillée de sang.

Il prit un œil à l'iris brun qu'il tenait dans sa main et se mit à le mâchonner comme une friandise.

– *Gu*[1]..., grogna-t-il avec satisfaction en mastiquant béatement.

Lorsque celui qui devait mourir et sa compagne se mirent à courir, l'aliéné, contrarié, dut s'interrompre. Il glissa dans sa poche l'œil qui lui restait encore et se lança sur leurs traces.

---

1. En sumérien : manger.

LE REFUGE

Leur course effrénée attirant un peu trop l'attention des quelques passants qu'ils croisèrent, Ermeline et Manaïl se firent violence pour reprendre un pas normal. Ébranlés par ce qu'ils venaient de voir, ils marchèrent, chacun enfermé dans son silence, remontant la rue Strand. La gitane s'était à nouveau drapée du capuchon de sa pèlerine, autant pour camoufler son visage amoché par la gifle reçue que pour se garder au chaud.

— Là! s'écria Manaïl en désignant un édifice dans une petite rue transversale. Regarde.

Ils s'approchèrent. Sur une enseigne en bois que le vent faisait ballotter au-dessus d'une porte étaient peints un quartier de lune et deux clés entrecroisées.

— Ça dit : *Inn*. C'est forcément une auberge, décréta Ermeline. Entrons, vite. Ishtar seule sait si on nous suit et je n'ai aucune envie d'être prise dans les griffes du... de... de la chose qui a fait... Enfin, tu sais ce que je veux dire.

Manaïl ouvrit la porte et ils pénétrèrent à l'intérieur. Le modeste vestibule aux boiseries sombres était éclairé par une lampe à huile. Derrière un comptoir de bois se tenait un petit homme au nez d'aigle planté au milieu d'un visage anguleux et maigre, le crâne encerclé par une mince couronne de cheveux bruns grisonnants, vêtu d'un costume sombre, le cou sanglé avec sévérité dans un col de chemise serré orné d'une cravate grise. Il les accueillit avec un air méfiant et ne chercha pas à masquer sa moue de désapprobation en les détaillant des pieds à la tête. Manaïl s'approcha alors qu'Ermeline, qui avait gardé son capuchon, restait en retrait.

— Nous voudrions dormir ici, s'il vous plaît, annonça-t-il.

— Notre établissement n'est pas de ce genre-là, rétorqua l'homme, l'air pincé et dédaigneux, en désignant la gitane du menton.

— Vous ne louez pas de chambres ?

— Si, mais pas à des toupies.

— Des toupies ?

L'homme leva les yeux au ciel et soupira.

— Des filles de joie, dit-il avec impatience. Des belles de nuit. Des marchandes d'amour. Des pros-ti-tu-ées. Allez, ouste ! Je ne tiens pas une maison de passe. Allez plutôt faire un tour dans le quartier Whitechapel. Vous y trouverez tous les bordels que vous voulez.

Le visage de la gitane s'empourpra de manière alarmante et elle entra dans une colère terrible. Elle franchit la distance qui la séparait du comptoir en quelques pas, l'air menaçant, et abattit lourdement sa main sur le comptoir.

— Cornebouc! Sache, méprisable avorton, que je suis une jeune fille respectable! s'écria-t-elle en brandissant un index indigné au nez du tenancier, qui recula sous le coup de la surprise. Et quiconque s'avisera de déclarer le contraire se retrouvera avec ses génitoires nouées autour du cou. Comme ça, il ne pourra pas éructer d'autres âneries! C'est clair?

Le petit homme leva les mains en signe d'apaisement. Il fixa la joue enflée et l'œil bleuté à demi fermé de la jeune fille.

— Bon, ça va, ça va..., dit-il. Je te présente toutes mes excuses.

— J'ai de quoi payer, intervint Manaïl autant pour calmer le jeu que pour éviter d'avoir à fournir plus d'explications.

Il sortit la bourse de cuir que lui avait remise sir Harold et en déversa le contenu sur le comptoir. Les pièces tintèrent joyeusement en se répandant sur la surface de bois. Aussitôt, un éclair de cupidité scintilla dans les yeux du petit homme dont l'attitude devint obséquieuse.

— Monsieur et mademoiselle sont les bienvenus, alors, roucoula-t-il.

— Combien ? demanda Manaïl.

— Deux lits, je présume ?

— Évidemment, grogna Ermeline.

Le tenancier tria les pièces du bout de l'index, en fit glisser la moitié jusqu'au bord du comptoir et les fit tomber dans sa main. Il les glissa dans ses poches en tentant de réprimer son air satisfait. En encaissant plusieurs fois le tarif quotidien d'une chambre, il venait de faire une très bonne affaire.

— Ça suffira, dit-il.

Il prit une clé et la tendit au garçon.

— C'est la chambre six. La première sur la droite en haut de l'escalier.

— Merci, dit Manaïl en prenant la clé.

Il entraîna Ermeline dans l'escalier. Une fois à l'étage, il repéra la porte en comparant le chiffre qui y était indiqué à celui gravé sur la clé. Satisfait, il la déverrouilla et s'écarta pour laisser entrer sa compagne. À l'intérieur de la chambre, il avisa une boîte d'allumettes et une lampe à huile posées sur une petite table près de la fenêtre. Imitant les gestes faits par Charlie, il parvint à craquer une allumette en se brûlant un peu le bout des doigts, fit de la lumière et se retourna. L'air sceptique,

Ermeline était en train de tâter le vieux matelas déformé d'un des lits.

— La nuit ne sera pas aussi confortable que celle passée chez monsieur le duc, dit-elle, un peu déçue, en retirant sa pèlerine.

— C'est quand même mieux que dormir sous un pont et tu as besoin de repos. Tu es vraiment amochée...

— Tu sais vraiment parler aux dames, rétorqua la gitane, vexée, en repoussant les couvertures.

Sans prêter attention au ton de la remarque, Manaïl retira son manteau et se mit à marcher de long en large dans la chambre en réfléchissant furieusement.

— Que crois-tu qu'il soit arrivé à Libby et à ses deux acolytes ? demanda-t-il. Tu crois qu'une bête ?... Non. En pleine ville, il n'y a pas d'animaux sauvages... Des chiens ? Et si Ishtar avait envoyé quelqu'un ou quelque chose pour nous protéger ? Mais des gens comme eux doivent avoir plein d'ennemis. Peut-être qu'ils sont tombés sur quelqu'un qui leur en voulait.

Ermeline ne répondit pas.

— Qu'est-ce que tu en penses ? insista Manaïl.

Toujours pas de réponse.

— Ermeline ? Tu m'entends ?

Un léger ronflement monta dans la pièce.
Le garçon se retourna. La gitane, couchée en
travers de son lit, dormait comme une bûche.
Il sourit, s'approcha et remonta doucement
les couvertures sur elle. Puis il appliqua doucement la marque de YHWH sur sa joue
meurtrie pour la soulager. Lorsqu'il eut terminé, il souffla la lampe et s'allongea sur
l'autre lit. Il se tourna sur le côté et, malgré
l'inconfort du matelas, s'endormit presque
aussitôt en priant Ishtar de toutes ses forces
pour qu'Elle lui vienne en aide. Le temps
pressait.

◆

*Une voix familière avait appelé Manaïl. Il
s'assit dans son lit et se frotta les yeux. Le
frère Enguerrand se tenait devant la fenêtre.*

*Le commandeur de la cité de Jérusalem
était toujours aussi grand et costaud, exactement comme l'Élu l'avait connu. Sa barbe
rousse était traversée par des mèches grises.
Ses yeux rieurs pétillaient. Il était splendide
dans son armure scintillante et son manteau
d'un blanc immaculé, orné de la croix pattée.
La paume de la main posée avec nonchalance sur le pommeau de son épée, l'autre
poing planté sur la hanche, les jambes écar-
tées et les pieds solidement ancrés au sol, il*

souriait à pleines dents. Sur le majeur de sa main droite, il portait la bague du Mage d'Ishtar que lui avait laissée Manaïl avant de quitter son *kan*.

— Élu d'Ishtar! tonna-t-il. Te revoilà enfin! Morbleu! Il t'en a fallu du temps!

— Frère Enguerrand..., balbutia Manaïl. Mais... Vous êtes... mort.

— Bah! La mort n'est qu'un état comme un autre.

Le commandeur désigna la bague qu'il portait.

— Si tu savais les migraines que m'a causées ce satané bijou! Garnement, va! Je me doutais que tu n'étais pas comme tout le monde, mais à ce point... Enfin... La bienheureuse Vierge Marie m'a confié une mission et j'ai fait de mon mieux pour l'accomplir. Je suis heureux que tu aies retrouvé le fragment qu'Abidda et moi avions caché dans Notre-Dame. Je dois admettre que je ne suis pas peu fier de notre stratagème.

Le templier s'approcha de Manaïl et posa sur son épaule sa lourde main gantée de fer.

— Le temps presse, Élu, dit-il, soudain très sérieux. Tu dois faire vite.

— J'ai déjà retrouvé un des fragments de ce *kan*, expliqua l'Élu. Je sais que vous m'avez laissé des indices concernant l'autre, mais leur *sens a été perdu par les Francs-Maçons et je ne sais par où commencer mes recherches.*

– Tudieu! Mais c'était fait exprès, bougre d'empoté! Les Francs-Maçons n'étaient pas censés comprendre ce qu'ils gardaient. On ne peut pas trahir un secret dont on ignore la teneur!

– Vous savez où se trouve le fragment, alors?

– Bien sûr que je le sais, mais tu dois te débrouiller tout seul. C'est ainsi que le veut la Sainte Vierge.

Le commandeur se signa pieusement.

– Réfléchis un peu, par la barbe de Salomon! reprit-il. I tego arcana structor! *Un point au centre d'un cercle! Ce n'est pas si difficile que ça! Il suffit de raisonner un peu!*

Manaïl haussa les épaules. Le regard du frère Enguerrand devint plus dur.

– La vérité traîne souvent sous le nez de celui qui la cherche. Ou même sous sa fenêtre. Mais pour ça, il faut savoir mettre les yeux au bon endroit!

Le commandeur fit quelques pas vers l'arrière, tira sa grande épée et le salua. Il s'inclina légèrement, puis se redressa.

– Beauséant! s'écria-t-il de la voix puissante que Manaïl avait appris à reconnaître à Jérusalem.

Le frère Enguerrand recula encore, se fondit dans le mur de la chambre et disparut.

✦

Lorsque Ermeline s'éveilla, le jour était levé. Elle ouvrit les yeux et aperçut le lit d'à côté, vide.

— Martin ? appela-t-elle, un peu inquiète. Euh… Mark ?

Après les événements de la veille, se retrouver seule n'était pas une chose qu'elle envisageait avec sérénité.

— Je suis ici, répondit Manaïl d'une voix distante.

Debout près de la fenêtre, il avait écarté les rideaux d'une main. Son visage exprimait un immense étonnement.

— Ce lit est une calamité, se lamenta la gitane en se faisant craquer le dos après s'être assise. Je ne serais pas surprise d'apprendre qu'il a été conçu par l'Inquisition. Il n'y manque que quelques pointes de fer.

— Tu n'auras pas à souffrir très longtemps. Regarde là-bas, au loin, indiqua Manaïl avec un mouvement du menton.

Ermeline se leva et vint le rejoindre, perplexe. Elle scruta l'horizon par la fenêtre.

— C'est une église…

— Elle est ronde.

— Et alors ?

— Les églises templières sont toujours rondes.

Manaïl regardait l'église, un léger sourire sur le visage. *La vérité traîne souvent sous le nez de celui qui la cherche*, avait dit le frère Enguerrand dans son rêve. *Ou même sous sa fenêtre.*

TEMPLE CHURCH

M anaïl et Ermeline descendirent à toute
vitesse et remirent la clé au tenancier
qui arborait un visage encore bouffi par le
sommeil.

— Que savez-vous de l'église ronde, à quelques rues d'ici ? lui demanda-t-il. A-t-elle été
construite par les Templiers ?

— Ce n'est pas pour rien qu'elle se nomme
Temple Church, répondit l'homme, visiblement content de montrer son savoir. La partie
ronde est la plus ancienne. Elle a été construite au douzième siècle. À cette époque, il y
avait une importante commanderie templière
à Londres. Le reste de l'église remonte au
treizième siècle.

— Merci, dit l'Élu à l'aubergiste.

Ils quittèrent l'établissement et se dirigèrent
vers le temple. Une fois arrivés, ils s'immobilisèrent devant l'édifice.

Manaïl regarda Ermeline d'un air entendu.

— Le treizième siècle... dit-il. Un vieux templier serait venu à Londres pour aider le descendant du Mage à enfouir un objet sous le mont Ségur...

— C'est ce qu'a dit le duc, confirma la gitane.

La petite église en pierre de maçonnerie était effectivement ronde. À son sommet, des créneaux rappelaient la muraille de la commanderie de Jérusalem. Les longues fenêtres minces ornées de vitraux étaient les seuls artifices extérieurs.

— On entre ? suggéra Ermeline.

Manaïl acquiesça nerveusement de la tête. Il découvrit une petite porte basse dans la partie rectangulaire du bâtiment, s'y dirigea et l'ouvrit. De si bonne heure, l'endroit était vide.

Une fois à l'intérieur, il prit un instant pour établir ses repères. Sur la gauche, l'église ronde originale tenait lieu de nef à la construction plus récente. Il s'y rendit, suivi par Ermeline.

— Brrr... Je déteste les églises, ronchonna-t-elle en plissant dédaigneusement le nez. Surtout depuis les événements de Notre-Dame. Et puis, il y a toujours des prêtres qui insistent pour vous faire la leçon, comme cet affreux Jehan Malestroit. Décidément, toute cette histoire ne fait que nous mener d'une église à l'autre...

Au centre du petit temple rond bâti jadis par les Templiers, six majestueuses colonnes de marbre noir formaient une rotonde d'arches gracieuses qui supportaient le poids de l'édifice. Un peu partout, des motifs végétaux, des croix, des gargouilles grimaçantes savamment sculptés décoraient les murs. La lumière qui pénétrait par le sommet de la rotonde créait une atmosphère à la fois sereine et mystérieuse.

Manaïl n'écoutait pas Ermeline. Il se tenait au centre de l'église, éclairé par la lumière des vitraux de la rotonde. Sa poitrine lui faisait de plus en plus mal. Absorbé dans sa contemplation, il y posa distraitement la marque de YHWH.

À ses pieds, disposées entre les colonnes, neuf effigies en marbre de chevaliers en armes reposaient sur le sol. Manaïl se trouvait au milieu, entre un groupe de cinq et un autre de quatre. Fasciné, il se mit à circuler lentement autour des gisants pendant qu'Ermeline le rejoignait.

— C'est absolument sinistre, déclara-t-elle. Tu en reconnais un ?

— Non, répondit-il, dépité.

— Peut-être qu'il y a un indice quelque part.

Ensemble, ils se mirent à examiner minutieusement les effigies, les comparant, notant chaque détail. Certaines représentaient des templiers, d'autres pas. Chacune figurait un chevalier revêtu de sa cotte de mailles, en armes, étendu sur le dos, l'écu au bras gauche, l'épée au côté ou sur la poitrine, casqué d'un heaume, la tête reposant pour l'éternité sur un oreiller de pierre. Ermeline remarqua que plusieurs avaient les jambes croisées en forme de quatre et que deux d'entre eux avaient les mains jointes sur la poitrine dans une ultime prière.

— Ils se ressemblent tous…, constata Manaïl avec amertume.

Le front plissé par la concentration, Ermeline ne répondit pas. Ses yeux allaient sans cesse de l'un à l'autre, comparant les éléments minutieusement sculptés. Tout à coup, elle lui administra un coup de poing sur l'épaule.

— Aïe! Mais qu'est-ce qui te prend? fit Manaïl en frottant l'endroit endolori.

— Regarde, dit la gitane. Ces trois-là ont la main droite bien visible.

— J'avais remarqué. Et alors?

— Mais un seul porte une bague au majeur *par-dessus son gantelet*. Celui-là.

Le garçon s'arrêta devant celui que désignait la sarrasine. Même si le marbre était défraîchi après tous ces siècles, il n'y avait aucun doute. Le bras replié sur la poitrine, la main sous le menton, il portait une bague semblable à celles des Mages d'Ishtar.

— Tu es mon ange gardien, murmura-t-il à la jeune fille.

— Ce n'est pas tout, ajouta-t-elle. Observe son index.

Le chevalier était le seul des neuf à pointer du doigt le centre de l'église. Les admonitions oniriques du frère Enguerrand résonnèrent dans sa tête. I tego arcana structor ! *Un point au centre d'un cercle ! Ce n'est pas si difficile que ça ! Il suffit de raisonner !*

Il leva la tête et, du regard, fit le tour de l'église ronde.

— Un point au centre d'un cercle…, dit-il tout bas. Cette église est ronde. Elle est donc un cercle. Et ce chevalier nous indique son centre !

Manaïl se dirigea vers le milieu de la rotonde et se laissa tomber sur les genoux. Il frotta énergiquement les dalles de calcaire qui formaient le plancher pour en retirer l'épaisse couche de poussière.

— Regarde ! s'exclama-t-il, sa voix se répercutant sur le dôme.

Au centre de l'église, un point, invisible pour qui ne le cherchait pas, avait été creusé dans la pierre.

Manaïl se releva d'un bond et observa les alentours.

— Il faut un levier…, marmonna-t-il. Il doit bien y avoir quelque chose quelque part…

À l'autre extrémité de l'église, il avisa un gros chandelier en bronze dans lequel brûlait un cierge. Sous le regard perplexe d'Ermeline, il traversa l'édifice d'un bout à l'autre, souffla le cierge, le jeta par terre et revint avec l'objet en main.

— Écarte-toi, dit-il.

Il se mit à frapper sur la dalle comme un possédé avec le lourd pied du chandelier. Bientôt, le vieux mortier dans lequel elle était scellée céda et il put y insérer le bout de son levier improvisé.

— Aide-moi à la soulever, dit-il en appuyant de tout son poids.

Ermeline joignit sa force à celle de son compagnon. Après maints efforts, la dalle se déplaça dans un raclement de pierre. Pendant que la gitane la soutenait avec le chandelier, Manaïl passa les doigts en dessous et la renversa en grognant. La lourde dalle s'écrasa sur le sol dans un fracas décuplé par l'écho et le silence du lieu saint.

Manaïl grimaça aussitôt et, le visage livide, porta une fois de plus la marque de YHWH à sa poitrine pour apaiser la douleur qui semblait la déchirer. Sous sa main, il sentait sa chair se gonfler par l'effet d'attraction des fragments.

— Tu as mal ? demanda Ermeline. C'est bon signe.

— Oui. Ça va passer.

La douleur se calma. Manaïl s'agenouilla près de l'ouverture et balaya la poussière d'une main. Ermeline laissa tomber le chandelier et vint le rejoindre.

— Qu'est-ce qu'il y a en dessous ? demanda-t-elle.

— Une autre dalle...

— Cornebouc ! gronda Ermeline. Quelqu'un s'amuse à nos dépens...

◆

À l'extérieur, la pluie s'était mise à tomber, comme la veille. L'aliéné était misérable et grelottait mais n'en avait cure. Bientôt, le garçon trouverait ce qu'il cherchait. Le moment glorieux approchait enfin. La clé de Satan était toute proche. Bientôt, son royaume serait instauré.

Il essuya distraitement son visage sans jamais quitter des yeux la porte de Temple Church. Il détestait être mouillé, mais il faudrait plus que cela pour le distraire de sa tâche. Et puis, dans le royaume de Satan, il ferait toujours chaud.

LES TROIS SCEAUX

Penchés sur l'ouverture carrée, l'Élu et la gitane observaient la seconde dalle. Manaïl la balaya de la main, soulevant un nuage de poussière qui lui brûla les yeux et le fit tousser. Une inscription avait été gravée dans la pierre.

— Qu'est-ce que ça dit ? demanda-t-il, l'urgence dans la voix.

Ermeline se concentra en fronçant les sourcils puis releva la tête, l'air grave.

— *I TEGO ARCANA STRUCTOR...*, dit-elle d'une voix à peine audible. « Je garde le secret du constructeur. »

Elle sourit à pleines dents.

— La légende du duc disait donc vrai ! Par Ishtar, nous avons retrouvé le fragment !

Malgré l'enthousiasme de son amie, Manaïl demeurait étrangement calme.

— J'ai bien peur qu'il y ait un obstacle, dit-il finalement.

— Quoi ?

— Regarde.

Ermeline se pencha un peu plus et aperçut une étoile de David et une croix pattée gravées au-dessus de l'inscription. Elle y reconnut aussitôt le même message de collaboration que le frère Enguerrand avait laissé à leur intention dans la cathédrale parisienne.

Elle remarqua ensuite les formes vagues, encrassées par la poussière, que désignait Manaïl sous l'inscription. Elle souffla dessus, révélant trois pentagrammes bénéfiques dans des cercles.

— Et alors ? dit-elle. Ce sont les mêmes marques qu'à Notre-Dame. Il suffit d'y enfoncer nos bagues. Ça fait un déclic, ça s'ouvre, tu prends le fragment, nous retournons à la manufacture chercher l'autre et nous quittons cet endroit !

— Il y en a combien ? soupira Manaïl.

— Euh… Trois.

Le sourire d'Ermeline disparut et ses épaules s'affaissèrent. Elle ferma les yeux, déçue.

— Cornebouc… Nous ne sommes que deux… Mais alors qui ?…

— Je reconnais bien le frère Enguerrand. Comme il l'a fait pour Notre-Dame, il aura voulu s'assurer que je collabore avec le Mage. De cette manière, si un imposteur me volait ma bague, il ne pourrait pas ouvrir la cache et s'emparer du fragment.

— Les Templiers étaient très prudents lorsqu'il était question de sécurité. Ils ne sont pas devenus aussi riches pour rien. Si je comprends bien, il faudrait que sir Harold et le duc de Sussex soient avec nous ?

— Je ne crois pas, dit Manaïl en secouant la tête. Cela impliquerait que le commandeur savait, voilà six cents ans, qu'il y aurait deux fragments et deux Mages dans ce *kan*. Je crois qu'il prévoyait plutôt que l'héritière de la Magesse du *kan* de Paris qu'il avait déjà aidée serait avec moi.

— Qui devrait se joindre à nous alors ?

— Le seul Mage qui était concerné par le plan du commandeur : l'héritier du bâtisseur qui a enfoui le fragment dans cette église. Le duc de Sussex en est aujourd'hui le représentant. Il doit déjà nous attendre à la Grande Loge. Je vais aller le chercher.

Manaïl fit mine de se lever, mais la gitane le retint par le bras.

— Tu es l'Élu d'Ishtar. Ta place est auprès du fragment, déclara-t-elle. Reste ici. Je vais y aller, moi.

Le garçon hésita. Après les événements de la veille, il répugnait à l'idée d'exposer Ermeline aux dangers qui la guettaient peut-être encore. Mais il dut admettre qu'elle avait raison. Sa responsabilité était de veiller sur le fragment et cela l'emportait sur son désir de protéger son amie. L'enjeu était trop grave.

— La Grande Loge est tout près d'ici. Tu crois que tu pourrais retrouver ton chemin ?

La gitane se leva d'un trait avec une attitude décidée.

— Bien sûr. J'y vais tout de suite.

— Je t'attendrai ici. Fais vite. Et sois prudente.

— Ne t'en fais pas pour moi. On ne me surprendra plus. Quiconque s'avise de m'attaquer va se retrouver endormi sur ses pattes, dit-elle en exhibant son médaillon.

La jeune fille sortit en trombe. Manaïl la regarda partir le cœur rempli de dépit en songeant qu'il venait d'accepter le fait que s'il devait jamais choisir entre le fragment et Ermeline, il sacrifierait la seconde.

✦

Dans l'esprit de l'aliéné, les choses étaient confuses. L'étranger était près du but. Il le sentait d'une manière explicable dans tout son corps. Il avait l'impression que toute sa chair vibrait au rythme d'un bourdonnement sourd. Pourtant, la fille aux longs cheveux noirs et aux yeux si envoûtants venait de sortir précipitamment. Elle s'éloignait déjà au pas de course alors que le garçon était resté à l'intérieur. Devait-il la suivre et risquer de perdre la trace du garçon ou continuer à faire le guet ? Il fallait décider vite avant que la fille ne disparaisse.

Il se prit la tête à deux mains et gémit piteusement. Réfléchir trop longtemps lui donnait toujours mal à la tête. Des images qu'il ne comprenait pas se bousculaient dans son crâne et tentaient de remonter à la surface. Des souvenirs qui n'en étaient pas. Des mots, des scènes, des gens qu'il ne connaissait pas. Il se frappa violemment les tempes avec ses poings.

Finalement, il décida d'attendre un peu. Si le garçon avait trouvé ce qu'il cherchait, il finirait bien par sortir lui aussi. Alors il en finirait avec lui. Il ne devait surtout pas échouer, car Satan serait très fâché.

Lorsque sa décision fut prise, la douleur se calma peu à peu. L'aliéné mit la main dans la poche de sa veste et en sortit le dernier des yeux qu'il avait récoltés le soir précédent. Pour se récompenser, il se mit à le mâcher avec délectation sans jamais cesser de surveiller la porte de l'église ronde.

LE TRÉSOR DU
CONSTRUCTEUR

E n attendant le retour d'Ermeline, Manaïl
se promena dans l'église en songeant que,
voilà déjà longtemps, le frère Enguerrand
avait foulé ces dalles en compagnie de l'héritier du Mage Mour-ît. Le commandeur de
Jérusalem avait joué un rôle imprévu dans sa
quête. La prophétie des Anciens ne disait rien
à son sujet et pourtant, il avait contribué à
assurer la sécurité de deux fragments. Ishtar
l'avait inspiré en lui envoyant le templier en
songe et il lui en était reconnaissant. Sans
cette aide inattendue, la quête aurait échoué.

Plus il en découvrait les détails et plus
l'architecture de Temple Church se révélait
chargée de symboles. Ici, au sommet d'une
colonne, on avait sculpté un crâne entouré
des instruments d'un maçon. Là, un démon
de l'enfer mordait l'oreille d'un bâtisseur
qui hurlait de douleur. Ailleurs, des démons
cornus ricanaient et des maçons faisaient

des sourires malicieux. Un peu partout, des gargouilles terrifiantes s'amusaient à faire des grimaces aux fidèles et semblaient prêtes à défendre l'église contre les intrus mal intentionnés. Il y avait même un bâtisseur qui se décrottait le nez avec son index !

Les vitraux des fenêtres n'étaient ni aussi grands ni aussi spectaculaires que ceux de Notre-Dame-de-Paris mais, avec leurs couleurs vives, ils étaient tout de même fort jolis. L'un d'eux retint particulièrement son attention. Il représentait deux templiers, écu au bras et lance à la main, partageant le même cheval — exactement la même scène que celle qui avait orné la porte Saint-Étienne lorsqu'il était entré dans Jérusalem. Le *SIGILLUM MILITUM XPISTI*[1]…

Il poursuivit son chemin et s'attarda devant un autre vitrail, qui contenait cinq petites scènes superposées. Celle du bas représentait un berger avec un mouton, bâton de marche à la main, et un roi, les bras chargés de cadeaux. Tous deux semblaient suivre une petite étoile qui brillait dans la nuit.

Tout à coup, Manaïl sentit un engourdissement le gagner. Autour de lui, l'église s'effaça et seul le vitrail continua d'exister. La

---

1. En latin : sceau des chevaliers du Christ.

petite étoile se mit à scintiller et à grossir. Brusquement, elle jaillit de la scène, s'approcha de lui et lui frôla le visage. Manaïl sentit sa chaleur sur sa peau. Elle s'immobilisa au-dessus de sa tête en émettant une lumière puissante qui ne l'aveuglait ni ne le brûlait. «Ishtar...», songea-t-il avec soulagement. La déesse avait encore une fois trouvé le moyen de se manifester pour lui apporter son aide.

— *Fais vite, Élu*, fit une voix qu'il reconnaissait mais qui semblait remplie de souffrance. *Le temps presse. Et méfie-toi. Les gens ne sont pas ce qu'ils prétendent être.*

— Que voulez-vous dire, déesse? demanda-t-il. De qui dois-je me méfier?

L'étoile pâlit et sa lumière vacilla. Elle devint de plus en plus petite, jusqu'à n'être plus qu'une composante de verre du vitrail. Autour de Manaïl, toujours debout devant la fenêtre, l'église avait repris forme. Il était songeur. Contre qui la déesse avait-elle voulu le prévenir? Le duc de Sussex? Sir Harold? Charlie? Ou même Ermeline?

Il était perdu dans ses pensées, relatant dans sa tête les événements survenus depuis son arrivée dans ce *kan*, à la recherche d'une inconsistance qui lui révélerait de qui il devait se méfier, lorsque la porte de l'église s'ouvrit avec fracas. Il sursauta et se retourna, prêt à se défendre.

Ermeline venait d'entrer et tirait par la main le duc de Sussex. Le visage écarlate et en sueur, le souffle court et les habits détrempés, le Grand Maître des Francs-Maçons se dirigea droit vers Manaïl, visiblement ulcéré.

— Frère Mark ! s'écria-t-il en brandissant une canne à pommeau d'argent. Que signifie tout cela ? Je n'ai guère l'habitude d'être amené de force là où je ne souhaite pas aller !

— Suivez-moi, monsieur le duc, répondit le garçon. Vous allez bientôt tout comprendre.

À la file indienne, l'Élu d'Ishtar, la Magesse du *kan* de Paris et le Grand Maître des Francs-Maçons traversèrent l'église en direction de la nef ronde.

✦

Dans l'antichambre de leur temple, sous la manufacture, les adorateurs de Satan étaient réunis. Il régnait une atmosphère fébrile et un silence lourd.

— Mes frères et sœurs unis dans le Mal, s'écria soudain le sataniste drapé dans sa longue robe rouge sang, je vous ai fait venir pour vous annoncer une grande nouvelle : le royaume du Mal est enfin à nos portes ! Dans les prochains jours, s'Il le veut, Satan sera parmi nous !

— *Gloria Satanas!* répondirent avec ferveur les fidèles. *Adveniat regnum tuum!*

— Bientôt, le prince du Mal conduira jusqu'à nous les pièces manquantes de la clé de son royaume! Alors, des ténèbres nouvelles envelopperont le monde.

Des chuchotements de surprise remplirent le temple. Compréhensif, le sataniste attendit que les fidèles soient remis de leurs émotions.

— Pour préparer l'arrivée prochaine de Satan, une messe et un sacrifice sont de rigueur. Vêtez-vous de manière appropriée.

Un à un, les disciples se dévêtirent sans pudeur, passèrent leur robe noire et recouvrirent leur tête du capuchon. Puis ils entrèrent dans leur antre secret.

✦

Manaïl et Ermeline restèrent debout à une distance respectueuse pendant que le duc de Sussex s'agenouillait avec révérence devant l'ouverture qu'ils avaient dégagée. Malgré son flegme tout britannique, la tension sur son visage habituellement impassible trahissait le tourbillon d'émotions qui l'envahissait. Le prince royal de la maison de Hanovre approcha une main tremblante des inscriptions gravées sur la seconde dalle de pierre et les frôla du bout des doigts avec incrédulité.

— *I tego arcana structor*…, dit-il d'une voix à peine perceptible. Par le Très-Haut, la légende disait donc vrai. Pendant tout ce temps, le trésor des Francs-Maçons était bêtement enfoui sous le plancher de Temple Church, à quelques rues de la Grande Loge? J'en étais arrivé à douter de son existence. Je ne sais si je dois me réjouir ou avoir honte de mon ignorance…

Manaïl posa la main sur l'épaule du Grand Maître, qui tourna vers lui un regard torturé et plein de larmes difficilement contenues. Les lèvres tremblantes, il essaya de parler, mais l'émotion l'en empêcha.

— Ne vous blâmez pas trop sévèrement, monsieur le duc, lui dit l'Élu. Ceux qui ont aménagé cette cache ont volontairement brouillé les pistes. Ils ont créé de toutes pièces des légendes assez floues pour que les Francs-Maçons eux-mêmes ignorent la vraie nature du secret qu'ils protégeaient. Ainsi, il leur était impossible de révéler ce qu'ils ne comprenaient pas. Mais ils ont transmis fidèlement la clé…

Bouleversé, le duc de Sussex posa sa main sur celle du garçon, qui reposait toujours sur son épaule, et déglutit difficilement.

— Que dois-je faire pour t'aider à récupérer ce que tu cherches? demanda-t-il avec humilité. Je suis à ton service.

— Pour ouvrir la cache, nous devons insérer simultanément nos bagues dans ces trois marques.

Sussex se pencha encore davantage pour observer les pentagrammes sculptés dans la dalle.

— Trois étoiles dans trois cercles… Qu'est-ce qu'elles signifient ?

— Vous l'ignorez ? demanda Manaïl, étonné.

— Ce sont des symboles courants chez les Francs-Maçons. L'étoile représente pour nous la lumière éternelle et lointaine de Dieu, dont nous devons tous chercher à être éclairés. Ses pointes nous rappellent les cinq sens de l'homme, indispensables à l'acquisition de toute connaissance, et les cinq ordres d'architecture. Quant au cercle, il évoque l'unité parfaite et l'infinité de l'univers. Mais je ne les ai encore jamais vus associés de cette façon.

— C'est donc que vous ignorez le pouvoir de votre bague.

— Le pouvoir ? Quel pouvoir ? Je l'ai reçue du Grand Maître précédent, comme lui avant moi, mais personne ne m'a jamais parlé d'un pouvoir.

Manaïl sourit tristement en songeant qu'au fil du temps, les Mages d'Ishtar en étaient arrivés à oublier même le joyau si précieux forgé par les Anciens.

— Vous avez du feu ? demanda-t-il.

— Euh… oui, répondit le duc en tapotant les poches de son gilet. J'en ai toujours quelque part pour allumer ma pipe… Voilà.

Il tendit une petite boîte à Manaïl, qui en sortit une allumette et la craqua.

— Approchez votre bague, je vous prie.

Perplexe, le duc s'exécuta. Après quelques secondes dans la flamme vive, la pierre noire sembla s'animer. À sa surface, une forme humaine, bras et jambes tendus, scintillait d'une lumière orangée dans une étoile d'un bleu glacial.

— Ohhhhh…, fit le duc, les yeux écarquillés et la bouche entrouverte.

— Cette bague est l'œuvre des Anciens, expliqua l'Élu. Leur civilisation existait voilà des dizaines de milliers d'années. Ils avaient maîtrisé le temps et savaient voyager d'une époque à l'autre. Les Anciens sont disparus depuis longtemps, mais grâce à ces bagues, il est encore possible d'ouvrir des passages vers d'autres moments du temps. C'est ce qu'ont fait les cinq sages dont les Francs-Maçons conservent la légende, dont Hiram Abif, au temps du roi Salomon, et aussi Murray de York, voilà dix-sept siècles.

Le duc regardait le garçon, l'air médusé.

— Il n'existe que cinq bagues, poursuivit Manaïl. Une par Mage. La vôtre vous identifie comme seul héritier légitime de Murray de York, poursuivit Manaïl.

Sussex était incapable de détacher son regard du joyau qu'il avait au doigt depuis tant d'années sans jamais en avoir soupçonné la vraie nature. Manaïl jeta un coup d'œil à Ermeline, qui n'avait pas bougé.

— Tu es prête ?

— Oui, répondit la gitane en s'avançant vers l'ouverture.

— Et vous ?

— Pardon ? fit ce dernier en sursautant. Euh... Oui. J'imagine.

Le Babylonien et la gitane s'accroupirent de chaque côté de Sussex, qui secoua la tête pour sortir de sa torpeur. Ils posèrent simultanément leur bague sur une des marques et appuyèrent légèrement.

Pendant quelques secondes, il ne se produisit rien. Puis Manaïl reconnut la sensation de chaleur qui émanait de la bague d'Ashurat. Comme cela était arrivé dans la cathédrale de l'île de la Cité, une lumière orangée scintilla dans la pénombre de l'église et lui enveloppa la main. Il constata avec soulagement que le même phénomène se produisait pour Ermeline et pour le duc de Sussex qui, si la chose était possible, avait l'air encore plus ébahi. Bientôt, l'ouverture dans le plancher ne fut plus que lumière.

– *God Almighty...*, murmura-t-il.

Captivés par l'importance du geste solennel qu'ils faisaient, ni Manaïl, ni Ermeline, ni le duc de Sussex n'entendirent le grincement de la porte de l'église qui s'ouvrait doucement.

Un déclic se fit entendre. La dalle fut secouée par une vibration suivie d'un choc palpable. Elle se rétracta sous le plancher, dévoilant une petite cachette aménagée dans le sol.

Sans doute par facétie, les dieux choisirent ce moment précis pour faire retentir un violent coup de tonnerre qui fit sursauter le duc, la gitane et l'Élu. Dehors, des éclairs aveuglants déchirèrent les gros nuages noirs qui roulaient dans le ciel de Londres. L'averse s'était transformée en orage.

— Tu crois que le fragment est là ? demanda Ermeline à Manaïl.

Son rictus de douleur et la pâleur de son visage tinrent lieu de réponse à la gitane. La main gauche pressée si fort sur sa poitrine qu'elle en tremblait, il s'allongea sur le sol froid et plongea le bras droit dans le trou. Il étira les doigts aussi loin qu'il le put, mais ne réussit pas à atteindre le fond.

— C'est vide, répondit-il, à bout de souffle.

— Allons ! Personne ne se rendrait à de telles extrémités de prudence et de cachotteries pour n'y rien déposer ! Écarte-toi, ordonna le duc, qui avait recouvré ses facultés.

Sans égard pour ses luxueux vêtements, Sussex s'étendit de tout son long dans la poussière, empoigna sa canne et la plongea dans l'ouverture. Du bout de l'instrument, il en tâta le fond. Un bruit sec et sourd résonna.

— Il y a quelque chose ! s'écria Ermeline.

Le duc remonta sa canne et la lança sans précaution sur le sol. Il plongea si bien les deux bras dans l'espace dégagé que sa tête y disparut presque entièrement. Le bout de ses doigts toucha la terre au fond de la cache et s'y enfonça. Il farfouilla un moment à l'aveuglette en ronchonnant.

— On dirait un coffre, fit-il d'une voix étouffée.

Le duc fut alors interrompu par une quinte de toux causée par la poussière.

— Il est trop profond. Je n'arrive pas à le saisir.

Il se mit à fouillasser de plus en plus frénétiquement. Ses épaules s'enfoncèrent à leur tour dans l'ouverture.

— Ça y est ! Je l'ai ! *Dear God...*

Son corps se raidit. Ses jambes s'agitèrent dans le vide.

— Aidez-moi ! cria-t-il. Je suis coincé.

Manaïl et Ermeline empoignèrent chacun une de ses chevilles et le tirèrent vers l'arrière.

Lorsque Sussex émergea enfin, couvert de poussière et de terre, il tenait un petit objet rectangulaire dans ses mains.

— Voilà! s'exclama-t-il triomphalement en déposant un coffret de bois ferré de métal sur le plancher.

✦

Blotti contre le petit muret qui joignait l'église carrée à sa nef ronde, l'aliéné observait la scène avec intérêt. Le garçon semblait avoir enfin trouvé ce qu'il cherchait. Il n'était pas seul, mais les instructions du prince du Mal avaient été formelles : lorsqu'il aurait trouvé, il devait mourir.

Le moment du sacrifice était arrivé.

Il s'approcha sur la pointe des pieds, le bruit de ses pas couvert par le son de l'orage à l'extérieur.

✦

Manaïl examina le coffret et constata qu'il n'était doté d'aucune serrure. Dissimulé comme il l'avait été, il n'en avait eu nul besoin. L'Élu en souleva le couvercle du bout des doigts. Malgré les siècles, la sécheresse de la cavité en avait conservé les ferrures en bon état et il s'ouvrit facilement. Au fond, sur un coussinet de velours décoloré, reposait un petit triangle de métal mat d'apparence anodine.

Le duc de Sussex tourna vers l'Élu un visage dépité et incrédule.

— C'est *ça*, le secret maçonnique ?

PÉRIL EN L'ÉGLISE

Stupéfait, le duc fixait le contenu du coffret. Chaque nouvelle seconde rendait son visage plus cramoisi et la colère qui montait en lui faisait palpiter de grosses veines sur ses tempes grisonnantes. Il saisit le fragment, se remit debout et se retourna vers Manaïl.

— C'est une mauvaise blague ? tonna-t-il, outré en brandissant l'objet. Pendant tous ces siècles, le secret si terrible que conservaient les Francs-Maçons n'était qu'un insignifiant petit triangle de métal ? Je n'aime guère être la risée d'autrui, même lorsque le canular est plusieurs fois centenaire !

— Je sais qu'il ne paraît pas bien dangereux, dit le garçon pour l'apaiser, mais je vous l'assure : cet objet porte en lui un pouvoir terrible. Ne ressentez-vous donc rien ?

Sussex observa le fragment et se concentra un instant. Son visage prit un air médusé.

Dehors, un nouveau coup de tonnerre retentit et fit trembler les vitraux de l'église.

— Maintenant que tu me le fais remarquer, on dirait qu'un étrange frémissement me parcourt le corps. La sensation est un peu plus marquée dans ma main droite. En fait, je... je ne me sens pas très bien. Que signifie ?...

Manaïl lui reprit le fragment et le serra dans sa main gauche, sur la marque de YHWH. Comme à Jérusalem et à Paris, il sentit l'objet maudit s'animer de pulsations et devenir brûlant. Dans sa poitrine, les trois fragments tentaient à nouveau de jaillir de sa chair pour s'unir à leur pareil. Puis la sensation se résorba, effacée par la magie de Hanokh. Les doigts solidement repliés sur le triangle redevenu inerte, il ferma un instant les yeux et remercia silencieusement Ishtar. Sa quête atteignait enfin son terme.

Il leva les yeux et fit un sourire à Ermeline, qui le lui rendit.

— Cet objet est un des cinq fragments du talisman de Nergal, forgé jadis par les Mages noirs, ceux qui désiraient utiliser à mauvais escient le savoir des Anciens, expliqua-t-il au duc. Voilà plus de cinq millénaires, à Éridou, il a été brisé et ses morceaux ont été éparpillés dans des *kan* différents.

— Des *kan*? Mais explique-toi, à la fin, frère Mark. Tu pourrais aussi bien parler babylonien!

— En fait, je parle le babylonien. Je suis né à Babylone, durant le règne de Nabonidus. C'est là tout le mystère de ces fragments. Les Anciens avaient légué certains de leurs pouvoirs aux Mages d'Ishtar. Cinq d'entre eux ont quitté leur *kan* et chacun d'eux a emporté avec lui...

— Ou elle! précisa Ermeline.

— ... ou elle, un des fragments dans un *kan* différent pour le protéger des adorateurs de Nergal, les Nergalii, qui, depuis, cherchent à le récupérer.

Abasourdi, Sussex regardait le jeune étranger sans savoir s'il devait le croire — ou même s'il en était capable.

— Et l'an 1824 représente un de ces... *kan*? déduisit-il.

— Oui. Nosh-kem, un des Mages dont les Francs-Maçons ont perdu la trace dans leur légende, a quitté Éridou alors qu'il était tout jeune homme. Il est arrivé à Londres voilà plusieurs années déjà, car il est maintenant plus âgé. Murray de York, qui était aussi un Mage, est entré dans un autre *kan*, qui était en fait le passé de celui-ci. Hiram Abif a fait de même et s'est retrouvé à Jérusalem, sous le règne du roi Salomon. La Magesse Abidda, l'arrière-grand-mère d'Ermeline, veillait sur son fragment à Paris, voilà presque six siècles. C'est là qu'elle a rencontré le frère Enguerrand de Montségur, celui-là même qui a contacté le successeur de Murray. Et le plus jeune des Mages, Ashurat, se trouvait dans ma ville natale, Babylone. C'est lui qui m'a montré la voie...

— Mais, si ce que tu dis est vrai, pourquoi ces... Nergalii déploient-ils tous ces efforts pour récupérer de petits triangles de métal? demanda le duc.

— Lorsque le talisman est complet, il confère à celui qui le possède un pouvoir absolu sur le temps. S'ils parvenaient à l'assembler, les Nergalii effaceraient tout ce qui est pour eux l'avenir. Le temps repartirait de zéro à partir du *kan* d'Éridou et ils instaureraient le royaume de Nergal.

— Tu veux dire que... aujourd'hui pourrait ne jamais avoir existé?

— Exactement. Le monde qui en résulterait n'aurait rien à voir avec celui-ci. L'humanité ne serait que souffrance et esclavage.

— Et toi?... Quel est ton rôle dans tout cela?

— Je dois récupérer les fragments avant les Nergalii et détruire le talisman.

Sussex déglutit bruyamment.

— Ah. Et... ça se... passe comment, jusqu'à maintenant ? Tu... penses y arriver ?

— Grâce à votre aide, avec ce fragment-ci, j'en ai retrouvé quatre et je sais où est le dernier.

Le duc de Sussex inspira profondément et sourit.

— *Praise the Lord*[1] ! s'exclama-t-il. Tout bien considéré, voilà un secret digne des Francs-Maçons, cher frère !

À ce moment précis, un hurlement inhumain déchira le silence, répercuté de manière sinistre sur les murs de pierre de l'église. Manaïl pivota sur lui-même juste à temps pour apercevoir un homme qui fonçait sur lui à toute vitesse. Maigre à faire peur, la barbe et les cheveux longs et sales, les vêtements tachés de sang, le nez brisé qui déviait résolument vers la gauche... Aucun doute, cet homme était celui qui l'avait attaqué dans la National Gallery. C'était le fou échappé de l'asile.

L'intrus et le duc avisèrent en même temps la canne qui gisait sur le sol, à mi-chemin entre eux. Tous deux se précipitèrent et l'empoignèrent. Face à face, ils luttèrent un moment pour se l'arracher, mais le duc, plus

---

1. Dieu soit loué.

âgé et peu habitué à ce genre de duel, n'était pas de taille. L'inconnu fit brusquement pivoter la canne sur la gauche. Malgré lui, Sussex fut entraîné par le mouvement, lâcha prise et se retrouva à genoux. Une seconde plus tard, le pommeau d'argent s'abattit violemment sur son crâne. Le duc émit un petit couinement et s'écroula lourdement sur le sol.

Ermeline se pencha alors pour saisir le chandelier de bronze qui avait servi à soulever la dalle. Elle allait le brandir lorsque, avec une agilité déconcertante, l'agresseur fit un tour sur lui-même et la frappa à la tempe avec l'extrémité de la canne. La gitane laissa tomber le chandelier, qui émit un bruit sourd en heurtant le sol, vacilla un moment sur ses pieds, puis ses yeux se révulsèrent et elle s'affaissa tout près du duc.

L'aliéné se tourna vers Manaïl, qui combattait la panique qu'il sentait monter en lui. Un sourire cruel éclairait le visage du dément et ses yeux étaient remplis de la plus complète possession qu'il fût possible d'imaginer. Il fixait avidement la poitrine du garçon.

– *Ùš su erim galla*[1], grognait-il. *Ùš su erim galla… Ùš su erim galla…*

Sans armes, Manaïl attendait. Devait-il tenter de fuir en abandonnant Ermeline à son

---

1. En sumérien : assassiner, peau, trésor et démon.

sort ou rester là et affronter cet individu aussi vigoureux que furieux? Dans un cas comme dans l'autre, les chances de réussite lui semblaient infimes. Le Nergali de ce *kan* n'aurait pu choisir un pire moment pour apparaître.

La main gauche fermée sur le fragment, l'Élu chercha désespérément une arme des yeux. La seule qu'il apercevait était le chandelier, mais le corps d'Ermeline l'encombrait. Son adversaire était tout près et terriblement agile. Il n'arriverait jamais à déplacer à temps la gitane inconsciente pour s'en emparer. Il devrait se défendre autrement. Au loin, un nouveau grondement de tonnerre ébranla les fenêtres de l'édifice.

Le garçon et l'aliéné se mirent à tourner lentement en décrivant un cercle, s'observant comme deux fauves sur le point de bondir, tentant d'identifier chez l'adversaire une faiblesse à exploiter. Soudain, le fou fit mine de frapper Manaïl à la tête avec le pommeau d'argent de la canne. Lorsque celui-ci fit un pas de côté pour parer le coup, son adversaire abattit sèchement la canne sur son genou droit.

Un craquement retentit et Manaïl tomba assis sur la pierre froide. Grimaçant de douleur, il porta instinctivement la main droite à son genou blessé, déjà privé de toute sensation hormis de douloureux élancements qui lui remontaient de la cuisse jusqu'au cœur. Profitant de sa distraction, son agresseur le frappa durement à la tête.

L'Élu s'écroula sur le sol, à cheval sur la frontière entre la conscience et la nuit. Des points multicolores tournoyaient devant ses yeux et, en dépit de l'urgence de la situation, son corps réagissait avec une infinie lenteur. Il perçut le son de la canne que l'aliéné jeta sur le sol et dont le tintement se répercuta dans l'église. Il sentit confusément une main lui empoigner l'épaule pour le faire pivoter sur le dos. Le souffle lui manqua lorsque l'homme le chevaucha et s'assit sur son ventre.

Le garçon secoua désespérément la tête et retrouva un peu ses esprits. Le visage de l'aliéné, contorsionné par la folie et la haine, se matérialisa à travers la brume qui flottait devant son regard. Les lèvres retroussées sur des dents gâtées, la langue sortie, l'homme le saisit à la gorge d'une main et serra avec une force inouïe. De l'autre, il tâta la poitrine de sa victime.

Manaïl se débattit avec le peu de forces dont il disposait encore. Son diaphragme se contractait désespérément, à la recherche du moindre filet d'air. Il sentait la vie quitter lentement son corps. Il entendit le bruit de sa chemise qui se déchirait. Le fou allait à nouveau tenter de lui arracher les fragments. Il le savait. Cette fois, il réussirait. Il se prépara à la douleur atroce qui allait suivre.

— Oh..., fit l'aliéné. *Zib kilib*[1]...

Manaïl sentit la pression se relâcher autour de sa gorge. Le poids qu'il supportait quitta sa poitrine. Reprenant un peu ses esprits, il tourna la tête. Il eut du mal à croire ce que ses yeux percevaient.

---

1. En sumérien : marque et étoile.

LA RÉSURRECTION DU MAGE

Assis sur le sol, les genoux remontés sous le menton comme un enfant triste, l'aliéné se balançait d'avant en arrière. Il semblait avoir perdu tous ses moyens. Le regard affolé, il mâchonnait ses doigts en balbutiant et ne donnait plus le moindre signe d'agressivité. Son esprit semblait plutôt se trouver à des milliers de lieues de Temple Church.

De peine et de misère, Manaïl se releva et, encore étourdi, tituba vers le Nergali, bien décidé à profiter de son étrange état pour l'achever pendant qu'il en avait l'occasion. Une de ces créatures de moins ne serait qu'un bienfait pour l'univers. Il s'approcha de son adversaire, qui ne fit rien pour se défendre. L'homme se contenta de relever lentement la tête et de fixer sur lui un regard dévasté. De grosses larmes jaillirent de ses yeux, coulèrent sur ses joues et terminèrent leur course dans la barbe sale.

– *Zib kilib*, dit-il en sanglotant comme un enfant plein de regrets. *Zib kilib...*

Il pointa un index tremblant vers la poitrine dénudée de Manaïl.

– *En Ishtar*[1]..., bredouilla-t-il d'une voix empreinte de crainte respectueuse.

Subitement, l'homme s'agenouilla. Manaïl recula aussitôt d'un pas et se prépara à essuyer une nouvelle attaque. À son grand étonnement, son adversaire se prosterna plutôt devant lui comme devant une divinité. Il gémit, la face contre la pierre froide du plancher, et ses larmes mouillèrent le sol.

– *Nosh-kem rig nun*[2]..., répéta-t-il à de nombreuses reprises.

Manaïl resta cloué sur place. Son esprit, secoué par le coup dont il n'était pas encore tout à fait remis, lui jouait-il des tours ? Cet homme avait-il dit « Nosh-kem est ton esclave, maître » en sumérien ? La voix d'Ishtar, divine étoile de l'est qui avait daigné lui apparaître un peu plus tôt, résonna dans sa tête. *Méfie-toi. Les gens ne sont pas ce qu'ils prétendent être.*

Cette loque prétendait-elle être Nosh-kem, le Mage d'Ishtar et le disciple de maître Naska-ât ? Il était mal tombé : Manaïl avait

---

1. En sumérien : seigneur d'Ishtar.
2. En sumérien : Nosh-kem esclave et maître.

déjà retrouvé le guerrier d'Éridou en la personne de sir Harold Dillingham. Les Nergalii étaient des êtres fourbes et sans scrupules, et il n'allait pas tomber dans un autre de leurs pièges. Ils le lui avaient assez souvent démontré. Le fait que cette créature parlait sumérien ne signifiait rien. N'importe quel Nergali né à Éridou pouvait en faire autant. Pourtant, celui-là avait un comportement étrange. Mais c'était sans doute une ruse de plus.

Manaïl inspira. Il était temps d'en finir — avec cet homme et avec sa quête. Sans quitter des yeux l'individu bredouillant toujours prosterné sur le sol, il fit quelques pas sur le côté et ramassa la canne abandonnée par son adversaire. Il s'approcha et la leva au-dessus de sa tête sans que le Nergali cherche à se protéger.

Alors qu'il allait lui abattre le pommeau d'argent sur la tête, l'homme leva les yeux et jeta sur Manaïl un regard implorant de chien battu où flottaient mille regrets. Il écarta les bras, s'offrant en sacrifice. L'Élu d'Ishtar hésita.

Le Nergali en profita pour montrer frénétiquement du doigt la main droite du garçon.

– *Šuba en*[1] ! hurla-t-il d'un ton désespéré.

---

1. En sumérien : pierre précieuse et temps.

Puis il tapota sa propre main droite avec ardeur, désignant tour à tour son propre majeur et la bague de Manaïl.

– *Šuba en! Šuba en!* cria-t-il avec insistance. *Šuba en! ŠUBA EN!*

Malgré lui, Manaïl abaissa la canne. Tirant espoir de ce geste, l'aliéné se frappa la poitrine à deux mains.

– Nosh-kem! s'époumona-t-il. Nosh-kem! *Eridu!*

Manaïl risqua un pas vers l'homme. Tout à coup, la folie semblait avoir quitté son regard fiévreux, ne laissant plus paraître que lassitude, confusion et désespoir. *Les gens ne sont pas ce qu'ils prétendent être...* Au lieu de le prévenir contre la trahison de collaborateurs, Ishtar avait-elle plutôt voulu l'avertir qu'un allié se trouvait parmi ceux qui semblaient être ses adversaires?

L'aliéné découvrit frénétiquement sa poitrine et, du bout de l'index, y traça un pentagramme inversé.

– *Gul... Uanna...,* geignit-il. *Gurus... Kua... Nabu Ishtar... Ama... Nursig... Nabu babbar... Hur... Etutu... Dug... Damhara... Hul-gal*[1]...

---

1. En sumérien: détruire, homme, poisson, fils d'Ishtar, mère, orphelin, fils de la lumière, marque, ténèbres, bien, combattre, mal.

Manaïl était interdit. Dans sa langue approximative, cette pauvre créature était-elle en train de réciter la prophétie des Anciens ? Un Nergali se serait-il comporté ainsi ?

— Nosh-kem ? demanda-t-il, incrédule. Tu es Nosh-kem d'Éridou ? Toi ?

L'homme se détendit visiblement. Il hocha piteusement la tête et se mit à sangloter de plus belle. Il tenta de parler, mais sa langue lui faisait défaut et il grimaça d'impatience. Son regard rencontra celui du garçon et, pour un moment, le temps cessa d'exister. En cet infinitésimal instant, Manaïl sut, dans sa chair et son être, que cette épave humaine disait vrai. Sans comprendre comment ou pourquoi, il eut la certitude inébranlable que ce qu'il restait de Nosh-kem, Mage d'Ishtar et disciple de Naska-ât, se tenait devant lui. Des circonstances terribles qu'il ne pouvait qu'imaginer avaient brisé le redoutable guerrier d'Éridou. Et il sut avec tout autant de conviction que, bien qu'il possédât la bague des Mages, sir Harold Dillingham s'était joué de lui. Il ne pouvait être qu'un Nergali. Et il détenait un fragment... Mais si tel était le cas, pourquoi s'était-il révélé avec tant de naturel au lieu de l'attaquer comme une bête ?

Manaïl s'agenouilla doucement près de la futile créature, plongea son regard dans le sien et lui posa la main sur l'épaule.

— Je te reconnais, Nosh-kem, disciple de Naska-ât et Mage d'Ishtar, dit-il avec quelque chose qui s'approchait de la tendresse.

L'homme cessa de balbutier et sourit avec la candeur d'un enfant heureux d'être félicité.

— Où sont ta bague et ton fragment ?

L'homme fut frappé de stupeur, ferma les yeux et grimaça sous l'effort de la concentration. Il grogna, peina et geignit pitoyablement pendant qu'un mot tentait de prendre forme dans sa tête. Il ouvrit les yeux puis la bouche.

— Vo... vo... volés, finit-il par bafouiller dans la langue de ce *kan*.

— Qui te les a volés ? insista l'Élu.

Le tonnerre retentit encore, plus fort qu'auparavant. Les yeux du Mage — puisque c'était bien de lui qu'il s'agissait — s'arrondirent de surprise. Il jeta un regard incrédule à Manaïl et un flot de sang jaillit de sa bouche encore ouverte, mouillant sa barbe crasseuse. Son visage devint flasque. Ses paupières frémirent et ses yeux prirent une apparence vitreuse avant de se révulser. Il s'écroula face contre terre et ne bougea plus. L'arrière de sa tête laissait paraître un petit trou rond d'où s'écoulait un mince filet de sang.

À quelques pieds de là se tenait le duc de Sussex, un rictus d'horreur sur le visage et un petit pistolet d'argent encore fumant à la main. Ramenée à elle par la détonation, Ermeline grogna et s'assit à grand-peine en se massant les tempes.

— Qu'est-ce qui s'est passé ? demanda-t-elle, troublée, en apercevant le cadavre sur le sol. Qui est cet homme ?

— Le brigand que je viens d'abattre, dit le duc de Sussex, un peu ébranlé.

— Il est mort ?

— Je l'espère bien.

— Vous venez de tuer Nosh-kem, le Mage d'Ishtar qui est venu dans votre *kan* ! s'écria Manaïl, au comble du désespoir.

Le duc resta là, les bras ballants, la stupeur sur le visage.

— Quoi ? Comment ?

La gitane se releva en grimaçant et s'approcha.

— Mais non, murmura-t-elle. C'est impossible. Tu as déjà retrouvé Nosh-kem.

— Sir Harold est un Nergali. Il m'a bien dupé. Lui aussi, dit Manaïl avec amertume.

— Mais… Mais… répéta Ermeline. Le fragment ? Pourquoi t'a-t-il révélé l'emplacement du fragment ?

— Il avait aussi la bague, le couteau et les bracelets du Mage, ajouta Manaïl en désignant la dépouille. Il était facile de se faire passer pour lui. Mais il ne m'a rien révélé du tout. Souviens-toi : j'ai découvert moi-même la cachette du fragment. J'ignore s'il a improvisé en me trouvant dans son temple ou s'il avait tout planifié, mais il est habile. Il a choisi d'attendre que je retrouve le dernier fragment parce qu'il ignorait où il se trouvait. Il comptait sur moi pour faire le sale travail des Nergalii.

— Et ensuite, il n'aurait plus eu qu'à te cueillir lorsque tu reviendrais chercher celui qu'il détient ! compléta Ermeline.

— Il aurait mis la main sur le talisman complet. Et il a presque réussi.

Les yeux d'Ermeline s'écarquillèrent et elle porta la main à sa bouche.

— Sainte Marie, mère de Dieu… Charlie !

— Il a disparu pendant que j'étais avec sir Harold, ajouta Manaïl. Il aura sans doute été enlevé par les Nergalii.

— Mais pourquoi ?

— Pour éviter qu'il ne révèle l'existence du temple des adorateurs de Satan.

— Des satanistes ? s'exclama le duc. Ah ! Je le savais ! Je le sentais depuis longtemps déjà. Le royaume de Satan n'a jamais été aussi proche !

— Nous n'aurions pas dû abandonner Charlie de cette façon, gémit Ermeline. Nous aurions dû le chercher. Qui sait ce qu'on lui a fait, à ce pauvre garçon ?

Manaïl se releva, l'air décidé.

— Peut-être n'est-il pas trop tard. Vite. Allons à la manufacture !

— Tu veux retourner là-bas ? Avec quatre fragments sur toi, dont un qui n'est protégé que par ta main ? As-tu perdu la tête, mon pauvre ami ? Tu l'as dit toi-même : c'est exactement ce qu'espère sir Harold. Tu ne vas quand même pas tomber dans son piège ?

— Oui. Je vais lui donner exactement ce qu'il désire…

Sans attendre les autres, il se dirigea vers la porte. Avant de sortir, il se retourna vers le duc de Sussex.

— Vous avez encore cette arme qui crache du feu et du métal ?

— Euh… oui, répondit le duc en tapotant l'intérieur de sa veste. Je dois seulement la recharger.

— Bien. Avez-vous quelque chose de tranchant ?

— J'ai un petit canif, dit le duc, interloqué.

— Donnez-le-moi.

Même s'il n'était pas sûr de bien saisir la situation, le duc obtempéra.

— Mon carrosse est à l'extérieur, dit-il.

Sans plus attendre, ils sortirent sous la pluie, qui tombait dru, abandonnant la dépouille du guerrier d'Éridou à qui la trouverait.

LA MESSE NOIRE

Dans le temple parfaitement silencieux, la trentaine d'adorateurs de Satan, la tête inclinée et les mains jointes, formaient un cercle de prière autour de l'autel. Malgré leur grande fébrilité, ils se recueillaient de leur mieux en attendant l'entrée du célébrant. Les murs étaient drapés de noir et seuls quelques cierges de la même couleur éclairaient la pièce. Au centre, l'autel incrusté de sang séché et encadré par les deux chandeliers était dénudé, à l'exception de deux objets en or déposés dans un des coins : un calice à demi rempli d'un vin âcre sur lequel reposait une patène du même métal qui portait une hostie noire.

Vêtu de sa longue robe rouge dont le capuchon remonté lui ombrageait le visage, le sataniste fit une entrée solennelle. Il s'arrêta un moment sur le seuil puis s'avança lentement à travers les fidèles qui s'écartaient sur son passage en s'inclinant. Dans ses bras, il portait une petite forme humaine flasque, enveloppée dans un drap noir. Lorsqu'il eut atteint l'autel, il y déposa son fardeau puis fit demi-tour pour faire face à ses fidèles. Il joignit les mains dans les larges manches de sa robe.

— Mes frères et sœurs en Satan, le moment approche, déclara-t-il d'une voix basse. L'événement pour lequel nous avons tant prié est imminent. Le royaume de Lucifer est à nos portes.

— *GLORIA SATANAS!* entonnèrent les fidèles. *GLORIA SATANAS!*

— Un agneau sacrificiel portant la marque du Mal déposera bientôt entre mes mains sanglantes les morceaux manquants de la clé de notre divin maître. Le cœur de cet enfant, rempli de tout ce qui est bon dans le monde maudit de Dieu, expirera sur l'autel et ses plaies ouvriront la porte au prince des Ténèbres!

— *GLORIA SATANAS!*

— Son dernier souffle caressera le visage adoré de l'Ombre! Il emportera dans l'oubli le sourire triomphant du nouveau roi du monde! Son ultime pensée sera celle de la haine infinie!

— *GLORIA SATANAS!*

Satisfait de la frénésie montante de ses disciples, le sataniste se retourna pour faire face à l'autel. Il extirpa de sous sa robe le petit triangle de métal qui tenait lieu de talisman à la congrégation des adorateurs de Satan, mais qui représentait beaucoup plus pour lui. Il goûta un instant la sensation physique que lui procurait l'objet, puis le déposa sur la pierre froide de l'autel, près de l'offrande drapée de noir. Il s'inclina, imité par l'assistance, et chuchota des paroles sacramentelles connues de lui seul. Lorsqu'il eut terminé, il se redressa et ouvrit largement les bras.

Il ferma les yeux et inspira. Un faible sourire de contentement lui retroussa le coin des lèvres. Dans la lumière tremblante des cierges, il observa la fièvre mystique qui transfigurait maintenant le visage de ses fidèles et entonna une supplique à Satan.

— *IN NOMINE DOMINI DEI NOSTRI SATANÆ*[1] ! s'exclama-t-il d'une voix puissante qui résonna de façon sépulcrale sur les murs de pierre du petit temple.

— *Amen*, répondirent les fidèles.

— *IN NOMINE ASTAROTH ET ASMODEI ET BEELZEBUTH*[2] ! Tout-puissant Satan, daigne baigner de ta lumière sombre tes humbles et loyaux serviteurs !

---

1. En latin : Au nom de Satan, Dieu tout-puissant.
2. En latin : Au nom d'Astaroth, d'Asmodée et de Belzébuth.

— *Emitte lucem tuam*[1] ! *Emitte lucem tuam* !

Le sataniste saisit un coin du drap noir et le retira d'un geste brusque et dramatique, découvrant l'enfant à la poitrine dénudée qui serait sous peu offert en sacrifice.

Ligoté et bâillonné, Charlie était transi d'effroi et tremblait comme un chiot effrayé par le tonnerre. Livide, les yeux écarquillés, il tournait frénétiquement la tête à droite et à gauche en tentant vainement de crier. Il était entouré d'hommes et de femmes qu'il connaissait de vue — les mêmes qui entraient régulièrement dans le petit réduit de la cave. Ils étaient tous vêtus de robes noires. Dans les multiples yeux rivés sur lui brillait une frénésie religieuse qui lui faisait terriblement peur. Près de lui se tenait un homme vêtu d'une robe rouge dont le visage lui était caché par un capuchon et par la pénombre.

— Grand Satan, reprit le sataniste, Dieu du Mal et prince de la nuit, bouc immonde et cornu, je t'implore d'accepter le sacrifice que tes fidèles t'ont procuré ! Cet enfant, pur et exempt de péchés, nous te l'offrons en toute humilité, ô roi des Ténèbres, afin que son âme

---

1. En latin : Envoie ta lumière.

déchue t'accueille sur les marches du royaume des damnés!

— *Gloria Satanas!* firent en chœur les fidèles proches du délire.

— Tentateur parmi les tentateurs, menteur parmi les menteurs, pervers parmi les pervers, accueille cet enfant comme un messager t'apportant la nouvelle tant attendue: sous peu, la clé de ton royaume sera entière et la porte si longtemps fermée sera rouverte! À Toi le monde dont Dieu t'a si injustement privé au début des temps! À Toi le règne éternel sur la Création!

— À Toi! clamèrent avec exaltation les fidèles.

Dans son effroi, les mêmes pensées tournoyaient follement dans l'esprit de Charlie: ses frères et sœurs qu'il ne reverrait plus; sa pauvre mère qu'il ne pourrait plus aider avec son maigre salaire; sa famille abandonnée à l'incurie de son père; l'école où il n'aurait jamais le plaisir d'apprendre; tous les livres qu'il n'écrirait pas. Il se débattit tant et si bien qu'il glissa presque en bas de l'autel. Pendant que le célébrant psalmodiait, des mains l'empoignèrent, l'y remirent et l'y attachèrent à l'aide d'épaisses courroies de cuir à la hauteur du torse, des cuisses et des chevilles.

— Accepte les larmes de peur, pures et cristallines, de cet enfant, ô Satan! s'écria le sataniste. Qu'elles étanchent ta soif de vivre et arrosent les pousses de ton jardin maudit !

– *Gloria Satanas !*

✦

Dans la rue Strand, un carrosse roulait à tombeau ouvert dans les flaques d'eau, manquant d'écraser les passants qui ne se méfiaient pas assez du vacarme des sabots sur les pavés. Sur le banc du cocher, était assis le duc de Sussex, l'air hagard, qui avait fait descendre son serviteur sans lui donner d'explications. Il pestait en tentant de recharger son pistolet d'une main tout en tenant de l'autre les guides des deux chevaux à un cheveu de l'emballement.

– Plus vite ! cria Ermeline en passant la tête par la fenêtre. Plus vite !

– Je vais aussi vite que je le peux, par le Grand Architecte de l'Univers ! rugit le duc, le visage cramoisi par l'effort et la tension. Nous n'arriverons à rien si nous nous tuons en chemin !

Sur la banquette opposée, Manaïl avait ouvert sa chemise. Il déplia le canif du duc. Luttant contre les soubresauts du carrosse, il appliqua l'arme contre la chair de sa poitrine, sur une des deux pointes encore vierges du pentagramme inversé, et appuya. La peau se fendit et le sang coula sur son ventre. Il serra les lèvres et retint le cri qui cherchait à s'en échapper. *Tu es le seul talisman qui soit plus puissant que celui de Nergal*, avait dit Ishtar.

— As-tu perdu l'esprit, pauvre fou? cria Ermeline lorsqu'elle comprit ce qu'il était en train de faire.

— Je dois protéger ce fragment-ci, répondit-il en grimaçant. C'est le seul moyen. Ishtar Elle-même me l'a dit.

Il inséra le triangle de métal dans la coupure fraîche. Lorsque le petit objet fut bien en place, il posa la marque de YHWH sur la blessure, qui se referma en quelques instants.

— Voilà, dit-il en haletant. Comme ça, il faudra m'ouvrir comme un porc pour me le prendre.

Horrifiée, Ermeline le regarda sans rien dire pendant que le carrosse poursuivait sa course folle. Bientôt, la manufacture fut en vue.

LE SACRIFICE

L'ultime moment approchait et le sataniste ressentait l'habituel mélange de dégoût et d'exaltation à la vue de la victime innocente étendue devant lui. Il prit la petite patène d'or et l'éleva solennellement au-dessus de sa tête. Puis il la rabaissa, saisit doucement l'hostie et la brisa en deux. Quelques miettes tombèrent sur Charlie, qui se crispa comme si on l'avait brûlé avec un tison ardent.

— *ACCIPITE ET MANDUCATE EX HOC OMNES : HOC EST ENIM CORPUS MEUM*[1], dit le célébrant, en une obscène parodie de la liturgie chrétienne.

Il déposa solennellement les deux moitiés d'hostie sur la poitrine de Charlie, dont le bâillon ne suffisait pas à étouffer les piteux couinements de terreur.

---

1. En latin : Prenez et mangez : ceci est mon corps, livré pour vous.

Le sataniste remit la patène à un fidèle et prit le calice. Il le souleva par la coupe puis l'abaissa de la même façon.

– *Hic est enim calix sanguinis mei*[1], entonna-t-il.

Il inclina la coupe pour répandre lentement le vin sur Charlie, commençant par la tête et terminant par les pieds. Les cris étouffés de l'enfant se transformèrent en de pathétiques hoquets de terreur.

Le sataniste remit le calice à un autre fidèle et tendit la main droite. On y déposa illico le poignard millénaire de Nosh-kem. Il referma la main sur la lame et serra. Le tranchant pénétra sa chair. Il inclina la main pour faire tomber quelques gouttes de sang sur Charlie, horrifié. Puis il y trempa l'index de la main gauche et traça sur le front de l'enfant une croix à l'envers puis, sur son cœur, un pentagramme inversé.

Le célébrant pencha la tête.

– Satan! implora-t-il d'une voix puissante. Je te conjure d'accepter la vie de cet enfant, baptisé par ton serviteur! Que son sang t'abreuve et que son cœur te fortifie jusqu'à ton avènement prochain!

---

1. En latin: Ceci est la coupe de mon sang, versé pour vous.

Il éleva le poignard au-dessus de sa tête, lame vers le bas.

— Satan, guide cet instrument forgé par le Bien vers le cœur de notre offrande ! Que ma main soit ferme afin que je puisse extraire pour Toi la vie dans toute sa pureté et la profaner à jamais !

Il abaissa lentement le poignard et en appuya la pointe sur la poitrine de Charlie. De l'autre main, il tâta le sternum pour trouver l'endroit approprié pour entailler l'abdomen. Il ne devait surtout pas endommager le cœur de l'enfant. Il devait trancher dans le cartilage qui liait les côtes et le sternum, puis extraire l'organe entier et intact afin que le talisman sacré puisse le faire battre. Le miracle devait s'accomplir une fois encore pour soutenir la foi des fidèles.

✦

La porte de la manufacture s'ouvrit avec fracas. Le nouveau contremaître, un petit homme chétif et nerveux qui avait remplacé Libby, sursauta puis se figea à la vue du duc de Sussex, un petit pistolet d'argent à la main, et de deux jeunes gens qui traversèrent en trombe l'aire de travail sans s'arrêter et s'engagèrent dans l'escalier qui menait à la cave.

✦

Lorsque le sataniste eut repéré l'endroit qu'il cherchait, il appuya sur le poignard. La lame pénétra dans la chair et le sang vermeil de l'enfant s'écoula en fines coulisses de chaque côté de sa poitrine, liquéfiant le sang séché sur l'autel.

Charlie hurla, mais son cri fut étouffé par le bâillon. Puis il perdit conscience.

✦

Un adepte de Satan qui montait la garde tout près de l'entrée du temple, à l'intérieur, reçut la porte en plein visage et fut violemment projeté contre le mur. Il glissa lentement vers le sol, assommé, sans que les intrus qui venaient d'interrompre la macabre cérémonie lui accordent la moindre attention.

Sir Harold, gonflé de colère et d'indignation, était en train de se retourner pour identifier la source de l'interruption lorsque le petit pistolet d'argent du duc de Sussex tonna. La balle lui transperça la main, fracassant les os au passage, et alla finir sa course dans le mur. Il laissa tomber le poignard sur l'autel, tout près de Charlie, et s'affaissa en hurlant de douleur.

Les satanistes secouèrent leur torpeur. Évaluant le danger auquel ils faisaient face — un adulte et deux jeunes personnes tout juste sorties de l'enfance contre plus de trente hommes et femmes —, ils s'avancèrent à l'unisson vers les intrus et les encerclèrent méthodiquement. Quelques-uns sortirent un couteau des plis de leur robe. Certains rabattirent leur capuchon et l'Élu les observa, sidéré. Les cheveux noirs comme l'ébène. Le teint et les yeux foncés. Les traits ciselés. Nul doute possible. Plusieurs d'entre eux, au moins une dizaine, étaient de sa race. Des Nergalii. Les autres étaient des gens de ce *kan*.

— Monsieur le duc, murmura Manaïl en constatant à quel point ils étaient surpassés en nombre, le moment serait particulièrement choisi pour utiliser votre arme à nouveau.

— Je voudrais bien, mon frère, mais je doute que ces mécréants ne me donnent le temps de la recharger, répondit Sussex.

Instinctivement, il jeta le pistolet à la tête d'une jeune sataniste qui se dirigeait vers lui et qui s'effondra en se tenant l'œil.

— Une de moins…, grommela-t-il.

Il empoigna sa canne comme un gourdin, pommeau vers le haut, prêt à défendre chèrement sa vie et celle de ses compagnons.

— Ne les laissez pas s'échapper! hurla sir Harold en tenant sa main ensanglantée, un rictus de haine et de douleur lui déformant le visage. Tuez-les! Surtout le garçon! Tuez le garçon!

Autour de Manaïl, d'Ermeline et du duc, le cercle se resserra. Le goût du sang se lisait sur le visage en transe de chaque adorateur de Satan. Manaïl cherchait furieusement comment se tirer de ce mauvais pas. Bien sûr, s'il arrêtait le temps, cela lui permettrait d'éliminer quelques adversaires; mais comme il n'avait pratiquement aucun contrôle sur son pouvoir, il ne pourrait pas les mettre tous hors de combat avant que le temps ne reprenne son cours et que les satanistes se jettent sur Ermeline et sur le duc. Non, décida-t-il. Il devrait combattre. Sans armes.

Plusieurs satanistes s'avancèrent puis s'immobilisèrent. Leur regard devint vitreux. Leur corps se détendit et leurs bras tendus retombèrent. Quelques instants plus tard, leurs yeux étaient clos et leur menton reposait sur leur poitrine. Ils dormaient comme des loirs! Hébété, le duc faillit abaisser sa garde. Manaïl sourit et se retourna vers Ermeline.

La gitane avait sorti son médaillon, qu'elle tenait au-dessus de sa tête pour qu'il soit visible de tous. Elle le faisait osciller avec une nonchalance étudiée. Elle adressa un clin d'œil malicieux à son ami.

— Tu es vraiment mon ange gardien, dit Manaïl, soulagé.

— Je sais, rétorqua la gitane, fière d'elle-même. Tu me l'as déjà dit. Mais au lieu de me faire les yeux doux, tu ferais bien de t'occuper de cette racaille. Je n'ai encore jamais endormi autant de personnes à la fois. J'ignore combien de temps l'effet durera et, pour dire la vérité, je n'ai guère envie d'être là lorsqu'ils s'éveilleront.

— Je m'en occupe, tonna Sussex.

Le duc se dirigea d'un pas déterminé vers les satanistes maintenant endormis en faisant tournoyer sa canne dans les airs. Un sourire vengeur sur les lèvres, il se mit à les frapper sur le crâne les uns après les autres avec le pommeau en argent de sa canne et, en moins d'une minute, il assomma tous les disciples. Au milieu des corps inanimés, le Grand Maître des Francs-Maçons se frottait les mains avec satisfaction, sa canne sous le bras.

— Que le Grand Architecte de l'Univers me pardonne toute cette violence, dit-il toujours souriant. Une telle vermine ne mérite pas autre chose que d'être exterminée ! Gloire au Très-Haut !

— Mmmmmm ! fit une voix près d'eux. Mmmmm ! Mmmmmmmmmmmmm !

Pendant que Manaïl se précipitait vers Charlie, toujours ligoté sur l'autel, Sussex s'avança vers sir Harold. Immobile, celui-ci avait le même air absent que les autres.

— Tu peux le réveiller ? demanda-t-il à Ermeline.

— Il suffit de demander, répondit-elle.

Sans cesser de faire osciller son pendentif, dont le rythme était absolument régulier, elle porta son regard vers le sataniste à la robe rouge.

— Harold Dillingham, réveille-toi ! ordonna-t-elle.

Sir Harold ouvrit aussitôt les yeux et un élancement dans sa blessure lui rappela ce qui venait de se passer. Constatant la tournure des événements, il se recroquevilla piteusement dans le coin du temple, sa main ensanglantée et tremblante serrée contre son cœur.

— Dillingham, grogna Sussex d'un ton menaçant, le regard enflammé. J'ai toujours su que tu étais moins honnête qu'il n'y paraissait mais à ce point... Monstre ! Scélérat ! Tu devras répondre de tes actes devant la justice de Sa Majesté. À moins, évidemment, que tu ne me donnes une bonne excuse pour t'exécuter sur-le-champ !

Pour toute réponse, sir Harold se blottit encore plus dans le coin sans quitter du regard la canne que le duc brandissait agressivement dans sa main.

Pendant ce temps, Manaïl avait fini de détacher Charlie, qui était complètement hystérique.

— L'hom...me l'homme en rou... rou... rouge! bégaya-t-il, les yeux écarquillés et les lèvres tremblantes. Il vou... voulait me sacrifi... fi... fi... fier à Satan! Il avait un cou... couteau et il... il m'a... il m'a..., parvint-il à balbutier en désignant sa poitrine ensanglantée.

Manaïl l'aida à s'asseoir et, mine de rien, mit la main gauche sur la poitrine du garçon, à l'endroit précis de la profonde coupure qu'il avait aperçue en le libérant. La sensation de chaleur gagna aussitôt la marque de YHWH et quitta la paume de sa main pour se communiquer à la chair de Charlie.

Lorsque celui-ci fut bien assis, Manaïl retira sa main.

— Calme-toi. Tu n'as rien du tout, dit-il.

— Mais... Ça a fait tr... très mal... et puis, tout... tout ce sang sur ma che... che... chemise... d'où vient-il?

Avant que l'Élu n'ait à fournir une explication, le regard de Charlie se porta sur le duc de Sussex, puis sur l'homme recroquevillé à ses pieds. Sa bouche s'entrouvrit et la plus parfaite incrédulité se dessina sur son visage.

— Ohhhh..., laissa-t-il échapper en constatant l'identité de l'homme en rouge. Sir... Harold?

Manaïl ramassa le poignard sur l'autel et se dirigea vers le sataniste, toujours surveillé par le duc. Sans hésiter, il s'accroupit auprès de lui et appuya sauvagement la lame sur sa gorge. Le manufacturier pâlit.

— Le fragment, exigea l'Élu, les dents serrées. Donne-le-moi.

— Plutôt mourir, Élu d'Ishtar, cracha sir Harold avec mépris.

Manaïl appuya sur le poignard et la pointe de la lame perça la peau de l'homme, qui grimaça. Quelques gouttes de sang perlèrent.

— Le fragment! répéta-t-il.

Avant que le sataniste puisse lancer une nouvelle insulte, Charlie glissa de l'autel et s'approcha. Il avait déjà repris quelques couleurs, mais son visage avait un air grave.

— Laisse-le, Mark, dit-il en posant une main encore tremblante sur l'épaule de Manaïl. Je crois pouvoir t'arranger ça.

Il écarta une tenture noire et disparut par la porte de la petite pièce d'à côté, laissée ouverte pendant la cérémonie. Quelques minutes plus tard, il était de retour.

— C'est ça que tu cherchais? demanda-t-il fièrement en tendant la main vers Manaïl. C'est franchement décevant, comme trésor… Pas de quoi écrire une bonne histoire, en tout cas!

Dans le creux de la main du garçon reposait le cinquième fragment. Il fit quelques pas vers Manaïl, puis ses yeux se révulsèrent et il s'effondra, inanimé, sur le sol.

37

LE TALISMAN DE NERGAL

Manaïl se précipita vers Charlie.

— Qu'est-ce qu'il a ? demanda Ermeline, son médaillon maintenant immobile entre les doigts.

— Le pouvoir du fragment l'a affecté, répondit l'Élu.

Il ouvrit les doigts de Charlie et observa le fragment. Une émotion presque religieuse s'empara de lui. Il n'arrivait pas à croire qu'après tant d'adversaires croisés en cours de route, tant de violence, de trahisons, de peine et de douleur, tant de morts regrettés et de victimes innocentes, sa quête était enfin terminée. Il détenait enfin les cinq fragments. Le talisman de Nergal était complet. Il ferma les yeux et eut une pensée pour son maître Ashurat qui, où qu'il fût, était sans doute fier de lui, espéra-t-il. Puis il adressa une prière reconnaissante à Ishtar et la supplia de le guider vers l'étape ultime : la destruction de l'objet maudit.

Traversé par de curieux frissons, il regardait le dernier fragment sans se résoudre à le saisir, de crainte que tout cela ne soit qu'un rêve cruel dont il se réveillerait pour se rendre compte que tout était à refaire. Il sentit la main d'Ermeline se poser sur son épaule et la serrer affectueusement.

— Tu as réussi, chuchota-t-elle, la voix étreinte par l'émotion. Tu as vraiment réussi.

Le contact de la gitane tira Manaïl de son apathie et, de la main gauche, il empoigna le fragment. Il referma ses doigts palmés et ferma les yeux. *L'Élu se lèvera, rassemblera le talisman et le détruira*, disait la prophétie des Anciens. Voilà. Elle était presque accomplie. Il était l'Élu d'Ishtar et, contre toute attente, contre lui-même, il avait vaincu. Des larmes de soulagement, d'amertume et de félicité s'échappèrent de ses paupières closes. De sa main libre, il chercha celle d'Ermeline et la serra. La gitane lui rendit son geste et, côte à côte, ils restèrent silencieux, unis par l'adversité.

Un gémissement les tira de leur recueillement. Charlie reprenait conscience. Manaïl le regarda et sourit. Le garçon, toujours étendu sur le sol humide, observait ses deux compagnons serrés l'un contre l'autre et fit un clin d'œil complice.

— Comment as-tu réussi à ouvrir le coffre-fort ? demanda l'Élu, médusé. Tu es cambrioleur ou quoi ?

Charlie s'assit avec peine, encore un peu étourdi.

— C'était tout bête, répondit-il, en bombant le torse. J'ai essayé la combinaison la plus évidente : 6 − 6 − 6... Les adorateurs de Satan sont peut-être cruels, mais ils ne sont pas très originaux...

— Le nombre de la bête..., dit le duc, l'air sombre.

— Si l'envie vous prend jamais de cesser un jour vos palabres, gronda la gitane, ces coquins vont finir par se réveiller tôt ou tard. Il vaudrait mieux partir.

— Tu as raison, admit Manaïl.

— Et lui ? s'enquit le duc en désignant sir Harold, toujours assis par terre, les yeux remplis de peur.

L'Élu jeta un regard méprisant au propriétaire de l'usine qui, sans le moindre scrupule, avait dépouillé le noble Nosh-kem de tout ce qu'il possédait : ses armes, ses parures, le fragment qu'il gardait, mais aussi son identité, sa dignité, sa raison et, ultimement, sa vie.

— Ma quête est finie, cracha-t-il. Il peut retourner d'où il vient et annoncer à son maître que les Nergalii ont échoué. Mathupolazzar le récompensera comme il le mérite.

— Tu es bien sûr de toi, fit une voix derrière lui.

Manaïl, Ermeline, Charlie et le duc se retournèrent à l'unisson. Devant la porte, un homme les tenait en joue avec un revolver.

L'INTRUS

L'homme au revolver était celui que Manaïl avait assommé en ouvrant la porte du temple. Perplexe, l'Élu se demanda comment il avait pu échapper au mystérieux pouvoir de la gitane et de son pendule, mais comprit rapidement qu'une fois inconscient, il n'avait pu être affecté par l'envoûtement.

Tout en les tenant en joue, l'individu rabattit son capuchon d'un coup sec et vrilla sur eux un regard vitreux de désespoir.

L'homme n'était plus que l'ombre de lui-même. Ses cheveux blonds, sales et en broussaille, encadraient son visage émacié dans lequel ses yeux bleus, brillants de rage, semblaient s'être enfoncés dans son crâne tellement les cernes violacés qui les soulignaient étaient foncés. Une barbe de plusieurs jours couvrait ses joues amaigries par la fatigue et l'insomnie. Ses vêtements étaient souillés. Ses

gestes nerveux trahissaient une grande fébrilité et ses mains tremblaient légèrement.

Stupéfaits, Ermeline, Manaïl et Charlie se
regardèrent l'un l'autre : ils avaient reconnu le
médecin qui s'était porté au secours de la
gitane blessée après leur rencontre initiale
avec Pockface et Tommy.

— Milton-Reese ! s'écria sir Harold, un
espoir nouveau sur le visage. Satan soit loué !
Tue-les !

Sa canne bien en main, le duc de Sussex,
l'air mauvais, voulut faire un pas en avant. Il
s'arrêta lorsque son assaillant le menaça avec
son pistolet.

— Il ne peut atteindre que l'un d'entre
nous, gronda le Grand Maître, l'air déterminé,
sans quitter l'arme du regard. Faisons-lui son
affaire.

— Tut, tut, tut..., dit le médecin avec un
sourire narquois. Sachez, Votre Grâce, que
vous avez sous les yeux la plus récente merveille de la technique moderne, acquise à prix
d'or sur mon maigre salaire : un revolver à six
coups inventé voilà quelques années à peine
par un certain monsieur Collier. Ça fait une
balle pour chacun d'entre vous... Et il en
restera encore.

— Tue-les ! hurla sir Harold, se relevant sur
son séant et tenant sa main blessée. Tue-les
tous ! Je te l'ordonne !

Milton-Reese toisa le sataniste et leva un sourcil.

— Ne me donne pas d'ordres! s'écria-t-il. Plus personne ne me dira quoi faire!

Il posa son regard vitreux sur Ermeline et désigna son médaillon de la tête.

— Toi, dit-il, redevenu tout à coup parfaitement calme. Tes talents de magnétiseuse m'impressionnent. Il se trouve que je m'y connais un peu moi-même. Fais osciller ton médaillon.

Ermeline obtempéra à regret en espérant capter l'attention de Milton-Reese et le mettre hors d'état de nuire. Mais rien ne se produisit. Sur le visage de l'aliéniste, le sourire inquiétant fut remplacé par une expression sérieuse.

— Adorateurs de Satan! dit-il d'une voix qui semblait avoir baissé d'une octave et qui résonnait étrangement dans le temple. Entendez ma voix!

Manaïl se raidit. Cet homme allait réveiller les Nergalii inconscients! Il jeta un coup d'œil à Ermeline et comprit qu'elle était impuissante. Milton-Reese possédait le même pouvoir qu'elle! La main avec laquelle elle tenait le pendentif tremblait et ses lèvres étaient serrées en une étroite ligne sans couleur.

— Vous dormez..., contra la gitane d'une voix tendue. Vous dormez profondément...

— Entendez ma voix! répéta l'aliéniste.

À l'unisson, les satanistes endormis se redressèrent imperceptiblement, aux aguets dans leur transe. L'emprise de Milton-Reese était plus forte que celle d'Ermeline. Tout était perdu.

— La mort pénètre en vous..., dit le médecin d'une voix hypnotique. Elle est noire. Elle entre par votre bouche et descend dans votre gorge... Elle enveloppe votre cœur... Elle serre... Il cesse de battre... Vous ne respirez plus...

Sous les yeux ébahis de Manaïl, les satanistes endormis hoquetèrent et, un à un, tombèrent mollement sur le sol, morts. Défaite, tremblante de fatigue, le visage mouillé de sueur, Ermeline regarda son pendentif sans comprendre.

— Milton-Reese..., souffla sir Harold, livide, en contemplant le spectacle qui s'offrait à lui. Tes frères et sœurs... Comment peux-tu?... Que... Que signifie?...

Le revolver pointé vers l'Élu, sir Harold et Charlie, l'aliéniste ne fit aucun cas de l'homme en rouge.

L'air sombre, Ermeline passa le lacet de cuir à son cou et remit le pendentif dans son corsage. Milton-Reese posa son regard fiévreux sur l'Élu.

— Toi. Laisse tomber le poignard, ordonna-t-il d'un ton sans appel.

N'ayant d'autre option, Manaïl, les mâchoires crispées par la colère et l'impuissance, s'exécuta et jeta son arme sur le sol.

— Tu possèdes la clé de Satan, reprit l'aliéniste. Donne-la-moi.

Instinctivement, l'Élu ferma encore plus fort la main sur le fragment qu'il tenait.

— Non, dit-il avec le calme de celui qui a accepté la défaite, mais qui mourrait dans l'honneur. Si tu veux les fragments, tu devras d'abord me tuer, Nergali.

— Ne lui fais pas un tel honneur, Élu d'Ishtar, dit sir Harold d'une voix sombre et remplie de dégoût. Cet homme n'est qu'un vassal.

— Mais un vassal ambitieux, précisa Milton-Reese.

Il se mit tout à coup à souffler comme un taureau et de grosses larmes coulèrent sur ses joues. D'un geste brusque de sa main libre, il fit sauter les boutons de sa chemise et découvrit son épaule gauche, où se trouvait une cicatrice en forme de pentagramme inversé. La même que portaient Libby, Pockface et Tommy.

Il se tourna vers sir Harold et le fixa d'un regard brillant de haine en agitant dangereusement son arme.

— Lorsque j'ai accepté de recevoir cette marque, c'était contre la promesse de la puissance !

cracha-t-il. On m'a juré que je régnerais avec Satan sur le monde ! Que je serais vengé de tous ceux qui m'ont floué ! Que je serais riche ! Au lieu de ça, je suis toujours pauvre et méprisé ! On m'a congédié comme un mendiant ! Un incompétent ! On m'a chassé comme un chien galeux ! On ne me respecte pas ! Je suis un homme de science ! Je mérite mieux que ça !

Il remonta sa chemise, qui resta ouverte sur sa poitrine haletante et mouillée de sueur.

— Maintenant que le royaume arrive enfin, on veut m'en priver ! hurla-t-il. Je ne me laisserai pas faire ! Tu entends ? J'ignore ce que tu manigances, mais j'ai droit à ma juste part ! Et tu ne m'en priveras pas ! Ni toi, ni personne d'autre !

Le sataniste plissa les yeux et une moue se forma sur ses lèvres. Il semblait évaluer froidement son interlocuteur. Milton-Reese, lui, prit quelques inspirations pour se calmer et retrouva un semblant de contrôle. Il reporta son attention sur Manaïl et désigna sir Harold de la tête.

— Lorsqu'il nous a annoncé que les cinq parties de la clé du royaume de Satan étaient à notre portée, il nous a dit que nous devions retrouver celui qui en possédait trois parties. Le hasard a voulu que je te croise.

Il laissa échapper un petit rire aigu qui donna froid dans le dos à Charlie. Le garçon se rapprocha lentement d'Ermeline, cherchant contre elle un peu de réconfort. La gitane lui entoura l'épaule de son bras et le sentit trembler de frayeur.

— J'ai vu comment tu l'as guérie avec ta main gauche, poursuivit-il. J'ai aperçu ta bague, semblable à celle de sir Harold. Et j'ai compris : Satan m'avait élu entre tous. Il avait reconnu ma valeur, Lui, alors que les autres ne voulaient pas la voir. Il désirait que, parmi ses adorateurs, je sois celui qui aurait l'honneur de rassembler sa clé.

Le médecin haussa les épaules.

— Alors je t'ai fait suivre, poursuivit-il.

— Par Nosh-kem, compléta Manaïl, anxieux de gagner du temps.

— Je vois que tu connais le véritable nom de mon patient. Nosh-kem... Il avait perdu la mémoire après s'être fait heurter par un carrosse. Le vôtre, sir Harold.

Sir Harold blêmit notablement.

— Ne faites pas cette tête. Le statut d'aliéniste confère certains privilèges, comme celui de consulter les rapports de police qui concernent certains patients. Le nom de votre cocher y figurait.

Manaïl ne dit rien. Il hocha lentement la tête. Voilà donc comment sir Harold s'était retrouvé en possession du fragment et des effets personnels de Nosh-kem. Comme le

Mage, il venait d'Éridou. La cité était petite. Nergalii et Mages d'Ishtar s'y étaient certainement côtoyés. Lorsqu'il était entré dans ce *kan*, Nosh-kem n'avait pas du tout changé. Sir Harold l'avait reconnu, tout simplement, comme Noroboam l'avait fait pour Ashurat dans le *kan* de Babylone. La bague du Mage avait confirmé le tout. Ne restait au Nergali qu'à profiter de la situation pour le dépouiller puis à le laisser pour mort. Mais, sans qu'il le sache, Nosh-kem avait survécu et s'était retrouvé à l'asile.

— Grâce à l'hypnose, j'ai fini par ouvrir la porte de ses souvenirs. Dans son anglais hésitant, il parlait de talisman, de fragment, de bague, d'adorateurs de Nergal... Il disait avoir échoué dans une mission d'une extrême importance. Une chose d'un grand pouvoir qu'il devait protéger de sa vie. Quand j'ai adhéré au culte de Satan et que j'ai vu les objets utilisés par le célébrant, les pièces du casse-tête sont tombées en place.

Milton-Reese bomba le torse.

— Après notre rencontre, il m'a suffi de convaincre mon patient que j'étais Satan et je l'ai lancé à tes trousses. Je lui ai expliqué comment s'évader de l'asile après m'avoir ligoté. Tu connais le reste de l'histoire...

Manaïl hocha la tête à nouveau sans desserrer les mâchoires. Effectivement, il savait.

— Tu lui as d'abord commandé de m'arracher les fragments que je porte dans ma poitrine, dit-il. À la National Gallery. Puis tu as compris qu'il en existait un autre et tu lui as ordonné de me protéger jusqu'à ce que je le retrouve. C'est lui qui a déchiqueté Libby et les deux autres... Des satanistes, eux aussi, je présume... Lorsque j'ai trouvé le fragment dans l'église, il a attaqué de nouveau.

Une moue d'admiration se forma sur les lèvres de sir Harold.

— Moi qui croyais que l'Élu accomplirait le travail pour nous... Je lui ai laissé tout le temps voulu pour qu'il retrouve le cinquième fragment. Il aura fallu un simple vassal pour sauver le talisman de Nergal.

Milton-Reese ne tint aucun compte du commentaire. Il pointa son arme sur le cœur de l'Élu, qui se tendit. Son index pressa un peu plus sur la gâchette.

— Maintenant, il est temps d'en finir avec vous tous.

— Non ! s'écria sir Harold.

Milton-Reese interrompit son geste et haussa un sourcil, en attente.

— Si tu nous tues tous, tu posséderas les cinq fragments, mais le talisman ne te servira à rien, plaida-t-il avec empressement. Tu n'en connais pas le pouvoir. Pour que le Nouvel Ordre soit instauré, il doit être ramené à

Mathupolazzar, mon maître. Il est le seul capable de l'assembler et d'en contrôler la puissance! C'est uniquement à ce moment que Satan se manifestera.

— Que me proposes-tu, alors? s'enquit Milton-Reese.

Un sourire carnassier se forma sur le visage de sir Harold.

— Tue-les et laisse-moi la vie. En échange, je te ramènerai avec moi au temple d'Éridou. Tu deviendras un Nergali, un être supérieur. Et je m'assurerai que tu aies ta place dans le Nouvel Ordre.

— Une bonne place?

— Une excellente. À la droite de notre grand prêtre. Tu as la parole de Zirthu, adorateur de Nergal.

Méfiant, l'aliéniste toisa sir Harold du regard, son index hésitant sur la gâchette du revolver.

— Très bien, dit-il enfin.

Il reporta son attention vers Manaïl et le pointa de son arme. Sans avertissement, le duc de Sussex bondit vers lui en brandissant sa canne.

— Non! cria-t-il. Pas lui!

Impassible, Milton-Reese appuya sur la détente.

39

LA MORT DE L'ÉLU

Manaïl vit distinctement la balle, dont la course se déroulait au ralenti, sortir du pistolet et se diriger vers le duc. Il comprit qu'une intense émotion lui avait permis de déclencher une fois encore ce que sa volonté lui refusait : arrêter le temps. Il s'élança vers le projectile et, tout près de la poitrine de Sussex, le saisit de la main gauche comme il l'avait fait pour sauver Ermeline. Il sentit le métal lui enfoncer la peau avant de se buter à la magie de Hanokh.

— Bravo ! fit la voix indolente de sir Harold. Pour un novice, ta maîtrise naturelle du pouvoir des Anciens est franchement impressionnante.

Manaïl pivota pour faire face au Nergali, qui s'était remis debout. Sir Harold serrait sa main blessée contre sa poitrine. Il fit un petit geste de l'autre en direction du médecin, figé sur place, le revolver tendu devant lui. Les paupières de ce dernier frémirent. Lentement, il remua puis, abasourdi, il observa avec étonnement la scène immobile autour de lui.

— Tu... tu es véritablement un sorcier..., bredouilla-t-il.

— Les pouvoirs des Nergalii sont grands, rétorqua sir Harold. Bientôt, tu les partageras.

L'Élu peinait à croire ce qu'il voyait. Comment une telle chose était-elle possible ? Les Nergalii étaient capables d'inclure hors du temps des gens qui ne possédaient pas leur science.

— Tue-le, ordonna Dillingham au médecin.

Milton-Reese obéit. Il appuya sur la détente. Presque au même instant, un choc terrible frappa l'Élu en pleine poitrine. Une douleur atroce l'envahit. Il porta la main à son torse et sentit un liquide chaud et visqueux qui s'en écoulait. Il tenta de respirer mais, le souffle coupé, ne réussit qu'à hoqueter piteusement. Son sang lui remplit la bouche. Vidé de ses forces, il tomba à genoux. Son champ de vision se rétrécit pour ne plus former qu'un tube étroit et sombre au bout duquel disparut peu à peu le visage souriant de Milton-Reese.

✦

Manaïl gisait sur le dos, le regard fixe, un filet de sang s'écoulant de la commissure de ses lèvres. L'Élu d'Ishtar avait cessé d'être. Déjà, il était en route vers le Royaume d'En-Bas.

Accroupis près du corps, le Nergali et l'aliéniste examinaient la blessure. Autour d'eux, Ermeline, Sussex et Charlie étaient aussi immobiles que des statues. Guidé par sir Harold, Milton-Reese écarta la veste et la chemise du défunt. Il eut un mouvement de recul en apercevant sa cicatrice. Au milieu du pentagramme inversé grossièrement taillé se trouvait une petite blessure ronde d'où un sang vermeil s'écoulait.

— La marque des Ténèbres, expliqua le Nergali. Les fragments se trouvent dessous.

D'un geste assuré, le médecin enfonça un doigt dans la blessure et tâtonna sous la chair. Il sentit quelque chose de dur et interrogea le Nergali du regard. Celui-ci approuva de la tête.

Il introduisit un deuxième doigt sous la peau, tira de toutes ses forces et déchira la plaie sur plusieurs pouces. À travers le sang, il aperçut quatre petits triangles de métal. Il les saisit et les déposa, ensanglantés, dans la main tendue de sir Harold.

Le Nergali souriait à pleines dents. Il serra le poing, puis tendit l'autre main au médecin et l'aida à se relever. Puis il ferma les yeux et se concentra. Ils cessèrent d'exister dans le *kan* de Londres. Le temps reprit son cours.

40

LE DÉSESPOIR D'ERMELINE

Sussex reprit sa course et abattit sa canne vers l'endroit où s'était trouvée la tête de Milton-Reese. Emporté par une colère sans nom, il se fichait comme de son premier majordome de recevoir une balle meurtrière. Il expirerait en sachant qu'il avait accompli la tâche dévolue à chaque Grand Maître des Francs-Maçons depuis Murray de York et que, grâce à lui, l'Élu d'Ishtar pourrait compléter la sienne. Il descendit sa canne de toutes ses forces sur le crâne de l'homme qui les menaçait et... frappa le vide.

Emporté par son élan, il fonça dans le mur. L'homme avait disparu. Médusé, le duc fit un tour complet sur lui-même, cherchant sans comprendre l'objet de sa fureur.

— Mais... Mais... Il était là ! balbutia-t-il. Je le jurerais sur le Volume de la Sainte Loi. Il était là...

Devant lui, Ermeline se précipita vers une forme inerte qui gisait sur le sol. Un peu plus loin, Charlie parcourait la pièce du regard, l'air stupéfié. Le temple était rempli de cadavres mais, de sir Harold Dillingham et du docteur Milton-Reese, il n'y avait aucune trace.

Sussex rejoignit la gitane et s'accroupit auprès d'elle. Manaïl était pâle. Sur sa poitrine, l'affreuse cicatrice en forme de pentagramme était encore enlaidie par une déchirure grossière en plein centre. Le sang coulait abondamment de la blessure béante.

— *By the Most High*[1], murmura le duc, sidéré, comment cela a-t-il pu se produire ?

Ermeline ne répondit pas. Elle pencha son visage tout près de la bouche de son compagnon et attendit, espérant de toute son âme sentir un souffle, si ténu fût-il. Rien. Elle posa sa main sur la poitrine ensanglantée et ferma les yeux. Le cœur ne battait pas.

— Ces gredins me l'ont occis…, sanglota-t-elle, la gorge serrée.

Le visage crispé par l'anxiété, les joues inondées de larmes, elle sentit la panique l'envahir. Manaïl était mort. Tout était perdu. Puis, presque aussitôt, la colère monta en elle.

---

1. Par le Très-Haut.

Ishtar ne pouvait pas laisser mourir son Élu. Elle n'avait pas le droit !

D'un geste brusque, la gitane empoigna la main gauche inerte de Manaïl et la déposa sur sa poitrine, la paume contre la blessure humide et visqueuse. Elle ferma les yeux et pria avec toute la ferveur dont elle était capable pour que la magie qu'abritait l'étoile de David gravée dans sa main soit encore active.

— Mais que fais-tu, petite ? s'écria le duc. Il lui faut un médecin sans tarder !

— Il est trop tard pour cela, répondit-elle. Attendez un peu. Je sais ce que je fais. Enfin, je crois...

Charlie vint les rejoindre, le regard éperdu et rempli de terreur. Il s'accroupit auprès de Sussex, qui lui posa sur l'épaule une main qu'il voulut paternelle et rassurante. Le visage du garçon se mouilla de deux longs traits jusqu'au menton.

— Mark est... mort ? demanda-t-il d'une voix tremblante.

— Peut-être pas..., marmonna Ermeline, le regard rivé sur son compagnon. Si Ishtar le veut, peut-être pas.

Plusieurs minutes s'écoulèrent dans le silence et l'angoisse sans le moindre changement. Ne sachant que faire d'autre, Charlie et le duc de Sussex se mirent à murmurer des prières. Puis les paupières de Manaïl frémirent presque imperceptiblement. Il inspira péniblement et ouvrit les yeux. Pendant quelques secondes, il sembla complètement perdu, regardant autour sans comprendre. Son regard se fixa alors sur la gitane, qui l'observait avec inquiétude. L'Élu se redressa à moitié, aperçut l'endroit où se trouvait sa main et la retira pour constater la présence d'une nouvelle cicatrice grossière sur son torse. Proche de la panique, il se tâta la poitrine et comprit. Son visage se défit. Il se laissa retomber sur le dos et ferma les yeux.

— Les fragments…, dit-il d'une voix faible et rauque. Ils ne sont plus là…

Ses yeux s'emplirent de larmes qu'il ne tenta pas de retenir et qui glissèrent sans pudeur le long de ses joues. Incapable de supporter la vue de son ami si courageux réduit à un tel état, Ermeline baissa les yeux et, bientôt, ses sanglots s'unirent à ceux de l'Élu. Le duc et le jeune garçon, impuissants, échangèrent des regards atterrés.

— Je suis venu si près…, répétait Manaïl sans cesse. Si près… Il m'a ouvert comme un animal et les as tous pris!

Ermeline releva sèchement la tête, lui prit tendrement la main gauche et en déplia les doigts.

— Pas tous. Il t'en reste un, dit-elle en souriant tristement.

L'Élu regarda sa main. En frappant la marque de YHWH, la balle de Milton-Reese y avait enfoncé le fragment. Il était maintenant encastré au milieu de l'étoile de David.

— Lorsque j'ai appliqué la marque sur ta blessure, je l'ai découvert, expliqua-t-elle. Tu vois ? Tout n'est pas perdu.

Manaïl hocha tristement la tête.

— Nous devons retourner au temple du Temps, dit-il après un long silence. Ishtar saura quoi faire.

Il se leva péniblement avec l'aide de ses compagnons et enjamba les cadavres des Nergalii et des satanistes. Soutenu par Ermeline et suivi du duc de Sussex, il sortit du lieu où sa quête s'était brisée comme une vague sur le roc. Il n'avait plus rien à faire ici.

— Quelqu'un va-t-il m'expliquer, à la fin ! s'écria Charlie en fixant une dernière fois l'amas de corps inertes, avant d'emboîter le pas aux autres en ronchonnant.

✦

Le carrosse du duc de Sussex s'était immobilisé au bout de la ruelle. Le Grand Maître des Francs-Maçons et Charlie avaient accompagné Manaïl et Ermeline pour leur faire leurs adieux.

— Je suis terriblement désolé, frère Mark, dit-il. J'ai honte, aussi, de n'avoir pas été à la hauteur de ma fonction. J'ai échoué. J'aurais dû...

— Vous ne pouviez rien faire de plus, coupa Manaïl. Ne désespérez pas. Il y a encore une lueur d'espoir. Après tout, les Nergalii ne possèdent que quatre fragments. Pour reconstituer le talisman, ils devront tôt ou tard recroiser mon chemin. Ce jour-là, je les attendrai de pied ferme.

— Je le souhaite, mon frère, dit le duc en lui mettant les mains sur les épaules. Je le souhaite de tout mon cœur.

— Je ne vous reverrai jamais, n'est-ce pas ? demanda Charlie, penaud.

— Non. Mais je ne t'oublierai pas, dit Manaïl. Je te le promets. Sans ton aide, les choses auraient été encore pires.

Charlie grimaça, mal à l'aise, et regarda ses orteils. Ermeline s'avança et l'embrassa tendrement sur la joue.

— Sois heureux, Charles John Huffam Dickens, dit-elle. Écris plein d'histoires et essaie de me mettre dans une ou deux.

Charlie sourit, étreint par l'émotion.

Manaïl jeta un coup d'œil à Ermeline.

— Tu t'occupes de Charlie ? s'enquit-il.

— Ne t'inquiète pas, répondit-elle.

La gitane sortit son médaillon de son corsage.

— Regarde, Charlie, le joli médaillon, dit-elle. Regarde comme il brille... Il balance, balance.... Tu t'endors...

◆

Manaïl fit un signe de tête à Ermeline et, ensemble, ils tendirent leur bague vers l'endroit où s'était matérialisée la porte quelques semaines plus tôt. Sur les deux pierres noires, le pentagramme bénéfique scintilla d'orangé et de bleu. À travers la bruine qui avait recommencé à tomber, la porte apparut aussitôt, sous le regard ébahi du duc.

Manaïl l'ouvrit et se retourna vers Sussex.

— Adieu, Plus Vénérable Maître des Francs-Maçons et Mage d'Ishtar.

— Adieu, Élu d'Ishtar, répondit le duc, les yeux pleins d'eau. Que le Grand Architecte de l'Univers t'enveloppe de sa divine protection et guide tes pas. Et toi aussi, ma brave petite, ajouta-t-il en souriant tristement à l'intention d'Ermeline.

La gitane et l'Élu d'Ishtar franchirent le seuil de la porte et la refermèrent. Elle se dématérialisa instantanément dans la ruelle déprimante et jonchée de détritus.

Charlie ouvrit les yeux.

— Que... Que s'est-il passé ? demanda-t-il, en regardant tout autour. Qu'est-ce que je fais ici ?

— Je crois que tu t'es perdu, mon garçon, répondit le duc de Sussex en souriant. Viens. Je vais te ramener chez toi.

— Mais vous êtes... vous êtes le duc de Sussex ! s'écria le petit Anglais, éberlué.

Le Grand Maître des Francs-Maçons lui mit la main sur l'épaule et l'entraîna vers le carrosse.

— C'est étrange que je me sois perdu. Vous savez, Votre Altesse, je connais cette ville par cœur...

À Londres, les événements reprirent leur cours normal. Pour le moment.

LE RETOUR DES FRAGMENTS

Éridou, en l'an 3612 avant notre ère

Dans le temple de Nergal, Mathupolazzar faisait les cent pas en tirant nerveusement sur la broussaille de son abondante chevelure grise. Dans la pièce rectangulaire aux murs recouverts de marbre, il allait et venait à la lumière des torches. Autour de lui, ses disciples restaient prudemment silencieux, craignant plus que tout la colère de leur maître, dont ils connaissaient trop bien les effets.

Inquiet, le grand prêtre leva les yeux vers la statue de Nergal qui se trouvait à une des extrémités du temple. Le port impérial, le terrible dieu semblait diriger vers lui un regard rempli de reproches. Malgré lui, le grand prêtre frissonna. Le dieu des Enfers, de la Destruction, de la Maladie et de la Guerre était impatient et il valait mieux ne pas l'oublier.

— Maître! Regardez! s'écria soudain une disciple.

Mathupolazzar se retourna. La jeune femme pointait le magnifique autel orné d'or et de pierres précieuses disposé devant le cercle de pierre qui saillait du mur. Tout près, l'air semblait vibrer. Deux silhouettes prirent forme, puis se matérialisèrent. Le grand prêtre n'en reconnut qu'une.

— Zirthu! As-tu réussi? s'enquit-il.

— Je te ramène le talisman de Nergal, ô Mathupolazzar, répondit celui que le *kan* de Londres avait connu comme sir Harold Dillingham, un sourire triomphant éclairant son visage.

Un murmure se répandit dans le temple et se transforma bientôt en clameur. Les disciples présents se pressèrent autour du nouveau venu.

— Qui est cet étranger? demanda le grand prêtre, méfiant.

— Alexander Milton-Reese, qui demande à rejoindre nos rangs, l'informa le Nergali. Sans lui, l'Élu se serait emparé des cinq fragments.

— Hrmph..., fit Mathupolazzar. Et où sont les autres?

— Morts, répondit Zirthu.

— Tous?

— Tous... L'Élu n'en a épargné aucun, mentit-il.

Zirthu fit un pas vers Mathupolazzar, tendit solennellement la main et l'ouvrit. Les fragments ensanglantés s'y trouvaient, pêle-mêle. Comme un animal affamé, le grand prêtre de Nergal s'en empara en ricanant.

— Les fragments ! roucoula-t-il en les caressant avec frénésie. Les fragments. Tu les as rapportés ! Oh, Zirthu, quelle place glorieuse Nergal te réservera !

Les adorateurs de Nergal se prosternèrent. L'expression de triomphe et d'extase qui éclairait le visage du grand prêtre disparut soudainement pour faire place à l'incompréhension, puis à la déception et, enfin, à une sombre et indéfinissable colère.

— Il n'y en a que quatre ! s'écria-t-il, menaçant. Où est le cinquième ?

— Le… cinquième ? répéta Zirthu, soudain inquiet. Mais…

Il se pencha au-dessus de la main de Mathupolazzar et les compta. Quatre. Il releva vers son maître un visage livide.

— Je ne comprends pas… J'ai vu de mes propres yeux Milton-Reese les arracher de la poitrine de l'Élu.

N'entendant rien à la scène qui se déroulait ni aux mots qui étaient prononcés dans une langue qu'il n'avait entendue que par bribes dans la bouche de Nosh-kem lorsqu'il l'hypnotisait, le médecin se contentait de sourire nerveusement.

— Tu m'avais promis les cinq! hurla Mathupolazzar à l'intention de Zirthu. Comment oses-tu te présenter devant moi avec quatre fragments seulement, sans aucun des frères et sœurs qui t'accompagnaient et avec un étranger en plus? Fils de chienne!

— J'ignore ce qui a pu se produire mais, maître, quatre fragments ne valent-ils pas mieux qu'aucun? rétorqua Zirthu, d'une voix qu'il voulut mielleuse.

— Il me faut les cinq! hurla le grand prêtre. Cinq! Tu étais formel! Tu m'as assuré que tu les ramènerais!

Mathupolazzar fit brusquement demi-tour et tourna le dos à son disciple déconfit.

— Tuez-les, dit-il d'une voix neutre en se dirigeant vers l'autel.

Milton-Reese n'avait rien saisi de la discussion, mais le ton lui en indiquait amplement la teneur et, lorsqu'il vit des hommes dégainer leur épée et s'approcher de lui, l'air dur, il comprit que quelque chose n'allait pas. Il recula, les lèvres tremblantes, les yeux exorbités, et se retrouva appuyé contre le mur.

— *No...*, gémit-il. *Please no...*

Le grand prêtre de Nergal ne se retourna même pas lorsque furent émis les ultimes râlements de son disciple et de l'étranger, pas plus qu'il ne prêta attention lorsqu'on emporta leurs cadavres hors du temple. Le poing serré sur les quatre fragments, il attendit que la boucherie soit terminée et que la pièce soit purifiée, puis remonta à l'autel.

Il appuya en séquence sur quelques-uns des joyaux qui l'ornaient. Un déclic fut suivi d'un grondement de pierre puis une vibration menaçante enveloppa le temple de Nergal. Une petite plate-forme ronde en pierre émergea de l'autel. En son centre était sculpté un pentagramme inversé concave. Mathupolazzar attendit que ses disciples le rejoignent.

— Adorateurs de Nergal, dit-il, l'incurie de votre défunt frère a fait en sorte que seulement quatre fragments du glorieux talisman retournent à leur emplacement légitime. Notre moment de gloire est repoussé mais bientôt, avec l'aide de notre dieu, il sera complet. Le Nouvel Ordre approche !

— Gloire à Nergal ! s'écrièrent les autres Nergalii en prenant bien soin de ne pas laisser trop éclater leur joie.

Mathupolazzar déposa un à un les quatre fragments dans les pointes du réceptacle. Une lumière aveuglante en émana aussitôt. Un violent tourbillon de vent s'éleva et une invisible vague déferla dans le temple, conférant aux Nergalii un moment d'extase infinie pendant lequel toute la puissance de l'univers leur parut à portée de main. Le grand prêtre appuya sur les joyaux de l'autel en inversant la séquence précédente. Le réceptacle réintégra l'intérieur du meuble et l'ouverture se referma. Le calme retomba dans le temple de Nergal.

Le visage rouge de rage, Mathupolazzar s'éloigna en trombe sans rien ajouter et s'enferma dans la salle de l'oracle.

CE QU'IL RESTE DU TEMPS

Dans le temple du Temps,
sans lieu ni date

Ishtar avait peine à se tenir debout. Le temple du Temps était secoué de toutes parts par des tremblements inexpliqués. Elle évita de justesse quelques briques qui venaient de se détacher du mur. Un craquement retentit et elle vit avec horreur le petit autel se briser en deux et les colonnes qui l'encadraient s'effondrer comme un château de cartes. Les décombres recouvrirent la dépouille d'Ashurat, que Manaïl y avait déposée en quittant le *kan* de Babylone. Tout près, la sinistre tête desséchée, jadis suspendue au mur par maître Ashurat en guise d'avertissement aux disciples mal intentionnés, se décrocha, roula sur le sol et s'arrêta aux pieds de la déesse.

Le temple érigé par les Anciens existait hors du temps. Rien n'aurait dû l'affecter ainsi. Et voilà qu'il se désagrégeait. Une catastrophe terrible était en train de se produire. Il n'y avait qu'une explication possible : l'Élu avait échoué et les Nergalii étaient en voie de compléter le talisman. La structure du temps s'effritait et emportait le temple avec elle.

Pour la première fois de sa très longue existence, Ishtar ressentit ce qu'étaient la peur et l'impuissance.

◆

Aussitôt la porte refermée sur Londres, Ermeline et Manaïl comprirent que quelque chose n'allait pas. Le couloir qui menait au temple du Temps était agité par des vibrations inquiétantes et rempli d'une fine poussière qui les fit s'étouffer.

— Qu'est-ce qui se passe ? demanda la gitane en toussant.

— Je l'ignore, répondit l'Élu en couvrant sa bouche et son nez d'une main. Ishtar saura, elle.

Les yeux larmoyants, ils progressèrent à grand-peine en évitant de leur mieux les pierres qui se détachaient du plafond et les fissures qui apparaissaient dans le plancher.

Ils parvinrent à la porte du temple et entrèrent précipitamment. Au même instant, les tremblements cessèrent. Devant leurs yeux se déployait une scène d'apocalypse. Les murs de brique cuite étaient fissurés dans tous les sens et leur glaçure blanche n'était plus qu'un souvenir. Le plancher de dalles noires et blanches était jonché de débris et de briques en miettes. Au milieu de la désolation se tenait Ishtar, couverte de poussière et de blessures, sa magnifique coiffe sur le sol, ses vêtements en lambeaux.

— Déesse! s'écria Manaïl en se portant à sa rencontre. Qu'arrive-t-il?

Avant qu'Ishtar ne puisse répondre, il remarqua l'autel détruit et les deux colonnes au sol, brisées en mille morceaux. À travers les débris, il repéra la dépouille d'Ashurat, à demi enfouie dans la plus grande indignité.

— Maître! s'écria-t-il.

Il allait s'élancer vers le corps et le retirer des décombres, mais Ishtar l'arrêta d'une main solidement posée sur son bras.

— Laisse, dit-elle. Ashurat n'est plus depuis longtemps.

— Mais…

La déesse posa ses yeux dans les siens et il sentit un certain calme revenir en lui.

— Combien de fragments te reste-t-il? demanda-t-elle avec tristesse.

— Un seul, répondit Manaïl, étranglé par la honte, en ouvrant la main pour lui montrer la marque de YHWH où l'objet maudit s'était enchâssé.

— Les Nergalii ont les quatre autres?

Le garçon hocha la tête et résista aux sanglots qu'il sentait monter en lui.

— J'ai échoué, dit-il, en fixant le sol. Je vous demande pardon.

— Personne n'a dit que la quête serait facile, Élu, rétorqua la déesse avec sévérité, en toisant sa chemise maculée de sang séché. Elle sera parsemée de succès et d'échecs. Certaines batailles seront gagnées, d'autres perdues. Je ne t'ai pas choisi parce que tu étais parfait. Personne ne l'est. Pas même moi. Je t'ai élu parce que tu étais perfectible et courageux. Les Anciens t'ont annoncé, ne l'oublie jamais.

La tête basse, Manaïl, dans un sourire forcé, vit Ermeline s'approcher de lui pour lui poser la main sur l'épaule avec tendresse.

— Et je suis là, moi, dit-elle avec un enthousiasme feint. Je t'aiderai. À la vie, à la mort.

La déesse examina ce qu'il restait du temple du Temps. Au même moment, les tremblements reprirent de plus belle.

— La réunion de quatre fragments a affecté la structure du temps, cria-t-elle pour se faire entendre à travers le vacarme. Le temple ne tiendra plus très longtemps. Il ne faut pas rester ici.

— Mais où pouvons-nous aller? demanda Manaïl. Chacune des portes a été utilisée et les Nergalii connaissent tous les *kan* où elles mènent.

— Comme le dit un des livres sacrés: «Il y a plusieurs demeures dans la maison de mon Père[1]», répondit-elle mystérieusement. Il existe un *kan* où une ville nouvelle m'est consacrée. Là, tu pourras trouver ce qui te manque et te préparer à l'assaut final.

La déesse désigna la voûte de pierre peinte en bleu, décorée d'une grande étoile dorée entourée de cinq plus petites.

— Regarde.

Elle fit un petit geste de la main et un ciel de nuit s'y matérialisa, les étoiles scintillant dans le firmament. Autour d'eux, les restes du temple du Temps s'estompèrent.

À suivre.

---

1. Évangile selon saint Jean 14,2.

TABLE DES MATIÈRES

LE TALISMAN DE NERGAL

TOME 1
L'ÉLU DE BABYLONE

TOME 2
LE TRÉSOR DE SALOMON

TOME 3
LE SECRET DE LA VIERGE

TOME 4
LA CLÉ DE SATAN